Die schwarze Legende

Julius Wintermanthel

Die schwarze Legende

Roman

van Eck Verlag

Die Deutsche Nationalbibliothek verzeichnet diese Publikation in der Deutschen Nationalbibliografie; detaillierte bibliografische Daten sind im Internet über http://dnb.d-nb.de abrufbar.

Die Geschichte spielt in Rom und Berlin, in Zürich, Hamburg und Jerusalem, am Lago di Lugano und selbst in der judäischen Wüste. Nicht die Ortschaften, aber die Menschen stammen aus der Welt der Phantasie, und alles ist nur insofern wirklich, als es wirklich sein könnte. „Die schwarze Legende" zeigt mithin nicht die Wirklichkeit, sondern die Wahrheit hinter der Wirklichkeit. Sämtliche Ähnlichkeiten mit lebenden oder verstorbenen Personen wären rein zufällig und sind nicht beabsichtigt.

1. Auflage
www.vaneckverlag.li

Lektorat: TransWrite · Erika Krammer-Riedl
Gestaltung und Satz: Herbert Hofer
Umschlagentwurf: Sebastian Schubert
Druck: Himmer AG
Printed in Germany
ISBN: 978-3-905881-15-8

für Axel Radler – in memoriam

Hauptpersonen

Adrian Friedhoven, *ein Drehbuchautor*
Margarete Rabenschlag, *seine platonische Freundin*
Justus Grube, *ein Filmproduzent der alten Schule*
Flor Kapp, *ein Weltbestsellerautor*
Franca Kapp, *sein Ehegespons*
Cornelia „Conny" Binder, *Grubes Bürochefin*
Peter Jarofke, *Grubes Herstellungsleiter*
Max Eyth, *ein Freund*
Balthasar Klock, *ein Historiker*
Marcus Ansbach, *ein Prälat*
Bärbel John, *eine Maskenbildnerin*
Antonio Farina, *ein römischer Kriminalkommissar a. D.*
Carl Van Kerckhoven, *ebenfalls ein Historiker*
Friedrich-Joachim *(„Eff-Jott")* Glinka, *ein vortrefflicher Bücherverkäufer*
Johanna Schober, *von Interpol*
Daniel Sznaider, *ein Polizist in Jerusalem*

Motto:
Wohlan denn, Herz, nimm Abschied und gesunde!
(Hermann Hesse)

Vorspiel

1947. Nacht. Kreml. Bei Stalin brennt noch Licht. Der Diktator im Halbschatten an seinem Schreibtisch. Der Schauspieler (Boris Andrejew) tritt ein.

Boris Andrejew:
Ich weiß, ich bin ein Sünder, Genosse Stalin. Aber habe ich dieses Ende wirklich verdient?

Stalin:
„Jedem Anfang wohnt ein Zauber inne." Heißt es nicht so in einem Gedicht, Boris Andrejewitsch? Ich wage die These, dass Sie es nicht nur kennen, sondern auch auswendig können. Mit welcher Zeile beginnt es doch gleich?

Andrejew:
„Wie jede Blüte welkt und jede Jugend dem Alter weicht, blüht jede Lebensstufe, blüht jede Weisheit auch und jede Tugend zu ihrer Zeit und darf nicht ewig dauern."

Stalin:
Richtig. So fängt es an. Mein Gedächtnis lässt mich neuerdings ab und an im Stich. Vielleicht eine Folge des Krieges. Aber ich wollte mit Ihnen ja eigentlich nicht über deutsche Gedichte sprechen, Genosse Schauspieler.

Unser Thema heißt Hitler. Ich hörte, Sie sollen in einem unserer Filme den Führer der Deutschen verkörpern?

Andrejew:
Das trifft zu, Genosse Stalin, und deswegen bin ich ja auch so besorgt.

Stalin:
Warum Sorgen? Ist diese Rolle nicht eine großartige Herausforderung? Ich bin kein Mann des Films. Aber mein gesunder Menschenverstand sagt mir, so eine Rolle wie den Hitler, die spielt man nur einmal im Leben.

Andrejew:
Eben das bedrückt mich ja so, Genosse Generalsekretär. Wer wird mir nach dem Hitler noch etwas anderes zu spielen geben? Wenn ich erst einmal dieses faschistische Ungeheuer verkörpert habe, dann bin ich doch abgestempelt für den Rest meines Schauspielerlebens.

Stalin:
Dem wage ich nicht zu widersprechen, Boris Andrejewitsch. Aber sehen Sie es doch einmal so: Einer muss den Bluthund geben. Und was Ihre Zukunft als Schauspieler betrifft: Ich an Ihrer Stelle würde mir darüber nicht allzu viele Gedanken machen. Denn nicht nur jedem Anfang wohnt ein Zauber inne. Jedem Ende auch. Oder um es wieder mit Hermann Hesse zu sagen: „Es wird vielleicht auch noch die Todesstunde uns neuen Räumen jung entgegen senden, des Lebens Ruf an uns wird niemals enden.“ Sehen Sie, jetzt ist mir doch wieder etwas von

diesem berühmten Gedicht eingefallen. Aber wie heißt der letzte Satz?

Andrejew:
„Wohlan denn, Herz, nimm Abschied und gesunde!"

Stalin:
Ich wusste es, Genosse Schauspieler. Sie haben den Ton, und Sie haben auch das Herz. Sie sind genau der Richtige für diesen Hitler. Ihr Sinn für das deutsche Gemüt, einfach und überzeugend. Deshalb habe ich auch genau Sie für das Monster ausgesucht. Es war ein großartiges Monster. Das muss ich schon sagen. Der Führer der Deutschen hat mich mehr als eines meiner Lebensjahre gekostet. Und genau so müssen Sie ihn spielen, mein lieber Boris Andrejewitsch. Als großartiges Monster. Aber auch mit einem Schuss Poesie. Alles Weitere wird sich finden.

(Stalin verstummt. Sein Gesicht wird zur Maske des Todes. Boris Andrejew wendet sich langsam ab und verlässt den Raum. Im Türrahmen bleibt er noch einmal stehen, als warte er auf etwas. Dann fasst er sich mit einer heftigen Geste an den Hinterkopf – als würde er die Kugel schon spüren, die dort nur ein Jahr später eindringen wird. Schnitt. Szenenwechsel.)

Prolog

„Ich weiß, ich bin ein Sünder. Aber habe ich dieses Ende wirklich verdient?" Das ist mein Lieblingssatz, in meiner Lieblingsszene. In meinem Drehbuch, das eigentlich nur in meinem Kopf existiert. Es ist ein Drehbuch, das nie den Weg vom Kopf hinaus aufs Papier finden wird. Geschweige denn ins Kino. Schade eigentlich. Aber je länger alles zurückliegt, desto besser finde ich mich damit ab. Ich versuche es wenigstens. Denn leicht ist es nicht. Aber was ist schon leicht im Leben. „Windhauch, Windhauch. Das ist alles Windhauch. Welchen Vorteil hat der Mensch von all seinem Besitz, für den er sich anstrengt unter der Sonne? Die Bibel, nicht wahr. In der für manche Leute die Wahrheit steht. Aber welche Wahrheit? Was ist überhaupt Wahrheit? Kennen Sie die Wahrheit, Friedhoven? Und wenn? Was nützt sie Ihnen? Kein Mensch wird Ihnen irgendwas glauben. Na ja, fast keiner. Aber niemand kauft Ihnen Ihre Geschichte ab. Als Drehbuchautor sind Sie erledigt."

Das sind seine Worte gewesen. Ich höre sie heute noch. Er sprach sie ganz nah an meinem Ohr. Es schien ihm große Freude zu bereiten, mir das zu sagen und mir seine Art von Wahrheit förmlich ins Gehirn zu pressen.

Nun gut. Damit hatte er gar nicht so unrecht. Auch als alles vorbei war, habe ich anfangs tatsächlich keine Zeile mehr geschrieben. Schon der Gedanke ans Schreiben war der reinste Horror. Aber alles hat seine Zeit. Auch die Unfähigkeit zu schreiben geht irgendwann einmal zu Ende. Man muss nur geduldig sein. Ich musste nur geduldig sein. Geduld. Nicht gerade meine starke Seite. Aber seit gestern ist es so weit. Seit gestern weiß ich, es geht wieder. Also werde ich alles aufschreiben. Haarklein. Jedes Detail. Die ganze Geschichte. Wie lautet der erste Satz? Erste Sätze sind doch angeblich so ungemein wichtig. Der erste Satz entscheidet über den ganzen Rest. So sagt man doch immer. Wie lautet also mein erster Satz? Komm, Intuition! Lass mich jetzt bloß nicht im Stich!

Die Tragödie nimmt ihren Lauf

11. Mai

Kurz nachdem Monsignore Ansbach sich von seinen beiden deutschen Besuchern verabschiedet hat, klingelt es an der Wohnungstür. Seine Haushälterin Signora Farina hat den Vatikan schon verlassen. Sie würde erst anderntags gegen neun Uhr morgens wieder zur Stelle sein, um Kaffee zu machen, die Wohnung zu putzen und um für ein wohlschmeckendes Mittagessen zu sorgen, das Ansbach manchmal allein, nicht selten jedoch auch mit illustren Gästen aus aller Welt einzunehmen pflegt. Er brummelt unwillig und geht selbst, um zu öffnen.

Ansbach ist Professor der Kirchengeschichte und ein weitgereister Gelehrter mit zahlreichen Verbindungen nicht nur in Europa. Trotz seines Alters, er ist gerade siebzig geworden, reist Marcus Ansbach immer noch gern in der Weltgeschichte herum. Eine Woche zuvor ist er für einige Tage in Athen gewesen, um mit einem Symposium den runden Geburtstag eines griechischen Kollegen zu feiern. Demnächst steht eine Reise nach Konstantinopel in seinem Terminkalender, wie er Istanbul aus alter Gewohnheit immer noch nennt. „Wer der historischen Wahrheit nicht ins Auge sieht, kann die Gegenwart nicht wirklich erkennen und die Zukunft wird er nur schwerlich meistern!“, ist sein Lebensmotto.

Als er die Wohnungstür öffnet, schaut er in das rote Ventil einer Spraydose, hört ein leises Zischen und spürt, wie sich die Tröpfchen wie ein feiner Nebel auf seinem Gesicht verteilen. Dann spürt er nichts mehr.

Der Mann an der Tür fängt den zu Boden sinkenden Priester der römisch-katholischen Kirche geschickt auf und legt ihn vorsichtig auf die Dielen des kleinen Entrees. Mit einem kurzen Blick prüft er, ob auch jetzt noch niemand im Treppenhaus ist. Doch wie immer strömt die dritte Etage des Palazzo della Canonica die Ruhe träge dahinfließender Jahrhunderte aus.

Keine fünf Minuten später verlässt der Mann Ansbachs Wohnung wieder. Erst am nächsten Morgen wird Signora Farina ihren Monsignore tot in seinem Lehnstuhl finden. Nichts wird auf eine Gewalttat hindeuten, und ein Arzt wird ein Attest über Tod durch Herzversagen ausstellen. Denn Ansbachs Mörder ist ein Meister seines Fachs. Deshalb hat man gerade ihn für diese besonders heikle Aufgabe ausgewählt. Dem kleinen Pflaster an Ansbachs linkem Puls würde nicht einmal ein Arzt irgendeine besondere Bedeutung beimessen, und das tödliche Gift, das über das Pflaster sekundenschnell durch die Haut in die Blutbahn eindringt, ist nach spätestens sechs Stunden nicht mehr nachweisbar. Auch vom besten Gerichtsmediziner der Welt nicht.

Rückblende: 4. Mai

„Ein Tag wie ein ruhiger Fluss. Keine Neuigkeiten behelligen Sie. Eine gute Gelegenheit, um einmal wieder richtig zu entspannen." Nachdem ich bei „Berlin am Morgen" mein Horoskop gehört habe, will ich am liebsten gar nicht erst aufstehen. Das Wochenende ist ereignislos an mir vorübergelaufen. Die Idee für einen neuen Film, die mir Samstagnacht nach zwei Flaschen Wein endlich zugeflogen war, hat sich am Sonntag als Luftblase erwiesen und zwölf eng beschriebene Seiten sind im Papierkorb meines Laptops gelandet. Wie so oft. Wie viel zu oft in den zwei vergangenen Jahren.

„Wollen Sie das Dokument wirklich löschen?“ Ja! Will ich. Muss ich. So viel professioneller Sinn ist mir dann doch noch geblieben. Ich schalte das Radio aus, ziehe mir die Decke über den Kopf und döse ausgebrannt vor mich hin. Irgendwann dringt das enervierende Klingeln meines altmodischen Telefons bis in meine Matratzengruft. Als ich den Hörer abnehme, ist Justus Grube am anderen Ende der Leitung: „Gib es zu, Friedhoven: Du pennst immer noch! Willst du wirklich den Auftrag deines Lebens verschlafen?“

„Hallo Professore“, erwidere ich matt, „den letzten Auftrag von dir habe ich vor ziemlich genau fünf Jahren bekommen. Und die letzte Rate für dieses Drehbuch bist du mir heute noch schuldig. Immerhin 10.000 Mark. Heute also 5.000 Euro. Plus Zinsen macht das …“

„Ich weiß, mein Guter, ich weiß. Deshalb ruf ich ja an.“

Wie jeder Freiberufler rechne ich Tag und Nacht mit dem Superangebot meines Lebens. Aber das lange vergebliche Warten hat mir den Elan der frühen Jahre ausgetrieben. Deshalb reagiere ich noch eine Spur matter: „Hast du Papier und Bleistift parat? Dann kannst du dir meine aktuelle Kontonummer notieren. Ich hab nämlich die Bank gewechselt.“

„Nur die Ruhe, Friedhoven – und immer hübsch geschmeidig bleiben. Dein Geld bekommst du. Hundertprozentig. Ich schlag es auf das Honorar für dein neues Drehbuch drauf.“

Grube kichert fröhlich in sich hinein. Genau diese Art von Humor habe ich an ihm nie besonders gemocht. Deshalb antworte ich so muffig wie möglich: „Was für ein neues Drehbuch? Ich schreibe nichts Neues, solange das Alte noch nicht bezahlt ist."

Als mir am anderen Ende Grubes höhnisches Schweigen entgegendröhnt, zuckt meine Hand und ich möchte am liebsten schwungvoll den Hörer auflegen. Denn leider kenne ich Justus Grube nur allzu gut. Er ist einer von jenen Filmproduzenten, die mit niemals erlahmender Leidenschaft einen armen Autor schon dann für sich arbeiten lassen, wenn von dem anstehenden Projekt noch nicht einmal ein winziger Bruchteil finanziert ist. Als „Prinzip Hoffnung" bezeichnet das Professor Grube, wie er gerne genannt werden will, und spielt damit auf seine Bildung an. Die nur eine an allen möglichen Enden und Ecken zusammengestoppelte Halbbildung ist – und natürlich ist Grube auch kein richtiger Universitätsprofessor mit einem ordentlichen Lehrstuhl und so weiter. Er hält nur hin und wieder aus dem Internet kopierte Vorträge an irgendeiner Filmvolkshochschule irgendwo in der tiefsten Provinz.

Aber auch ohne echten akademischen Titel kann Grube ziemlich hartnäckig sein: „Hör zu, Friedhoven. Schlaf mir jetzt bloß nicht wieder ein. Jetzt ist es neun. Wir treffen uns in einer Stunde. Am üblichen Ort." Bevor ich etwas erwidern kann, macht es klick. Der Filmproduzent der ganz alten Schule ist so selbstherrlich wie eh und je.

Vielleicht steckt doch ein Preuße in mir. Jedenfalls werfe ich tatsächlich sofort die Bettdecke beiseite und stelle mich unter die Dusche, deren eiskalter Strahl mir unsanft in Mark und Knochen fährt. Doch als ich an jenem Tag, der mein Leben entscheidend verändern sollte, genau 60 Minuten später pünktlich im Manichini ankomme, ist von Justus Grube noch nichts zu sehen. Auch nach einer halben Stunde sitze ich immer noch solo an einem dieser vielen kleinen Marmortische, die im Manichini dicht an dicht stehen. Weshalb dort bestenfalls die Zeichensprache von Taubstummen kein größeres Publikum hat. Wer hier Wichtiges oder gar Geschäftliches bespricht, muss verrückt sein – oder er ist einfach gerne ein gläserner Mensch.

In Berlin scheint diese seltsamen Spezies viele Nester zu haben. Denn im Manichini sind die grünen Lederbänke und schmalen Kaffeehausstühle immer gut besetzt. Morgens sitzen dort Journalisten und stecken ihre klugen Köpfe in die aktuellen Zeitungen des Tages. Mittags quellen die engen Nischen über. Dann lunchen an den weiß gedeckten Tischen Serienschauspieler mit Immobilienmaklern oder umgekehrt – und immer sind die beigefügten Frauen sehr langhaarig, sehr langbeinig und sehr schön und leeren Brieftaschen gegenüber sehr abweisend.

Der Nachmittag im Manichini ist besonders apart. Dann stochern verblühende Exgattinnen lustlos in ihren überteuerten Birnentartes und langweilen mit den immer gleichen Paarungs- und Scheidungsgeschichten ihre magersüchtigen Freundinnen, die mit hungrigen Augen stumm die Bläschen in ihren Sodagläsern zählen. Wer sich abends im Manichini trifft, habe ich nie richtig herausbekommen. Denn ein unregelmäßig verdienender Drehbuchautor wie ich kann sich Gerichte ab 30 Euro aufwärts nicht wirklich leisten. Doch ich habe mir sagen lassen, je später der Abend, desto mehr macht der Laden seinem Namen alle Ehre, und die Gäste sind von Schaufensterpuppen kaum noch zu unterscheiden.

Kurz vor elf betritt Justus Grube das schmale, lang gestreckte Lokal. Schmal und lang gestreckt sieht auch der Professore immer noch aus. Zwar ist das Ende der goldenen deutschen Filmjahre, mit ihren üppig fließenden Subventionen aus nur Eingeweihten zugänglichen Fördertöpfen, auch an ihm nicht spurlos vorübergegangen. Aber der ehemalige Fünfkämpfer hält sich offensichtlich immer noch mit seinen legendären langen Läufen rund um die Krumme Lanke fit, und wenn die Art der Bräune nicht täuscht, so stammt die nicht aus irgendeinem Solarcenter, sondern direkt aus dem sonnigen Mallorca, wo Grube Yacht und Haus besitzt. Wie immer trägt er unter dem Leinenjackett sein schwarzes Hemd lässig über der Hose. Wie immer hat er einen rot gemusterten Seidenschal dekorativ um den Hals gelegt, und auch seiner Gewohnheit, schon ab Ende März die laufgestählten Füße strumpflos in teure italienische Mokassins zu stecken, ist er treu geblieben.

„Tut mir leid, Friedhoven, dass ich ein paar Sekunden später komme. Aber gerade als ich loswollte, war noch Flor Kapp in der Leitung. Natürlich konnte ich ihn nicht einfach abwimmeln."

„Natürlich nicht", antworte ich und ärgere mich sofort über meine blödsinnige Unfähigkeit, kaltblütig zu sein, „was ist schon ein Adrian Friedhoven gegen einen Flor Kapp. Da kommt es auf ein paar Sekunden, wie du deine fast einstündige Verspätung zu nennen beliebst, natürlich nicht an!"

„Du sagst es, mein Bester", erwidert Grube grinsend und bestellt bei einem der sofort herbeigeeilten türkischen Kellner – die aus mir unerklärlichen Gründen die lange Jahre dort dienenden emsigen Schwulen abgelöst haben – ein Kännchen grünen Tee.

„Flor Kapp, das ist immer noch ein Weltautor. Und du, aber sei jetzt bitte nicht wieder gleich beleidigt, du bist über deinen Westberliner Ruhm nie so wirklich hinausgekommen. Und selbst der macht – übrigens nicht nur auf mich – inzwischen einen reichlich blassen Eindruck."

Peng. Volltreffer. Das sitzt. Weil mir jetzt keine möglichst giftige Antwort einfällt, wird mir Grube mit tödlicher Sicherheit schon jetzt insgeheim zehn Prozent meines Honorars kürzen. Ganz nach dem Motto: mit dem kann man's machen.

„Aber wenn du mit Kapp nicht zusammenarbeiten willst – bitte schön, ganz wie's beliebt. Das ist dann deine Entscheidung. Zwingen kann ich dich nicht. Aber eines weiß ich genau: So einen Auftrag wie den, den du gerade aus einem – bitte verzeih mir meine brutale Offenheit – ziemlich schwachsinnigen Dünkel heraus abschlagen willst, wirst du nie mehr bekommen. Schon gar nicht in dieser Welt."

Was Grube mit dem letzten Satz genau sagen wollte, habe ich bis heute nicht verstanden. Aber er war mehr im Recht, als er ahnte. Ich hatte nicht nur lange kein Kinodrehbuch geschrieben. Ich brauchte auch dringend Geld. Denn selbst die Klein- und Kleinstaufträge, mit denen ich mich zuletzt noch einigermaßen über Wasser halten konnte, drohten zu versiegen, und ich war kurz davor, eine Lizenz als Taxifahrer zu beantragen.

***

Als ich beim Glockengeläut eines nahe gelegenen Kirchturms das Manichini wieder verlasse, hat der Himmel mal wieder alle Schleusen geöffnet. Seit drei Wochen geht das schon so. Trotzdem: ich schwimme im Glück – habe aber gleichzeitig eine mir bislang unbekannte Angst, ich könnte im um mich herum zusammenströmenden Wasser untergehen.

Warum ich mich fürchte? Ganz einfach: Ich soll nach einem Weltbestseller ein Drehbuch schreiben. Kann da etwas schiefgehen, frage ich meine so lange schweigsame gute Fee. Allerdings, antwortet sie mir. Jede Menge sogar, fügt die wie immer heisere Skepsis hinzu – und sie haben beide recht. Denn genau das lehrt uns die Filmgeschichte. Wie viele Rohrkrepierer sind nach einem Weltbestseller entstanden? Ihre Zahl ist Legion. Zwar scheißt der Teufel bekanntlich immer auf den größten Haufen. Aber gerade weil Millionen Menschen die Bestsellergeschichte schon gelesen haben, bevor sie ins Kino gehen, sind ihre Erwartungen hoch gespannt. Wie Winnetou aussieht, was er tut und vor allem, was er nicht tut, das wusste schon jeder Junge und manches Mädchen, bevor sie sich vor die Leinwand setzten. Da muss schon einer Pierre Brice sein, um aus einem Karl-May-Helden keine alle enttäuschende Kinofigur werden zu lassen.

Doch in meinem Fall handelt es sich nicht um eine Erzählung oder einen Roman. Mir hat Justus Grube ein Schauspiel in die Hand gedrückt. Noch dazu eines, das im Februar 1963, also vor über vierzig Jahren, das Bühnenlicht der Welt erblickt hat. Aber seitdem war es nicht nur in Berlin und nicht nur in Deutschland zum Kassenschlager geworden, sondern auch am New

Yorker Broadway. Welches deutsche Theaterstück kann das schon von sich behaupten? Sogar in Israel haben sich die Leute seinerzeit um die Karten gerissen.

Aber damit nicht genug. Auch hinter dem Eisernen Vorhang war das Drama ein Riesenerfolg. Man übertreibt nicht, wenn man sagt, dass quasi der gesamte sozialistische Ostblock dieses Schauspiel in sein tiefrotes Herz geschlossen hatte. In einem Satz gesagt: „Der Fels" war der Knaller! Nicht einmal zwei Jahre nach dem Bau der Berliner Mauer hat dieses Theaterstück von Flor Kapp seinen Siegeszug um den Globus angetreten. Doch auch nach 1990, als die DDR Vergangenheit war und der antikapitalistische Schutzwall zu Betonstaub zerschreddert wurde, ist es keineswegs in der Versenkung verschwunden. Offenbar hat der Großdichter Kapp ein zeitloses Werk verfasst und ist zu einer Art Schiller der Moderne geworden.

In der Tat, der Vergleich mit Schiller ist gar nicht so blöde, wie er sich im ersten Moment anhört. Denn wie der unsterbliche Friedrich, so hat auch Kapp den Vorteil erkannt, den es macht, wenn man eine weltberühmte historische Figur zum Helden seines Schauspiels erhebt. Doch Flor Kapp hat nicht Wilhelm Tell ins Zentrum eines Dramas gestellt, sondern einen Papst. Also jenen römisch-katholischen Fels, auf den Jesus Christus vor zweitausend Jahren eine Kirche gestellt hat, die auch heute noch existiert. Nichts gegen den Mann mit der rotweißen Armbrust. Aber was ist ein Schweizer Freiheitskämpfer gegen den Stellvertreter Gottes auf Erden?

Offenbar hat Flor Kapp einen genialen Einfall gehabt. Denn den Papst kennt jeder. Auch wenn er kein Katholik ist. So wie ich. Den Papst kennt jeder, auch wenn er die katholische Kirche für einen reaktionären Verein hält, der in einem entscheidenden geschichtlichen Augenblick unwiderruflich versagt hat. So wie Flor Kapp. Denn sein Papst ist nicht irgendeiner. Sein Papst stammt nicht aus den Tiefen der Geschichte wie die schillerschen Tells, Philipps und Wallensteins. Kapps Papst ist erst 1958 gestorben und nannte sich Pius der Zwölfte. Aber natürlich in römischen Zahlen. So: XII. Wie es einem Nachfahren der römischen Kaiser gebührt.

Zwar ist das Reich der Päpste angeblich nicht von dieser Welt. Aber neben den ungeheuren Kunstschätzen im Vatikan und dazu einigen hundert Kirchen allein in Rom tragen die Päpste einen noch größeren Anspruch vor sich her. Sie behaupten nämlich, im Besitz der Wahrheit zu sein. Sie behaupten genau zu wissen, was richtig ist und was falsch, was gut ist und was böse. Ihr moralischer Nimbus reicht bis an den Himmel heran. Exakt diesen Heiligenschein hat ihnen Flor Kapp entrissen. Im „Fels" spricht er aus, was offenbar alle Welt ahnte, aber bis dahin noch niemand zu sagen gewagt hatte. „Der Kaiser ist nackt!", hat der kleine Junge im Märchen hinausposaunt, und erst nach diesen vier Worten fiel auch bei allen anderen Bürgern der sprichwörtliche Groschen. Allen war ein Schleier von den Augen gezogen worden, und jedermann sah von jetzt auf gleich, dass der Kaiser tatsächlich völlig entblößt vor seinem Volk stand.

Flor Kapp hat auf seine Weise das Gleiche getan. Kapp hat herausgefunden, dass Papst Pius XII. den Holocaust hätte verhindern können. Also das größte Unglück der Menschheitsgeschichte überhaupt. Ein großes, ein donnerndes, ein spektakuläres Wort, von diesem Papst gesprochen, hätte den Völkermord an den europäischen

Juden gestoppt. Meint Flor Kapp. Doch dieser Papst hat es vorgezogen, das entscheidende Wort nicht zu sprechen. Pius XII. zog es vor zu schweigen. Davon handelt „Der Fels". Wie die Wahrheit irgendwann immer über die Lüge siegt, so siegte Flor Kapp über die mächtige katholische Kirche. Einfach so. Mit einem Schauspiel. Das war schon ein starkes Stück. Und nun sollte ich dieses Weltbühnenereignis, das am Image der katholischen Kirche genagt hat wie ein Biber an einem Baumstamm, zu einem Drehbuch machen. Vermutlich hoffte Flor Kapp, den Vatikan mit einem Kinofilm endgültig auf den Müllhaufen der Geschichte zu werfen. „Einstürzende Altbauten" wäre mein Titelvorschlag dafür.

Uff, sage ich, als Justus Grube nach seinem eindringlichen Kurzreferat zum Thema Flor Kapp, „Der Fels" und dessen Bedeutung nicht nur für die Theatergeschichte aufsteht und das Manichini ebenso stürmisch verlässt, wie er es betreten hat. Seine Zeche muss ich dann zahlen. Die bleibt an mir hängen. Aber wenn es nur dieses eine Kännchen Tee gewesen wäre, das Grube mir an jenem Morgen aufbrummte, dann wäre ich heute heilfroh. Doch es sollte anders kommen. Ganz anders.

5. Mai

Wenn der Teufel die Hand im Spiel hat, geht es am Anfang immer bergauf. Auch kulinarisch. Noch kurz vor Mitternacht desselben Tages ruft Grube mich an, um mir eine Einladung Kapps zu übermitteln. Zu einer Cocktailparty. Schon für den kommenden Abend. Als ich gegen vier Uhr morgens das Licht lösche, steckt nicht nur der „Fels" in meinem kahl gewordenen Kopf – immerhin über 200 eng bedruckte Seiten. Auch die

Schrecken der Shoa lassen mich nicht zur Ruhe kommen, und wie immer, wenn ich diese sehr spezielle innere Unruhe spüre, dann zuckt es in meinem grauen Dreitagebart. Ich sehne mich nach einer erfrischenden Nassrasur und nehme mir fest vor, mich gleich am Morgen von diesem stoppeligen Relikt aus flotteren Tagen zu trennen. Morgens vor dem Rasierspiegel scheue ich diese Schur dann doch.

Ich wurde 1950 geboren. Die Namen Auschwitz, Majdanek und Treblinka sind mir bereits seit den Schulzeiten geläufig. Ich gehöre nicht zu jenen aus meiner Schülergeneration, die auf ihrer Penne vom Holocaust nichts gehört haben. Uns wurde schon in der Obertertia dieser Dokumentarfilm über die Befreiung von Bergen-Belsen gezeigt. Ich sehe noch heute vor mir, wie mit Schaufelbaggern die bis aufs Skelett abgemagerten Konzentrationslagertoten zu Haufen zusammengeschoben wurden. Ein Leichenberg, beinahe so hoch wie die dahinterliegenden öden schwarzen Baracken.

Ich werde niemals unsere tiefgedrückte Stimmung vergessen, die auch noch anhielt, als der Film zu Ende war und wir aus dem engen und vom Schülerdunst muffig gewordenen Vorführkabuff wieder zurück in unseren Klassenraum tappten. Nicht einmal unser notorischer Klassenclown hatte die Kraft, einen seiner üblichen öden Witze zu reißen. Ein Jahr später, in der Schultheater-AG, schlug Studienrat Bohn, unser hochmotivierter Mentor, dann sogar vor, Kapps „Fels" aufzuführen. Zunächst waren wir alle begeistert. Aber weil das Stück elend lang ist und wir uns Kürzungen nicht zutrauten, wurde die Idee verworfen. Stattdessen wurde „Die Plebejer proben den Aufstand" von Günter Grass einstudiert und vor unseren Mitschülern und Lehrern aufgeführt. Nach dieser erfolgreichen Premiere begann ich selbst kurze Dramen zu schreiben und später waren es dann Drehbücher. Nun ja. Das Schicksal – oder wer immer sich hinter diesem häufig strapazierten Synonym verbirgt – ist schon ein ziemlich drolliger Lebenspartner. Gerne zu Scherzen aufgelegt. Auch wenn es oft genug der Einzige ist, der über die eigenen Einfälle lachen kann.

Weil ich nicht mit Grube allein zu Kapp gehen will, bitte ich am nächsten Mittag meine langjährige und leider nur platonische Freundin Margarete Rabenschlag, mich zu begleiten. Margarete ist die Besetzungschefin bei einer stadtbekannten Castingagentur. Diplomatie ist ihr zweiter Vorname und ihre Menschenkenntnis ist legendär. An ihrer Seite hoffe ich den Abend beim Weltautor Kapp ohne einen meiner leidigen Wutanfälle zu überstehen. Ausbrüche, die immer dann über mich kommen, wenn ich auf Supererfolgreiche treffe, deren pfauenhaft zur Schau gestellte Selbstsicherheit mir auf die Nerven geht.

Margarete murrt zwar, weil meine Einladung für denselben Abend so kurzfristig kommt. Überraschungsangriffe auf ihren wohlgeordneten Terminkalender schätzt sie überhaupt nicht. Noch weniger, dass ich sie deswegen Filofax nenne. Doch nachdem ich die erste Welle von Missmut ohne aufreizende Widerworte an mir abperlen lasse wie ein Erpel das Wasser, ist meine Freundin schon beim Dresscode angekommen: „Soll ich in München eins oder München zwei kommen oder doch besser im langen Wollschwarzen von Claudia Skoda?“, fragt sie mich.

Mit „München eins oder zwei“ sind ihre beiden sehr offiziellen Kostüme gemeint, die Margarete in einem dieser alteingesessenen Damenmodegeschäfte gekauft hat, wie es sie nur in der bayerischen Landeshauptstadt und dort nur rund um die Residenz gibt. Ich schlage ihr das Skoda-Schwarze vor. Nicht weil es ihr besser steht – die Besetzungschefin sieht auch jenseits der vierzig in was auch immer tipptopp aus, und ihre zeitlose Garçonfrisur passt sowieso überall –, sondern weil eng anliegende Wolle nach meinem Gefühl besser zu der Kellerbar passt, in die wir bei Kapp geladen sind, und die der Dramatiker mitsamt der darum herumgebauten Dahlemer Villa offenbar von jenen Tantiemen erwerben konnte, die ihm sein „Fels“ schon bis Ende 1963 eingespielt hat. Auch wenn mancher das spießig findet: Genau so ein Häuschen im Grünen stelle ich mir immer unter Erfolg vor, wenn ich die fünf steilen Treppen zu meiner Wilmersdorfer Dachgeschosswohnung hinaufschnaufen muss, weil es für Seitenflügelbewohner keinen Fahrstuhl gibt.

„Liebes!“, quietscht Kapp gedehnt, als er Margarete erblickt. „Liebes!“, quietscht noch eine Spur schriller Franca, Kapps italienische Ehefrau, und während dieser Begrüßungssirene schieben beide resolut den ziemlich viereckigen weiblichen Dragoner beiseite, der Margarete und mich grimmig anblickt, als wir ihm nach meinem bewusst etwas zu langen als schicklichen Druck auf den Klingelknopf unsere tropfenden Regenschirme entgegenstrecken.

Die abweisenden Blicke des Hausdrachens haben wir vermutlich weder meinem Klingelalarm noch unseren

Parapluies zu verdanken, sondern unserer einstündigen Verspätung. Zu spät zu kommen ist ein Zeichen von Ignoranz oder schlimmer, von Renitenz, und das schätzen Hausdrachen ganz und gar nicht. Dieses Musterexemplar seiner Gattung erinnert mich überdies an Lotte Lenya in dem James-Bond-Film „Liebesgrüße aus Moskau“, in dem sie die Rolle der KGB-Offizierin Rosa Klebb spielte. Weswegen ich der Kapp'schen Klebb unwillkürlich auf die Schuhspitzen schaue, aber dort zum Glück keine mit Gift präparierten Messerspitzen entdecken kann. Wie ich bald merken soll, wird dieser furchteinflößende Drache von Franca Kapp dann auch tatsächlich Rosa gerufen. Das wirkliche Leben schreibt bekanntlich die besten Geschichten.

Ich bin mit Margarete ganz bewusst erst um neun gekommen, statt wie erwünscht schon um acht. Es soll ein Zeichen meiner völligen Unabhängigkeit sein. Die Kapps zeigen sich übrigens von dieser, ehrlich gesagt, recht plumpen Unhöflichkeit wenig beeindruckt. Eheweib Franca verteilt in der mit Fels-Theaterplakaten aus aller Welt vollgehängten weitläufigen Diele irgendwo links und rechts von uns Luftküsse, und der Hausherr ist mit seinem Weib auch in dieser Beziehung ganz unisono.

Während Franca Kapp unter ihren teuren Wallewalle-Gewändern einigermaßen würdevoll aus dem Leim geht, ist der Dichter immer noch recht gut in Form. Kapp wurde 1930 geboren. Doch er sieht keineswegs aus wie einer, der stramm auf die achtzig zugeht. Sicher, sein immer noch üppig wachsendes Haupthaar schimmert schon nicht mehr grau, sondern silbern. Doch unter seinem lilafarbenen Anzug baucht fast nichts. Möglicherweise dreht Kapp regelmäßig Runden im Grunewald.

Möglicherweise sogar gemeinsam mit Justus Grube, der sich jetzt betont umständlich erhebt, um Margarete mit einem leicht verrutschten Handkuss zu begrüßen und mir ein genervtes „Endlich“ zuraunt.

Flor Kapp scheint Fledermausohren zu haben. „Ja, in der Tat. Endlich sind Sie gekommen, lieber Herr Friedhoven“, sagt er und hebt dabei gleich mehrfach theatralisch beide Arme zur Kellerbardecke empor. Die merkwürdigerweise mit goldenen Sternen auf blauem Grund bemalt ist, und ich frage mich, was Kapp mit Schinkel zu tun hat, der einst ein ebensolches Nachthimmelpanorama für eine Aufführung von Mozarts Freimaureroper „Die Zauberflöte“ entwarf. Und dann staune ich noch über die rote Hahnenfeder, die sich Kapp keck hinters linke Ohr gesteckt hat. „Die ist sein weithin bekanntes Markenzeichen. Was für Joseph Beuys Hut und Weste waren, ist die Feder für Kapp. Künstlerinsignien! Wiedererkennungseffekt!“, wie ich später von Conny Binder erfahre. Conny Binder, Grubes Bürochefin, ist nämlich auch mit von der Partie und winkt mir frech grinsend zu. Der vor ihr stehende Sektkelch ist leer, und ich bin mir sicher, dass die wunderbare Conny, die mich in dem mit zahlreichen Fallen bestückten Reich ihres Herrn und Meisters schon vor manchem Reinfall bewahrt hat, bereits einige Gläschen intus hat.

Während ich fröhlich zurückgrinse, hat Flor Kapp bereits ansatzlos zu einer bizarren Rede ausgeholt: „Ich sagte, endlich, lieber Adrian Friedhoven, weil ich mich von Herzen freue, dass Sie weder die Mühen des Weges noch Ihr zweifellos kostbares und knapp bemessenes Zeitbudget geschont haben, um uns hic et nunc mit Ihrer Anwesenheit zu beglücken. Ja, Sie waren sogar so ungemein freundlich, uns diesen Stern an Ihrer Seite nicht vorzuenthalten."

Jetzt macht Kapp die Andeutung eines Kratzfußes, küsst dann in einer Demonstration höfischer Eleganz Margarete die Fingerspitzen, um fortzufahren: „Denn ganz ohne Zweifel gehört die wunderbare Margarete Rabenschlag zu jenen extraordinären Erscheinungen, von denen unser geliebtes Berlin einst in Hülle und Fülle besaß, die in unserer banal gewordenen Gegenwart jedoch schrecklich rar geworden sind. Leider. Keiner bedauert das mehr als ich. Doch was vergangen ist, kommt bekanntlich nicht wieder. Unserer Jugendblüte sind nur wenige Lenze vergönnt. Der Zahn der Zeit nagt erbarmungslos und fast ohne Ausnahme an uns allen. Und eine dieser seltenen Ausnahmen sind Sie, verehrte Frau Rabenschlag." Kapp küsst Margarete noch einmal die Hand. Spricht aber dabei ungeniert weiter. „Nichtsdestotrotz haben wir uns heute hier in meiner bescheidenen Hütte versammelt" – er sagt tatsächlich Hütte! –, „um wieder wenigstens ein klein wenig von jenem Ruhme zu schmecken, den mir die Musen, die, nicht wahr, lieber Herr Friedhoven, bekanntlich nicht jedermann hold sind, einst im Mai in der Form eines unvergänglichen Felsens in die Feder diktiert haben."

Auch wenn manche es nicht für möglich halten, Kapp redet wirklich genau so. In diesem Stil salbadert er noch eine gefühlte halbe Stunde, bis er uns allen endlich aus einem chromblitzenden Shaker einen Cocktail nach seinem Geheimrezept in die bereitgestellten langstieligen Gläser füllt und wir mit ihm auf das gute Gelingen meines Drehbuchs anstoßen.

„Reichlich russischer Wodka und ein nicht zu knapp

bemessener Schuss italienischen Wermuts. Aber mehr sag ich nicht, lieber Herr Friedhoven", säuselt Kapp mir ins Ohr, um jedoch gleich danach wieder zum Alleinunterhalter zu werden. Offenbar seine Lieblingsrolle. Doch mir ist es durchaus recht, dass Kapp nicht den unnahbaren und wortkargen Dichter gibt, sondern sich als leutseliger Anekdotenerzähler präsentiert und fest darauf baut, uns damit bei Laune zu halten.

Zwar hat sich Franca Kapp nach vier hastig gekippten Cocktails ein durchaus schön gemustertes Seidentuch über ihren leider schon ziemlich schütteren Scheitel gezogen und ist selig entschlummert, und den mir vorher mehrfach zugeworfenen koketten Blicken ist unschwer zu entnehmen, dass sie alles, was Kapp uns erzählt, schon viel zu lange in- und auswendig kennt. Doch alle anderen kennen es nicht. Grube vielleicht ausgenommen, der sich wie üblich in den Rauch seiner kubanischen Cohiba hüllt. Deshalb hören Margarete, Conny Binder und ich dem Dramatiker gerne zu. Vor allem seine Geschichten von der Fels-Premiere sind wirklich erstklassig, und bestimmt hat Kapp sie schon in einem Kapitel seiner Autobiografie verarbeitet, die es allerdings, obwohl von seinem Verlag bereits zweimal angekündigt, bislang noch nicht auf die Ladentische der Buchhandlungen geschafft hat.

Kapps Bar ist perfekt im Stil der Fünfzigerjahre eingerichtet. „Jahrgang 1958", wie er uns bald nach seiner Begrüßungsrede mit einem bedeutungsschwangeren Augenzwinkern verrät. „Denn von allen Jahren dieses so ereignisreichen Jahrzehnts ist das mit der Zahlenfolge fünf acht mein unangefochtenes Lieblingsjahr. Und wissen Sie auch, warum?"

Selbstverständlich wissen wir es nicht, und Kapps etwas zu hohe und etwas zu schneidende Stimme, die ein wenig nach einer leider missratenen Parodie auf den preußischen Kasinoton klingt, senkt sich zu einem geheimnisvollen Flüstern herab. „Ich werde es Ihnen verraten: weil in diesem Jahr, präzis am 9. Oktober, Papst Pius XII. gestorben ist und hoffentlich tief in der Hölle schmort. Denn genau da gehört er hin!"

Ich muss gestehen, dass mir in diesem Moment eines der köstlichen Kanapees im Hals stecken bleibt – von denen der Drache Rosa offenbar Unmengen in der Küche gehortet hat, um sie uns dann viertelstündlich taufrisch auf silbernen Platten mit einem Gesichtsausdruck zu kredenzen, von dem ich bis heute nicht sicher sagen kann, ob er gequält oder grausam ist. Mein Hustenanfall stört Kapps wohleinstudierte Nummer aber keineswegs.

„Ja, husten Sie nur, lieber Herr Friedhoven." Ohne das „lieber" tut er es nicht. Mir klingt es noch heute in den Ohren. „Husten Sie nur. Aber was wahr ist, ist wahr. Dieser Pacelli-Papst war ein schrecklicher Mensch, und wenn Sie meinen ‚Fels' noch einmal gründlich studiert haben werden – denn eine sehr intensive Lektüre ist für ein gutes Drehbuch unerlässlich –, dann werden Sie mir, da habe ich überhaupt keinen Zweifel, gewiss zustimmen. Denn ich habe mir meinen Stoff nun einmal nicht aus den Fingern gesogen."

„Auf unseren großen Dichter!", mischt sich jetzt Produzent Grube in das Geschehen ein.

Aber zu meiner Freude ignoriert Kapp seinen Trinkspruch vollständig. Denn er hat uns noch viel mehr zu sagen: „Maria Stuart hat Elisabeth I. bekanntlich niemals persönlich getroffen. Diese Begegnung hat sich der gute Schiller ausgedacht. Des Effektes willen, wie einer seiner Zeitgenossen, dessen Name mir gerade entfallen ist, sehr richtig bemerkt hat. Doch im ‚Fels' ist nichts auf haltlose Effekte berechnet. Ich habe mich dort auf eine Fülle unantastbarer historischer Quellen gestützt. Genau deshalb hat der ‚Fels' ja auch wie eine Bombe beim Publikum eingeschlagen. Selbst Erich Castor, der, wie wir alle wissen, seinerzeit die Uraufführung in Szene gesetzt hat, war von der Genauigkeit meiner Recherchen tief beeindruckt. Nur deshalb hat Castor das Stück ja überhaupt auf die Bühne des ‚Freien Theaters' gebracht. Und die historische Wahrheit, soviel ist sicher und da beißt die Maus keinen Faden von ab, die historische Wahrheit lässt sich nun einmal nicht weghusten. Auch wenn die Schwarzen und ihr Anhang das natürlich versucht haben. Das ist ja seinerzeit bis zu Adenauer gegangen."

Jetzt ist Kapp nun doch bereit, Grubes Trinkspruch zu akzeptieren. Aber gleich danach nimmt er uns alle wieder in Anekdotenhaft: „Wenige Tage vor der Premiere ging das Gerücht in Berlin um, dass katholische Priester inkognito mit freigelassenen weißen Mäusen die Vorstellung stören wollten. Aber als der gewiefte Castor davon erfuhr, erinnerte er einen Rias-Reporter daran, dass Goebbels und seine Nazis mit weißen Mäusen 1930 die Uraufführung von Erich Maria Remarques Film ‚Im Westen nichts Neues' gesprengt hatten. Eine vielsagende Parallelität, hat Castor das im Hörfunk genannt. Aber sie passte durchaus zu den historischen Realitäten! Nach der Ausstrahlung dieses Interviews haben die vermaledeiten Kirchenleute dann auf ihre Mäuseaktion verzichtet. Jedenfalls ist alles störungsfrei abgelaufen und nach einem langen, betretenen Schweigen, das meinem Stück durchaus angemessen ist, war der Premierenjubel unbeschreiblich."

„Tout Berlin", so Kapp weiter, habe sich später auf der Premierenfeier getroffen: „Alle waren da. Nur Willy Brandt hat leider gekniffen. Aber Brandt war ja 1963 noch ein übler Antikommunist und von den amerikanischen Kalten Kriegern kaum zu unterscheiden. Erst in den Siebzigerjahren hat der gute Willy dann eine Mehrheit links von der Mitte gewollt. Aber was soll's, wir lernen alle dazu, nicht wahr. Jedenfalls freue ich mich außerordentlich, dass Sie, Grube, es nach langen Mühen endlich geschafft haben, für einen Fels-Film das nötige Kleingeld zusammenzukratzen. Denn ich darf doch davon ausgehen, dass unser Film inzwischen voll finanziert ist."

Diesmal ist es Grube, der einen Hustenanfall bekommt. Er versucht zwar, ihn mit dem Rauch seiner Cohiba zu kaschieren, doch da hilft kein Wedeln und kein Klopfen, jeder im Raum weiß jetzt, was ich schon im Manichini vermutet habe, dass der Herr Produzent noch längst nicht alle Gelder beisammen hat. Auch wenn er, wieder bei Stimme, das Gegenteil behauptet und etwas von letzten noch fehlenden Prozenten murmelt. Als ich Conny Binder einen schnellen Blick zuwerfe, hebt sie die Hand und zeigt mir so an, dass noch satte fünfzig Prozent bis zur Vollfinanzierung fehlen. Das allerdings ist alles andere als eine gute Nachricht.

Doch Flor Kapp gönnt Justus Grube nur ein kurzes Intermezzo. Offenbar interessieren ihn seine alten Geschichten mehr als die von heute. „Wissen Sie, lieber Herr Friedhoven", wendet sich der Dichter demonstrativ wieder an mich, „alle um mich herum, ja selbst Erich Castor, hatten erwartet, dass der Vatikan auf meinen ‚Fels' bestenfalls mit einer einmaligen scharfen Zurückweisung reagieren würde, danach aber für immer eisig schweigt. Doch das Gegenteil war der Fall. Schon am 15. März 1963, also nicht einmal einen Monat nach der Uraufführung am 20. Februar, intervenierte der apostolische Nuntius bei der damaligen Bundesregierung. Wenn ich nicht irre, hieß der Herr Botschafter Bafile oder zumindest so ähnlich. Schon eine Woche zuvor hatte in Rom der päpstliche Unterstaatssekretär Dell'Acqua dem deutschen Botschafter van Scherpenberg eine Strafpredigt gehalten und eine deutliche Reaktion der Bundesregierung gefordert. Mit einer an ihm sonst seltenen Erregtheit, wie es in den inzwischen veröffentlichten Vatikanakten des Auswärtigen Amtes heißt. Obwohl das Staatssekretariat und der Nuntius wussten, dass es in der Bundesrepublik keine Zensur gibt, und der Botschafter Scherpenberg diesem Wassermann, also diesem Dell'Acqua, das auch klipp und klar mitteilte, wollte der Vatikan unbedingt, dass die Bundesregierung irgendetwas unternimmt."

Kapp schenkt sich und mir einen neuen Cocktail ein und strahlt dabei wie ein erfahrener alter Schlachtenlenker, der einen blutjungen Leutnant in die Geheimnisse seiner erfolgreichsten Kriegslisten einweiht. Ich bin mir der Bedeutung dieses intimen Augenblicks wohl bewusst und deshalb beeile ich mich Kapp zu fragen: „Und? Hat Adenauer etwas unternommen?"

„Worauf Sie einen lassen können!", trompetet Kapp, hebt sein Glas und blickt mir dann tief und verschwörerisch in die Augen. „In einer Antwort auf eine kleine schriftliche Anfrage aus der CDU/CSU-Bundestagsfraktion, die natürlich vom alten Rhöndorfer selbst auf den Weg gebracht worden ist, bedauerte Außenminister Schröder zutiefst die Angriffe gegen Papst Pius XII. Das war am 3. Mai 1963. Natürlich sind seinerzeit im Bundestag weder der Name Kapp noch mein Drama ‚Der Fels' auch nur erwähnt worden. Aber jeder im Lande wusste, was hier gespielt wird, und einige Journalisten fragten auch öffentlich kritisch an, wieso sich die Bundesregierung in künstlerische Belange einmische. Ja, mein lieber Herr Friedhoven. Da staunen Sie, was! Aber so war das einst im Mai. Es ging hoch her. Natürlich sind diese bundesoffiziellen Interventionen Wasser auf unsere Mühlen gewesen. Bessere Werbung gibt es ja kaum!"

6. Mai

Ja, so war das bei Kapp. Alles wie rosarot. Ich bin guter Dinge. Endlich wieder ein großer Auftrag. Ein ganz großer sogar. Deshalb mache ich mich am nächsten Tag fröhlich pfeifend und nichts Böses ahnend an meine Arbeit. Kapp geht davon aus, dass man sein Theaterstück eins zu eins in den Film übertragen sollte. Dramatiker denken so. Doch das ist natürlich Unsinn. Auf einer Theaterbühne wird ja vor allem gesprochen. Das gesprochene Wort steht im Mittelpunkt der Handlung. Im Kintopp jedoch wird eine Geschichte in Bildern erzählt. Bei der Großaufnahme eines Gesichts kann ein Zucken des Mundwinkels oder ein Augenaufschlag vielsagender sein als ein minutenlanger Dialog. Was ich jetzt also schreiben muss, ist eine Geschichte in Bildern. Dafür brauche ich jede Menge bildträchtiges

Füllmaterial, und dies Material sollte aus möglichst authentischen Quellen kommen. Selbstredend weiß das auch Justus Grube. Deshalb hat er mir auf der Cocktailparty bei Kapp noch ein weiteres Buch aus jenen ersten „Fels“-Monaten zugesteckt.

Es heißt „Das Schweigen des Papstes. Kapps ‚Fels‘ im Spiegel der öffentlichen Kritik“. Es ist im Oktober 1963 erschienen und versammelt auf satten 200 Seiten die schriftlichen Reaktionen des ersten Halbjahres nach der „Fels“-Uraufführung. Auf dem rot eingefärbten Titelbild sieht man Papst Pius XII. bei seinem feierlichen Einzug in den Petersdom während des Marienjahres am 1. November 1954 – wie der herausgebende Rauwald-Verlag ordentlich, aber spürbar ironisch vermerkt. Der Papst sitzt auf einem tragbaren Sessel. Den man, wie ich inzwischen gelernt habe, nicht Thron oder so, sondern Sedia gestatoria nennt. Was im Lateinischen knapp und elegant klingt, hört sich im Deutschen hölzern an: „Sitz, der zum Tragen dient“.

Auf dem Umschlagfoto hat Pius XII. die rechte Hand steif zum Gruß hochgewinkelt und grüßt in eine nicht sichtbare Menschenmenge. Nur zu seinen Füßen ist ein behelmter Mann zu sehen, der demütig die Augen niederschlägt. Neben ihm ein fast kahlköpfiger Herr, der streng nach links blickt, als wolle er prüfen, ob von dort Ungutes auf seinen über ihm thronenden Herrn und Meister zukommt. Der schmale Schädel des Papstes ist mit einer riesigen Mitra bedeckt. Die runde Goldrandbrille macht aus ihm eine intellektuelle Erscheinung. Seine Augen schauen weidwund ins Nirgendwo. Fröhlich sieht er jedenfalls nicht aus. Hinter ihm kann man noch ein Stück von einem überdimensionalen Fächer erkennen. Der, wie man mir bei meinem späteren Rom-Aufenthalt erzählen wird, aus Pfauenfedern besteht. Kurzum: Auf diesem Bild wirkt Pius XII. jenseitig, entrückt und fernab von Menschen und Welt.

Wie auf dem Klappentext zu lesen ist, hat Flor Kapps Stück „Der Fels“ eine heftige literarische und weltanschauliche Diskussion im In- und Ausland ausgelöst, wie es sie in Deutschland zuletzt bei Remarques Antikriegsroman „Im Westen nichts Neues“ gegeben hat. Obwohl ich von dem Erfolg Kapps weiß, und auf seiner Cocktailparty hatte er ja nichts anderes getan, als uns gerade das pausenlos einzuhämmern, so bin ich dennoch von den Dimensionen dieses Scoops tief beeindruckt. Heutzutage wird bekanntlich schon jede kleine Fernsehmaus, die einmal zu viel aus der Flimmerkiste rausschaut, von der Boulevardpresse zum Star hochstilisiert. Hollywoodgroßschauspieler müssen dann Superstars sein oder nach dem zweiten „Oscar“ mit dem Attribut mega versehen werden. So werden einst klar definierte Begriffe zu Sprachmüll, und was das schlichte Wort „Erfolg“ wirklich einmal bedeutet hat, weiß heute kein Mensch mehr.

Beim „Fels“ ging das so: Vierzehn ausländische Bühnen haben fast über Nacht die Aufführungsrechte erworben, darunter Ingmar Bergman für das Stockholmer Dramaten, Peter Hall für die Royal Shakespeare Company London, Billy Rose für New York und Julius Gellner für das Habima-National-Theater Tel Aviv. Buchverträge wurden mit acht Ländern abgeschlossen, außerdem arbeitete eine der besten europäischen Filmgesellschaften an einer Verfilmung – die dann allerdings seltsamerweise doch nicht zustande gekommen ist. Deshalb soll das nach vierzig Jahren jetzt nachgeholt werden, und mein Drehbuch ist dazu der erste Schritt. Nach dem 20. Februar 1963 verging kaum ein Tag, an dem sich nicht in großen Zeitungen und Zeitschriften der Bundesrepublik und darüber hinaus in den interessierten Zeitschriften des Auslandes Kritiker, Verteidiger und auch Bewunderer zu Wort meldeten – selbstverständlich auch Männer und Frauen der katholischen Kirche.

Die Flut der Zuschriften, der Anklagen und Richtigstellungen war kaum mehr zu überblicken. Da für Kapps Stück schon im Frühjahr 1963 mit acht deutschen Bühnen Aufführungsverträge abgeschlossen worden waren und die Buchausgabe nach wie vor auf brennendes Interesse stieß, stellte der Rauwald-Verlag in einem Taschenbuch die wichtigsten Äußerungen von Kritikern und prominenten Vertretern beider Konfessionen zusammen. Auch ein sogenannter repräsentativer Querschnitt von zustimmenden und einschränkenden Briefen wichtiger Zeitgenossen fehlte nicht. „Die meisten Leser werden sich anhand dieser Zusammenfassung über die Diskussion informieren wollen, über die wesentlichen von kirchlicher Seite gekommenen Einwände, die vor allem die Frage Macht und Verantwortung in der heutigen Welt behandeln."

Diese Sätze finden sich gleich auf den ersten Seiten und erwecken den Eindruck, in diesem Büchlein sei alles, aber auch wirklich alles an Pro und Contra dermaßen fair und objektiv aufgefächert, dass nichts zu wünschen übrig bleibt. Ich beginne also mit der Lektüre und hoffe, das für mich entscheidende Material zu finden.

„Der Papst am Pranger", schreibt der Kritiker Michael

Rolfes. Und er fährt fort: „Ungewöhnlicher Aufenthaltsort für den Mann, der in den Augen des Katholiken Christi Stellvertreter auf Erden ist. Dieser Platz wird dem letzten Papst, Pius XII., von Flor Kapp in seinem Schauspiel ‚Der Fels' zugewiesen. Der Papst am Pranger – mit dieser Formel ist beides bezeichnet: der von üblichen Rücksichten freie Blick eines Autors auf den höchsten Repräsentanten einer kirchlichen Macht, und der moralisierende Eifer, mit dem Kapp den zwölften Pius nicht nur auf die Anklagebank, sondern an den Pfahl zerrt, wo Diskussion oder Verteidigung fast nicht mehr möglich ist."

Sehr bald stelle ich fest, dass Rolfes mit seiner Einschätzung kurz nach der Premiere kein Einzelfall ist. Der Papst am Pranger. Das haben damals eigentlich alle so gesehen. Die Frage ist nur, ob man das gut oder schlecht finden soll.

Zunächst lese ich viele Stimmen, denen man deutlich anmerkt, dass sie sich freuen, Papst Pius XII. nackt und entblößt vor aller Augen dastehen zu sehen: „Warum soll man das menschliche Versagen eines Papstes nicht diskutieren? Vergessen wir nicht, dass Dante, der größte katholische Dichter, in seiner Hölle auch einen Papst auftreten ließ." So argumentieren die Gebildeten unter den Papstverächtern. Aber es gibt auch eine andere Fraktion. Man könnte sie die politische nennen: „Der Papst hat zu den Judenermordungen geschwiegen, weil es seit jeher eine Affinität zwischen totalitären Regimen gibt. Mit ihrem Sendungsbewusstsein und ihrer Forderung nach unbedingter Unterordnung stellt die katholische Kirche schließlich das älteste autoritäre System der Welt dar."

Triumphierend stellte Kapp in einem dokumentierten Zeitungsinterview fest, dass die Buchauflage seines Schauspiels in nur wenigen Monaten die Hunderttausend-Grenze überschritten hatte. Dieser sensationelle Verkaufserfolg – wohlgemerkt der Erfolg eines für Ungeübte nur schwer zu lesenden Theaterstückes und nicht der eines flott geschriebenen Romans – und die ausverkauften „Fels"-Vorstellungen auf den Bühnen der Weltstädte haben Kapp reich und berühmt gemacht.

Nachdem ich die Pro-Kapp-Stimmen gelesen habe, will ich wissen, was die katholische Kirche 1963 zu Kapps „Fels" gesagt hat. Brav dokumentiert der Rauwald-Verlag auch das. Doch die Argumente der katholischen Verteidiger des Papstes wirken seltsam verdruckst und kommen mir nicht sonderlich schlagkräftig vor. Obwohl die Pius-XII.-Kritiker hart auskeilen, schlägt bei den Kirchenleuten niemand mit der Faust auf den Tisch. Alle sind sich einig, dass der Pacelli-Papst gar nicht die Macht hatte, Hitlers Massenmord an den Juden zu stoppen: „Von Pius XII. wird heute in der Rückschau das große Wort eines Propheten gegen das Unrecht am Judentum gefordert. Statt sich zu streiten, ob ein solches Wort damals die Menschen erreicht hätte und wie viele willens gewesen wären, ihm in der Verworrenheit und Überreiztheit eines mörderischen Krieges zu folgen, frage man sich doch nüchtern: Wie weit reicht ein Wort des Papstes heute? Wen bringen seine Worte heute nicht nur zum Nachdenken, sondern auch zum Anders-Handeln?"

So defensiv und ein wenig furchtsam wie hier ein Berliner Monsignore, so argumentieren andere aus seinen Reihen auch. Kapp dagegen war 1963 alles andere als defensiv und furchtsam schon gar nicht. Kapp kämpfte mit eisenharten Bandagen: „Ich bin fest überzeugt, weder Papst Pius XI. (der Vorgänger Papst Pius' XII.) noch der heutige Papst Johannes XXIII. hätten in dieser finstersten Stunde des Abendlandes gezögert, dem Psalterwort zu gehorchen: ‚Die Heiligen sollen scharfe Schwerter in ihren Händen haben.' Pius XII. war dieser Heilige nicht. Ihn kennzeichnete vielmehr, bei allen guten Taten, die keiner abstreiten will, das Wort der Offenbarung, 3.16: ‚Weil du aber lau bist und weder warm noch kalt, werde ich dich ausspeien aus meinem Munde.'"

Das sitzt. Das ist kein Punktsieg. Das ist ein Knockout. Auch deshalb wächst der Kreis der Kapp-Fürsprecher stetig an. Ich war schon immer ein Freund des Boxsports, und zu meiner Schande muss ich heute gestehen, dass auch ich am Ende meiner Lektüre fest davon überzeugt bin, dass der Papst nicht hätte schweigen dürfen. Gewiss, der Kapp von damals und jener, den ich auf seiner Cocktailparty kennengelernt habe, nimmt den Mund ziemlich voll. Aber wer mit seinem Erstlingsdrama über Nacht zu einer wirklichen Weltnummer wird, bei dem ist, ehrlich gesagt, zu viel Bescheidenheit auch nicht besonders glaubwürdig.

Doch natürlich frage ich mich besonders bei der Durchsicht der überschwänglichen Lobeshymnen aus deutschen Federn, ob da nicht ein erkleckliches Stück Eigenentlastung mitschwingt. Aber was mich bei diesem bekanntlich überaus heiklen Thema tief beeindruckt, ist die Tatsache, dass „Der Fels" nur wenige Monate nach der Berliner Uraufführung in Israel nachgespielt worden ist. Im Lande der Überlebenden hat man offensichtlich genau verstanden, was Kapp mit seinem „Fels" sagen will. Die Überlebenden haben es ihm, dem Deutschen, dem Mann aus dem Volk der Mörder, Mitläufer und Helfershelfer nicht übel genommen, den Papst an den Pranger gestellt zu haben.

Denn wenn Pius XII. allein mit einem aufsehenerregenden Machtwort Hitlers Holocaust hätte stoppen können, dann wären die deutschen Mitläufer ja aus dem Schneider. Dieser Umkehrschluss liegt auf der Hand. Und wenn das zutrifft, dann hätte gerade aus Israel ein scharfer Protest gegen diese Reinwaschung der Deutschen ausgerechnet durch einen deutschen Dramatiker kommen müssen. Doch der kam nicht. Im Gegenteil. Man spielte den „Fels“ im eigenen Land, und zwar nicht an irgendeiner unwichtigen Bühne, sondern direkt am Habima, dem israelischen Nationaltheater. Das überzeugt mich noch mehr als der fulminante Broadwayerfolg. Denn die Amis stehen bekanntlich vor allem auf Sensationen.

Bei mir stellt sich an jenem ersten echten Arbeitstag ein solides Gefühl satter Zufriedenheit ein. So gut wie alle Fragen scheinen hinreichend beantwortet zu sein und die ansonsten ach so komplizierte Welt legt sich mir wie ein schnurrendes Kätzchen zu Füßen. Doch recht bald sollte ich merken, dass in dem putzigen Kätzlein ein menschenfressender Tiger schlummert.

***

Der Erfolg von Kapps Erstling beflügelt auch mich. Ich verlasse meine Schreibstube in der unteren Etage meiner Wilmersdorfer Maisonettewohnung. Die hatte ich mir in den goldenen Neunzigern vom Drehbuchertrag einer zwölfteiligen Fernsehserie kaufen können und damals auf einen Schlag bar bezahlt. Jetzt, zehn Jahre später, gehört mehr als die Hälfte der Bank – auch ein Grund, warum der Drehbuchvertrag „Fels“ für mich so wichtig ist.

Der Mairegen, der den ganzen Tag über gegen die Scheiben geprasselt war, ist urplötzlich einer strahlenden Abendsonne gewichen und lädt ganz Berlin zu einem Abendspaziergang ein. Als ich das Haus verlasse, mische ich mich unters Volk, das in den mit Lokalitäten reich gesegneten Straßen südlich und nördlich vom Kurfürstendamm flaniert, und ich beschließe, mir meinen Aperitif im Café Carl in der Grolmanstraße servieren zu lassen.

Für einen Platz auf der eng bestuhlten Terrasse ist es mir dann doch noch zu kalt – trotz der dort bereitliegenden blauen Wolldecken. Nach dem allgemeinen Rauchverbot ist Berlin ein ganzjährig geöffneter Freiluftpark für Nikotinsüchtige und hartgesottene Outdoor-Fans geworden. Auch bei Nieselregen oder grimmiger Kälte sieht man überall Leute, die dick vermummt vor den Kneipen und Restaurants hocken und dort sogar bei Temperaturen nahe dem Gefrierpunkt mehrgängige Menüs verspeisen. Die Wärme der um sie herum aufgestellten Heizpilze reicht zwar nur bis zu den Ohren und Pasta oder Steaks sind vermutlich schon gleich nach dem Servieren eiskalt, aber bekanntlich kann der Mensch sich an alles gewöhnen.

Schon bei meiner Annäherung vom Savignyplatz her hoffe ich auf meinen Lieblingsplatz am kleinen Tisch am großen Fenster, von dem man die Flaneure des alten Berliner Westens gut im Blick hat, und treffe dort meinen Freund Max Eyth. Wie immer bei einem Glas Gespritzten und wie immer vertieft in einen mordsmäßig dicken Wälzer. Die meisten Menschen schrecken bekanntlich vor dickleibigen Büchern zurück – Eyth nicht. Ja, sie können ihm sogar nicht umfangreich genug sein. „Ich lese sowieso immerzu", hat er mir einmal erklärt, „deswegen ist es egal, ob meine gebundenen Lebensabschnittsbegleiter schlank oder vollschlank sind. Nur langweilig dürfen sie nicht sein!" Diesmal steht „Verbrechen und Strafe" auf einem blauen Einband. „Ein bisher unbekanntes Werk eines russischen Dichters?", frage ich irritiert. Doch Eyth lacht, und ich freue mich, dass es kein arrogantes Lachen ist. Eyth hat meine Bildungsschwächen stets ignoriert.

„Nein, nichts Neues von Dostojewski. Natürlich nicht. Oder vielleicht besser: leider nicht. Denn das wäre doch toll, wenn jemand in Fjodor Michailowitschs Nachlass einen bisher unbekannten Roman von ihm fände. Es ist aber immer noch ‚Schuld und Sühne', und es ist auch immer noch die Geschichte von Rodion Romanowitsch Raskolnikow, der aus Hochmut zum Mörder wird. Doch der russische Originaltitel des Romans lautet ‚Prestuplenie i nakazanie'. Was wohl wörtlich übersetzt nun einmal nicht hochmoralisch Schuld und Sühne, sondern schlicht Verbrechen und Strafe bedeutet. In anderen Sprachen ist der russische Titel auch von Anfang an so übersetzt worden. ‚Crime and punishment' zum Beispiel in England. Jetzt hab ich mir endlich die Neuübersetzung von Swetlana Geier vorgenommen und die heißt korrekt ‚Verbrechen und Strafe'."

„Aber es geht in dem Buch doch um Schuld und Sühne. Es ist zwar sehr lange her, dass ich es einmal kurz durchgeblättert habe. Aber daran erinnere ich mich noch sehr gut."

„Durchgeblättert ist gut. Als alter Autist hast du ja auch mühseliges Zeilenschinden nicht nötig. Dir reicht schon ein kurzer Blick. Aber davon mal abgesehen. Ja, du hast recht. Am Inhalt hat sich nichts geändert. Doch deine Frage ist interessant. Vielleicht haben wir früher die ganze Geschichte auch mehr in einem religiösen Kontext gelesen. Was angesichts der Wandlung Dostojewskis vom Revolutionär zum konservativen Christen wohl auch naheliegt – zumal Raskolnikow aller Wahrscheinlichkeit nach so eine Art Alter Ego des Autors ist. Doch wie auch immer. Wie geht es dir? Du machst einen fröhlichen Eindruck. So habe ich dich schon lange nicht mehr gesehen."

„Ach, fällt das auf, ja?" – und dann erzähle ich Eyth von Grube, Kapp und vom neuen Auftrag, und er wird, je länger ich davon spreche, immer nachdenklicher und stiller und schließlich verabschiedet er sich abrupt mit dem Hinweis, er müsse noch etwas Unaufschiebbares erledigen.

7. Mai

Am nächsten Morgen sollte ich erfahren, warum. Denn schon um acht Uhr klingelt Eyth mich wach: „Spring unter die Dusche und zieh dich an. Ich bin in dreißig Minuten vor deiner Haustür. Wir fahren zusammen nach Potsdam."

„Und was erwartet uns da?"

„Kein was, sondern wer! Balthasar Klock heißt er und

ist Historiker. Und binde dir einen Schlips um. Der Mann ist Professor."

Als ich aus dem Fenster schaue, blitzt der goldene Wetterhahn auf dem Turm der St.-Ludwigs-Kirche in der Morgensonne. Sollte der heilige Petrus es mit dem Wetterumschwung am Vorabend ernst gemeint haben und die nervenzerrende wochenlange Berliner Regenzeit endgültig vorbei sein? In meinen drei Hinterhoflinden jedenfalls preisen Amseln und Spatzen begeistert den ersten echten Frühlingstag in diesem Jahr, und auch die Kastanien sind über Nacht aus ihrem langen Winterschlaf erwacht und strecken den Berlinern kokett ihr erstes Grün entgegen.

Eyth wartet schon vor der Haustür und verliert keine Zeit mit langen Vorreden. An der Kreuzung Emserstraße weiß ich bereits, dass Professor Dr. Balthasar Klock zu jener erlauchten Schar gehört, denen Journalisten gerne den Titel „Vatikanexperte" verleihen, und kurz hinter dem Olivaerplatz noch einiges mehr als das.

Denn nach unserem Treffen im Café Carl hat sich Eyth gründlich in einen Zeitungsartikel vertieft, den er am Morgen davor nur kurz überflogen hatte und dessen Verfasser Klock ist. Darin geht es um gefälschte Vatikandokumente, Flor Kapp und den Vorwurf, Kapp habe den Stoff für sein Drama von einem östlichen Geheimdienst zugespielt bekommen.

Offenbar geht Klocks Artikel auf eine kleine Meldung zurück, die drei oder vier Wochen vorher nicht nur durch die deutsche Presse gegangen war. Derzufolge hat ein schon 1978 in die USA übergelaufener rumänischer Geheimdienstgeneral in einem Interview mit einem Reporter der New York Times auffällig beiläufig verlauten lassen, Flor Kapps „Fels“ sei Ende der Fünfzigerjahre ein wichtiger Treibriemen in einer Desinformationskampagne des KGB gewesen.

„Und hat der Rumäne auch gesagt, ob Kapp von der Fälschung wusste?“, will ich in Halensee am Ende des Kurfürstendamms von Eyth wissen.

„Nein. Gewusst hat Flor Kapp das angeblich nicht. Das sagt jedenfalls der Rumäne“, meint Eyth lakonisch und konzentriert sich laut aufstöhnend auf den Straßenverkehr. Wie immer um diese Morgenstunde ist das Einfädeln auf die Stadtautobahn ein Geduldsspiel. Die Wagen fahren im Schritttempo Stoßstange an Stoßstange. Ein schmutziger dicker Betonlaster hat partout keinen Respekt vor Eyths dunkelblauem BMW-Coupé und gibt keinen Millimeter zur Einfahrt frei. Der nachfolgende gelbe Umzugslaster ist da schon freundlicher.

„Aber das ist doch irre“, rufe ich wohl etwas zu laut und muss mich an meinem Sitz festhalten. Denn schon nach dreihundert Metern müssen wir die Berliner Hauptschlagader wieder verlassen und Eyth, ein Formel-1-Fan – er gehört zu jenen Bolidenverrückten, die sich sogar jedes Training ansehen –, kann endlich Gas geben und biegt jetzt mit Rasanz in eine lang gestreckte enge Kurve, die uns auf den richtigen Weg bringen soll. Wir sind jetzt auf der Zielgeraden der alten Avus, und wie immer, wenn ich mit meinem Freund an der maroden Haupttribüne der historischen Rennstrecke vorbeifahre, beschleicht mich das intensive Gefühl, dass Eyth wenigstens für ein paar Sekunden davon träumt, ein Rosemeyer oder Caracciola zu sein.

„Wieso irre?“, fragt er, als wir die vor sich hinfaulenden Holzsitzreihen passiert haben. „Nach immerhin zwanzig

Lebensjahren im mauergeteilten Berlin müsstest du mit den kommunistischen Propagandamethoden doch einigermaßen vertraut sein."

„Aber ich meine doch nicht diesen rumänischen Geheimdienstmann", und lege Eyths Begriffsstutzigkeit im Fach „Silberpfeil" ab. „Mit irre meine ich die Herren Kapp und Grube. Denn beide müssen doch auf der Cocktailparty von dieser Meldung gewusst haben. Kapp hat uns dort totgequatscht und alles Mögliche erzählt. Aber das waren ausschließlich Geschichten von anno Schnee."

„Du hast ihn ja auch nicht danach gefragt", stichelt Eyth und lacht vor sich hin.

„Wie konnte ich denn?", brause ich auf. „Ich wusste doch nichts davon!"

„Ja, liest du denn keine Zeitung mehr?", lässt Eyth nicht locker.

„Aber doch nicht alle diese kleinen Meldungen!"

„Du hast mir früher immer erzählt, dass gerade in diesen klitzeklitzekleinen Meldungen der Keim für riesengroße Filmgeschichten stecken kann. Deshalb war deine Zeitungslesemanie naturgemäß auch nie Zeitverschwendung, sondern immer eine intensive Suche nach neuen Stoffen und damit logischerweise Arbeit. Bei der nur ahnungslose Banausen wie ich zu stören wagen."

Eyth ist jetzt richtig vergnügt und jagt seinen BMW rechts an einer Kohorte aus sieben, acht Wagen vorbei, an deren Spitze ein Volvo fährt, der mit Tempo 90 stur die linke Überholspur entlangtrödelt.

„Keim einer Filmgeschichte hab ich bestimmt nicht gesagt. Sondern ganz sicher Nukleus. Das war nämlich mal eins meiner Lieblingswörter. Und du solltest lieber nach den Regeln der bundesdeutschen Straßenverkehrsordnung fahren. Ich dachte, dein Punktekonto in Flensburg ist wieder mal ziemlich knirsch?"

Beim Stichwort Flensburg geht Eyth schlagartig vom Gas, zieht eine Grimasse, sagt aber nichts. Bei diesem Thema versteht er überhaupt keinen Spaß. Ein paar Minuten später sind wir bei der Ausfahrt Wannsee angekommen, und Eyth verlässt die Avus, um über die Königstraße nach Potsdam zu fahren. Besonders alteingesessene Westberliner schätzen diese Strecke, die schnurgerade durch den Berliner Forst führt – und die schon Friedrich der Große genommen hat, der, genauso wie wir, am Jungfernsee die Glienicker Brücke nehmen musste, um über die Havel zu kommen. Zu Friedrichs Zeiten stand hier allerdings noch eine vom großen Kurfürsten veranlasste Holzbrücke. Die im Kalten Krieg weltberühmt gewordene Brücke aus Eisen wurde erst 1907 eingeweiht.

***

„Nein, Herr Kapp. Das habe ich nun gewiss nicht behauptet", höre ich deutlich durch die leicht geöffnete Tür. Wir sind durch ein weiträumiges und zu unserem Glück leeres Vorzimmer bis hierher vorgedrungen. Ich lasse meine zum Anklopfen bereite Rechte in der Luft stehen und mache Eyth ein Zeichen, leise zu sein.

„Richtig, Herr Kapp. Aber es handelt sich hier nicht um eine wissenschaftliche Expertise, sondern um einen Meinungsbeitrag von mir. Und Sie sollten meinen Artikel schon über die ersten Zeilen hinaus lesen. Ich sage es jetzt nun wirklich ungern zum vierten Mal: Was Sie mir vorwerfen, habe ich nicht geschrieben. Eigentlich eher das Gegenteil davon."

An unserem Potsdamer Ziel angekommen, hatte Eyth eine Lücke auf dem Parkplatz vor den sogenannten Communs erspäht. In diesen Wirtschaftsgebäuden, die gleich nach dem Siebenjährigen Krieg errichtet worden waren, sind heute auch das Historische Institut und Klocks Büro untergebracht.

Da stehen wir nun und horchen auf ziemlich unschickliche Art direkt vor seiner Tür. Wie es scheint, telefoniert der Herr Professor mit dem Herrn Großdramatiker und nach seinem Tonfall zu urteilen, ist das kein Gespräch unter Freunden.

„Sicher, Herr Kapp, wenn Sie Ihre Anwälte einschalten wollen, so ist das Ihr gutes Recht. Aber mein gutes Recht ist es, Zweifel an der historischen Stichhaltigkeit Ihres Schauspiels anzumelden."

Eyth wirft mir einen vielsagenden Blick zu, und Klock setzt jetzt den Schlusspunkt: „Ob eine Gegendarstellung gerechtfertigt ist oder nicht, darüber müssen sich die Anwälte der Zeitung die Köpfe zerbrechen. Mein Kopf ist mir, ehrlich gesagt, zu schade dafür. Und damit sollten wir es denn auch bewenden lassen. Guten Tag."

Offenbar hat der Professor den Hörer aufgelegt. Wir hören, wie er den Stuhl zurückschiebt, aufsteht und mit einem Ruck ein Fenster aufreißt. Als ich nach einer Schamfrist vorsichtig an der Tür klopfe, kommt von drinnen keine Reaktion. Wagemutig gehen wir trotzdem hinein. Doch auf den ersten Blick ist nun das wie ein Dreieck geschnittene und mindestens fünf Meter hohe Zimmer leer. Ich bin verblüfft. Aber jetzt tippt mir Eyth auf die Schulter und zeigt nach draußen, wo sich hinter einer schmalen, doppelflügeligen Tür eine hochherrschaftlich weitläufige Terrasse auftut. An ihrem Rand steht jetzt Balthasar Klock mit dem Rücken zu uns, stützt sich auf eine steinerne Balustrade und zieht die vom Park hereinströmende Luft tief in seine Lungen hinein. Ich mache einige Schritte auf ihn zu. Klock scheint meine Annäherung zu bemerken, dreht sich aber nicht um.

„Warum ruft dieser Kapp mich an, Rehbein? Was will der von mir?", sagt er jetzt und schaut aufseufzend auf das direkt gegenüberliegende Neue Palais. Ein riesiger barocker Kasten, der von Friedrich dem Großen einst als Gästehaus der Hohenzollern gedacht war, aber die Hochwohlgeborenen seiner Zeit zogen es vor, andernorts zu logieren und um den siegreichen Preußenkönig einen relativ weiten Bogen zu machen.

Wie dem immer auch sei: Wer an der Potsdamer Universität als Historiker lehrt und forscht, der hat einen wahrhaft königlichen Arbeitsplatz. Sein Institut liegt mitten im Park von Sanssouci, wo sich, wie man weiß, der Philosophenkönig von seinen anstrengenden Feldzügen erholen wollte. Eigentlich ist es ja ein Witz herkömmlicher Geschichtsschreibung, dass Friedrichs Vater, der keinen einzigen Krieg geführt hat, als sogenannter Soldatenkönig bei den Schöngeistern einen denkbar schlechten Ruf genießt, während sein ach so sensibel empfindender Sohn von Schlachtbank zu Schlachtbank geeilt ist. Aber vermutlich ist der Doppelgebrauch von Flöte und Schwert genau das, wovon Intellektuelle und Künstler des Nachts unter Eiderdaunen klammheimlich träumen.

Zweifellos vermutet Klock seine Sekretärin hinter sich.

Die steht jetzt auch prompt mit einem Kaffeetablett an der Balkontür und ruft: „Sie haben Besuch, Herr Professor." Sie schaut Eyth und mich missbilligend an. „Soll warten, Rehbein, soll warten. Ich brauch noch ein bisschen, um mich von diesem Wichtigtuer zu erholen."

Beim letzten Wort dreht sich Klock um, sieht erst mich, dann Max Eyth und winkt dann resigniert Sekretärin samt Kaffeetablett zurück ins Büro, wo um ein kleines Marmortischchen zwei alte Lehnsessel gruppiert sind und eine nicht dazupassende Ledercouch gute Miene zum Stilbruch macht. „Es passt schon!", seufzt er. Woran man endgültig den Bayern erkennt. Frau Rehbein lächelt erleichtert und versucht sogleich Kaffeekanne samt Tassen auf der marmornen Zierlichkeit abzustellen.

Vermutlich ist ihr diese auf den ersten Blick aussichtslos erscheinende Übung schon öfter gelungen. Denn sie geht mutig ans Werk. Klock, der zu seiner beigefarbenen Cordhose ein hellblaues Hemd und ein klassisch gemustertes Tweedjackett trägt, zupft, nun ebenfalls lächelnd, seine karierte Fliege zurecht und schiebt auf der Couch einen Aktenstapel zusammen. Gleichzeitig bietet er Eyth und mir mit einer ausladenden Handbewegung, die in ihrer Eleganz zunächst gar nicht zu dem hochgewachsenen und durchaus nicht unfülligen Mann passen will, Platz in den Sesseln an.

Nur wenige Minuten später sind wir mitten in einer spannenden Diskussion. Max Eyth hat mit Klock den richtigen Mann zum richtigen Zeitpunkt entdeckt.

„Wissen Sie", sagt der und knabbert an einem der italienischen Kekse, die Frau Rehbein vor ihrem diskreten Rückzug ins Vorzimmer auch noch auf dem Tischchen unterbringen konnte, „dieser Flor Kapp kommt mir für einen weltberühmten Dramatiker ziemlich nervös vor. Warum ruft er selbst bei mir an? Schon gestern Morgen, als der Artikel gerade erschienen war, hat er alles Mögliche versucht, um meine Mobilnummer herauszubekommen. Doch weil ich da auf einer Dienstreise im ICE den Rhein entlangfuhr, hatte ich erst recht keine Lust, mich mit ihm abzugeben."

„Aber was wirft Kapp Ihnen denn vor?", fragt Eyth. „Sie widersprechen doch ausdrücklich diesem rumänischen Geheimdienstmann, dessen Namen ich mir nicht merken kann."

„Der Mann heißt Ion Mihai Paceba", weiß Klock. „Doch um den geht es Kapp vermutlich gar nicht so sehr. Was er mir vorwirft, ist absurderweise die Überschrift. Die ist aber, wie immer, nicht von mir, sondern stammt von der Redaktion."

„Und wie lautet die?", will ich nun wissen.

„‚Kapps Quellen. War der <Fels> vom KGB inspiriert?' Nur das würde beim Leser haften bleiben, sagte mir Kapp eben am Telefon."

„Das tut es vermutlich auch", meine ich.

„Ach", wehrt Klock meinen Einwand ab, „das wäre ja eigentlich zu schön. Aber gegen Kapps These vom Papst, der geschwiegen hat, die er mit seinem ‚Fels' so überaus erfolgreich in die Welt gesetzt hat, komme ich doch nicht mit einem Zeitungsartikel an. Wenn es wenigstens in der ‚Bild' stehen würde."

„Aber Pius XII. hat doch geschwiegen", provoziere ich Klock nun ganz bewusst, „denn für die katholische Kirche waren die Nazis allein deshalb zumindest das kleinere Übel, weil sie, wie der Vatikan, keine Freunde der Kommunisten waren."

Netterweise hat Eyth ihm schon bei der Bitte um diesen Termin kurz angedeutet, warum wir ihn unbedingt sprechen müssen. Von meinen bisherigen Lesefrüchten weiß Klock nichts.

„Lieber Herr Friedhoven“, wendet er sich jetzt mir direkt zu und rückt angriffslustig auf der Ledercouch nach vorn, „zu diesem Thema sind ungezählte Publikationen erschienen. Der Vatikan selbst ist bereits in den Sechzigerjahren in einer dreizehnbändigen Dokumentensammlung dieser Schweigethese ausführlich entgegengetreten. In den Jahrzehnten danach haben zahlreiche Historiker immer wieder das Gleiche versucht. Aber die Welt ignoriert das. Nur wenn Leute wie der Amerikaner Goldhagen oder der Brite Cornwell den alten Kappbrei wieder aufwärmen, dann horchen sie alle hin.“

„Und wie war es wirklich?“, frage ich jetzt ganz sanft und füge hinzu: „Sie können sicher sein, dass ich nicht aus Prinzip Kapps Partei bin. Obwohl das in Ihren Ohren nicht sonderlich glaubwürdig klingen dürfte. Denn schließlich soll ich aus dem ‚Fels‘ einen Film machen.“

„Nun denn“, meint Klock, „ich habe Verständnis für Ihre Lage.“ Er entspannt sich wieder ein wenig. Man sieht ihm an, dass er jetzt einen Vortrag zu einem Thema halten wird, dessen Hauptthesen er aus dem Effeff kennt. „Dann, meine Herren, spitzen Sie mal fein Ihre Ohren. Bei Papst Pius XI., also dem Vorgänger von Pius XII., war anfangs eine gewisse Neigung zu verspüren, über so eine Koalition mit dem Nationalsozialismus nachzudenken. Aber das war spätestens April, Mai 1933 völlig vom Tisch. Und der Kardinal-Staatssekretär Pacelli, der spätere Papst Pius XII., der hat diesen Gedanken wirklich nie ernsthaft betrieben. Denn dazu kannte er den Nationalsozialismus und dessen ideologische Schriften nur allzu gut. Pacelli hat übrigens als apostolischer Nuntius in Berlin auch Hitlers ‚Mein Kampf' gelesen."

„Und was ist mit dem Reichskonkordat?", werfe ich schnell ein und komme mir ein wenig gemein vor, „war das nicht eine Anerkennung Hitlers?"

„Nein. Das war es nicht. Denn ein Konkordat ist immer ein Vertrag zwischen dem Vatikan und den jeweiligen Ländern, mit dem Ziel, die Rechte der Kirche in diesen Ländern verbindlich festzuschreiben. Pacelli hat auch insgeheim mit den Moskauer Bolschewisten verhandelt. Übrigens in Berlin. Aber diese Verhandlungen sind am Nein der Kommunisten gescheitert. Seltsamerweise wird diese Tatsache so gut wie niemals erwähnt. Denn dass der Vatikan mit einem Konkordat Russlands Politik anerkannt hätte, wäre eine These, an die vermutlich selbst ein Herr Kapp nicht glauben würde. Aber zurück zum Reichskonkordat. Das von Kardinalstaatssekretär Pacelli zum Schutz der Kirche 1933 ausgehandelte Abkommen wurde von der deutschen NS-Regierung immer wieder gebrochen, und Hitlers Kampfblatt ‚Der Stürmer' hetzte gegen die katholischen ‚Pfaffen' und die Solidarität des Papstes mit den verfolgten Juden."

Klock sieht mich herausfordernd an. Aber ich sage nichts. Der Hinweis auf den „Stürmer" gibt mir dann doch zu denken, und auch Eyth sieht man an, dass er nun wissen möchte, was uns Klock noch alles zu sagen hat.

Der ist jetzt ganz in seinem Element und gibt druckreife Erklärungen von sich: „Dass es bei verbalen Drohungen nicht bleiben wird, demonstrierten die NS-Machthaber bereits 1933 mit ersten Konzentrationslagern, wo sie ihre weltanschaulichen Gegner gefangen hielten und drangsalierten. Obwohl die antitotalitäre Haltung von Papst Pius XII. gegenüber braunen und roten Diktatoren für Zeitzeugen feststeht, hat die erst nach seinem Tod 1958 aufgebrachte Kampagne vom Papst, der angesichts der Ermordung der europäischen Juden geschwiegen hat, bis heute ihre Anhänger. Doch nach der Öffnung der vatikanischen Archive kam die Wahrheit über Pius XII. wieder ans Licht. Ich habe selbst zwei Jahre in diesen Archiven geforscht, und ich denke, wir können heute aufgrund einer relativ vollständigen Kenntnis auch des vatikanischen Aktenmaterials sagen, Papst Pius XII. hat mit Sicherheit nicht geschwiegen. Er hat auf vielfältige Weise gesprochen. Man kann zweifellos auch darüber diskutieren, ob die Art, wie er gesprochen hat, ausreichend war oder immer angemessen. Aber dieser von Flor Kapp erhobene Vorwurf des Schweigens, den können wir klar widerlegen. Pius XII. hat nicht geschwiegen!"

„Uff!", sage ich und klopfe mit dem Knöchel meines linken Zeigefingers Beifall auf der Platte des Marmortisches. Ein zarter Hinweis darauf, dass ich auch mal studiert habe.

„Und wie beurteilen Sie die Seriosität dieses rumänischen Agenten Paceba?", möchte nun Eyth von Klock wissen.

„Genau so, wie ich es in meinem Artikel geschrieben habe", antwortet der, „ich halte das Ganze für Geheimdienstlatein. Aber das ändert nichts daran, dass Kapp in seinem ‚Fels' ebenfalls unseriös gearbeitet hat. Jedenfalls dann, wenn man sein Drama nicht als fiktionales Theater, sondern mit den Augen eines Historikers liest."

„Aber Kapp hat doch historische Quellen verwendet. Das kann doch nicht ernsthaft bezweifelt werden", mische ich mich nun wieder ein, „Kapp hat doch eine Dokumentensammlung an das Ende seines Schauspiels gesetzt."

„Das ist richtig, Herr Friedhoven. Glauben Sie mir, ich habe den ‚Fels' mehr als einmal gründlich gelesen. Auch den Anhang. Das ‚christliche Trauerspiel', wie Kapp sein Stück sehr doppeldeutig nennt, schließt sogar mit dem Bericht des Vatikan-Botschafters Ernst von Weizsäcker an das Auswärtige Amt vom 28. Oktober 1943. Dort versichert Weizsäcker, der Vatikan werde in der ‚Judenfrage' nichts mehr gegen das Deutsche Reich unternehmen. Doch Kapp kümmerte sich nicht darum, wie die Aussagen Weizsäckers in ihrer spezifischen Entstehungsgeschichte zu bewerten sind. Aber das einmal beiseitegelassen: Es stimmt, Kapp gibt den Wortlaut des Berichts weitgehend getreu wieder. Allerdings streicht er einige Passagen und spitzt den Bericht seiner Intention gemäß zu. In diesem Verfahren zeigt sich die Methode des ‚Fels': Zuspitzung durch Reduktion und Missachtung des jeweiligen Interpretationszusammenhanges der Quellen. Für ein fiktionales Werk mit Anspruch auf Kunstcharakter mag ein solches Vorgehen legitim sein. Ein Anspruch auf gültige Abbildungen der historischen Wirklichkeit sollte damit freilich nicht verbunden sein. Dass der ‚Fels' sich zur Wirklichkeit in einer grotesken Schieflage befindet, kann man schon erkennen, wenn man die von Kapp zitierten Zeitzeugen Revue passieren lässt: Heinrich Brüning, Franz von Papen, Ernst von Weizsäcker, allesamt Berichterstatter, deren Aussagen mit äußerster Vorsicht zu behandeln sind. Auf der anderen Seite fehlen wichtige Dokumentationen. Allein durch die offensichtlich sehr selektive Auswahl von Quellen und Darstellungen, die seiner Grundthese entsprachen, desinformierte sich Kapp selbst. Da brauchte er den KGB gar nicht mehr. Eine Mitwirkung des KGB an seinem Stück, und sei es auch nur bei der Quellenbeschaffung, wie der Geheimdienstler Paceba behauptet, war also gar nicht erforderlich. Doch Kapp gibt bekanntlich ausdrücklich ein moralisches Urteil ab. Und über den Wert dieses moralischen Urteils, das auf der Basis unvollständiger und einseitiger Erfassung von Dokumenten entstand, die auch ein Herr Kapp hätte kennen müssen, habe zumindest ich keinen Zweifel."

„Sie meinen, Kapps moralisches Urteil, das ja wohl die eigentliche Grundlage für seinen Welterfolg mit dem ‚Fels' darstellt, ist Schall und Rauch?", frage ich jetzt sehr leise. Denn mich hat Klocks langer Vortrag ziemlich gebeutelt.

„Dieses sogenannte moralische Urteil kann sich Kapp in den Allerwertesten schieben!", erwidert Klock in tiefstem Bayrisch und grinst breit. „Klare Worte", taucht nun auch Max Eyth aus seiner selbstverordneten Schweigephase wieder auf, „doch was meinen Sie: Ist damit der KGB ganz aus dem Schneider?"

„Nicht unbedingt. Doch sollte man den Anteil östlicher Geheimdienste bei der Entstehung ‚Schwarzer Legenden' wie derjenigen vom ‚Schweigen' von Pius XII. in einem viel allgemeineren Zusammenhang sehen. Die Frage ist doch, wie stark war die Öffentlichkeit, wie stark waren bestimmte Segmente der Gesellschaft, ich sage mal, vorsensibilisiert, damit ein Stück in der Art des ‚Fels' derart zünden konnte? Den Historikern ist bekannt, dass noch während des Zweiten Weltkriegs die sowjetische Propaganda damit begonnen hat, Gerüchte über ein vermeintliches Bündnis des Heiligen Stuhls mit den Nationalsozialisten zu verbreiten."

Nach diesem glasklaren Vortrag fühle ich mich wie der ins Ungewisse trudelnde Reif auf einem meiner Lieblingsbilder von Giorgio de Chirico. Mitten im hellen Sonnenlicht treibt da ein junges Mädchen mit fliegenden halblangen Haaren einen Reif auf den offenen Platz zu, wo sie von einer Person, von der man jedoch nur den Schatten sieht, vielleicht erwartet, vielleicht bedroht, vielleicht ignoriert wird. Möglicherweise gehört das Mädchen zu einer Zirkustruppe. Möglicherweise ist sie ein Kind der italienisch anmutenden Stadt. Doch wie auch immer: Das Chiricobild strahlt eine spannungsgeladene Ruhe aus. Wie die sprichwörtliche Ruhe vor dem Sturm. Licht und Schatten liegen dort dicht und übergangslos nebeneinander. In meinem Kopf sieht es ebenso aus.

Denn alles, was der Herr Professor uns mitteilt, hört sich logisch an. „Aber warum denn um Himmels willen wollte Flor Kapp nicht alle Quellen verwenden, die ihm zur Verfügung standen?", möchte ich wissen, und ich habe das dumpfe Gefühl, die Antwort des Professors bereits zu kennen.

„Warum Kapp nur diejenigen Quellen verwendet hat, die zu seiner Schweigethese passen, möchten Sie wissen", präzisiert Klock auf seine nun doch auch ein wenig nervende Weise. „Ich kann Ihnen sagen, warum. Weil er antikatholische Propaganda betreiben wollte. Das steht für mich zweifelsfrei fest. Dass er sein Schauspiel dem Gedenken an Pater Maximilian Kolbe widmet, der als Häftling in Auschwitz ermordet worden ist, und obendrein Prälat Bernhard Lichtenberg, dem Dompropst der Berliner St.-Hedwigs-Kathedrale, den die Nationalsozialisten ebenfalls auf dem Gewissen haben, das ist für mich eigentlich ein Hohn. Damit hat er eine Nebelwand vor seinen eigentlichen Absichten aufgerichtet."

„Und was waren Kapps finale Absichten?", will ich wissen.

„Sagen wir es mal so, lieber Herr Friedhoven. Wenn sich ein Deutscher Ende der Fünfzigerjahre daran macht, nachzuweisen, dass der katholische Papst den Holocaust durch ein donnerndes Machtwort hätte verhindern können, und wenn dieser Papst das aber nicht getan hat und er sich nicht auf den Mittelbalkon des Petersdomes stellte und nicht sein ‚Ich klage an!' in die Welt hinausschrie, ja, was dann?" Klock sieht mich einen Augenblick lang sehr ernst an, und ich merke, dass er in dieser Angelegenheit doch nicht nur der neutrale Wissenschaftler ist, sondern auch Partei.

„Sagen Sie es mir, Herr Professor!"

„Wenn der Papst schweigt, dann sind nicht die Deutschen die Bösen, sondern der Böse sitzt im Vatikan."

„Sie wollen damit sagen, dass Kapp die deutsche Holocaustschuld über die Alpen hinweg an den Tiber geschoben hat?", mischt sich nun auch Eyth in die Diskussion ein.

„Ja, was denn sonst?", erwidert Klock.

„Aber das ist ihm doch schlussendlich nicht gelungen", widerspreche ich, „denn die deutsche Holocaust-

Aufarbeitungsphase war sehr lang und sehr intensiv, und sie dauert immer noch an."

„Nein, natürlich nicht", Klock erhebt sich von seiner Couch und macht Anstalten, uns hinauszubegleiten. Offenbar haben wir seine Zeit nun schon über Gebühr in Anspruch genommen. „Aber eines ist ihm gelungen: Er hat eine Schwarze Legende in die Welt gesetzt. Pius XII. war bis zu seinem Tode außerordentlich beliebt. In Deutschland und überall in der Welt, sogar in Israel. Das hat sich nach dem ‚Fels' gründlich geändert."

Nun stehen auch Eyth und ich auf. Beim Hinausgehen sehe ich das Kruzifix über dem Türstock. Ein noch recht frisch aussehender grüner Strauß steckt zwischen dem Gekreuzigten und dem Holz, an das die feingeschnitzte und farbig bemalte Christusfigur genagelt ist. Das Blut an den Händen und Füßen und an seiner rechten Seite ist deutlich zu sehen.

„Klock ist offenbar ein frommer Mann", denke ich. Spreche es aber nicht aus.

Stattdessen sage ich: „Eine allerletzte Frage hätte ich noch. Warum sind Sie so sicher, dass Kapp die anderen Quellen gekannt hat? Ich meine damit die Quellen, die für Pius XII. sprechen."

„Das sollten Sie ihn am besten selber fragen. Oder Sie gehen in sein Archiv und schauen sich dort ein wenig um."

„Hat Kapp denn eines?"

„Ja, sicher. Aber nicht in Berlin, sondern in Zürich. Wenn Sie wollen, kann ich Ihnen einen Zugang unabhängig von Kapp vermitteln."

„Und warum sollte ich nicht Kapp persönlich darum bitten?"

„Historiker, die das schon versucht haben, sind bei ihm regelmäßig abgeblitzt. Er sucht sich seine Archivbesucher sehr genau aus. Außerdem ist Kapps Archiv für die Jahre vor 1970 nicht zugänglich. Also für die Zeit, in der sein ‚Fels' entstand, tabu. Seltsam für einen Mann, der bis heute ständig fordert, dass der Vatikan seine Archive weit öffnet, nicht wahr?"

„Stimmt es eigentlich, dass Pius XII. demnächst seliggesprochen werden soll?", will nun Max Eyth von Klock noch wissen.

„Sie sind gut informiert, Herr Eyth", erwidert Klock etwas gequält, „und jetzt wollen Sie von mir bestimmt wissen, ob der Termin bereits feststeht?"

„Ja", sagt Eyth schlicht. Eine seiner Spezialitäten ist es, dermaßen entwaffnend lächeln zu können, dass seinem Gegenüber gar nichts anderes übrig bleibt, als diese Charmeoffensive positiv zu erwidern. Der Trick klappt auch beim Professor bestens.

„Ich denke, allein der jetzige Papst weiß, ob er Eugenio Pacelli zur Ehre der Altäre emporheben wird. Was wir aber alle nur zu genau kennen, ist der Widerstand, der sich auch im jüdischen Lager dagegen erhebt. Sie sehen, Kapp hat mit seinem ‚Fels' ganze Arbeit geleistet. Aber wissen Sie, was!", und dann füttert mich der Historiker doch noch mit einer Fülle weiterer Informationen, die mir schneller nützlich sein sollten, als ich in diesem Moment ahne. Dann machen wir uns auf den Rückweg.

Auf der Glienicker Brücke hält Eyth kurz an. „Hier wurden im Kalten Krieg die Agenten zwischen Ost und West ausgetauscht. Kannst du dich daran noch erinnern?", fragt er mich.

„Ja, sicher. Und dann sahen wir das in der Tagesschau. Allerdings nur sehr schemenhaft. Alles schwarz-weiß und bei Nacht und Nebel."

„Genauso schwarz-weiß habe ich auch die Inszenierung des ‚Fels' in Erinnerung, in der ich einmal mitgespielt habe", antwortet Eyth und sieht mich mit diesen nostalgiegetränkten Augen an, die ich so gut an ihm kenne.

Max Eyth ist erst mit 45 Jahren Fernsehredakteur geworden. Davor war er Schauspieler und hat über zehn Jahre am Hamburger „Musentheater" gespielt. Nicht die ganz großen Rollen. Eyth war nie ein sogenannter Protagonist. Aber als Ensemblespieler ist er erstklassig gewesen und bei Lichte betrachtet, ist er das immer noch.

„Aber vom ‚Fels' hast du nie etwas erzählt", staune ich jetzt nicht schlecht.

„Ich habe dir von den meisten Inszenierungen nichts erzählt, mein Lieber", Eyth hat immer noch diesen speziellen Theaterheimwehblick.

„Aber warum gestern Abend im ‚Carl' nicht. Da hätte sich das doch angeboten", insistiere ich nun.

„Ehrlich gesagt, ist mir das erst eben bei Klocks vernichtendem Urteil über Kapps Drama wieder eingefallen."

„Teilst du dies Urteil denn?"

„Du nicht?"

„Ich weiß nicht. Hast du das Kreuz über seiner Bürotür gesehen?"

„Na und?"

„Nix ‚na und', Max. Der Mann kennt sich aus, der Mann weiß Bescheid. Das steht zweifelsfrei fest. Aber das Kruzifix sagt mir, der Mann ist auch so richtig katholisch."

„Was hat das mit seiner Wissenschaftlichkeit zu tun?"
„Eine ganze Menge, würde ich sagen. Müssen die Katholiken nicht treu zu ihrem Papst stehen?"
„Aber es geht hier doch nicht um Glaubensfragen, sondern um historische Fakten."
Hinter uns hupt es. Ein riesiger alter sowjetischer Straßenkreuzer will vorbei, kann aber wegen des anhaltenden Gegenverkehrs nicht überholen. Eyth legte den Gang wieder ein und wir verlassen die Glienicker Brücke.
„Du sagst, es geht hier nicht um Glaubensfragen. Aber ich sage dir, beim Thema ‚Fels' geht es auch darum. Das haben mir meine bisherigen Recherchen nur allzu deutlich gezeigt. In welcher Rolle hast du denn in dem Stück geglänzt?"
„Das verrate ich dir ein andermal. Du solltest jetzt lieber ganz schnell Kapp anrufen und ihn um ein Arbeitsgespräch bitten. Aber von unserem Besuch bei Klock erzählst du ihm besser nichts."

***

Noch am selben Nachmittag bin ich wieder in der Dahlemer Villa mit der Kellerbar à la 1963. Obwohl ich diesmal auf die Sekunde pünktlich bin, empfängt mich Kapps Hausdame Rosa genauso so eisig wie am Cocktailabend. Weil auch ich seltsame Rituale schätze, schaue ich ihr wieder genau auf die Schuhspitzen. Vielleicht hat sie heute doch die Treter mit den giftigen Messerspitzen an ihren Füßen. Ich kann nichts erkennen. Aber mit dem Gift liege ich gar nicht so falsch. Denn Flor Kapp, der meine ausgestreckte Hand geflissentlich übersieht, geht gleich in medias res: „Wie ich höre, haben Sie sich hinter meinem Rücken in Feindesland begeben. Das schätze ich gar nicht, Herr Friedhoven!"

Für einen kurzen Moment bin ich perplex. Weiß Kapp etwas von unserem Besuch bei Klock in Potsdam? Aber was soll er sonst meinen? Doch dann hilft mir mein Talent zur Improvisation, das mich gerade in brenzligen Situationen nur ganz selten im Stich lässt: „Ich wusste nicht, dass Sie als theatralischer Erbe Heinrich von Kleists ein Feind Brandenburgs sind. Nach dem Prinzen von Homburg und der Schlacht von Fehrbellin liegen Brandenburgs Feinde doch alle im Staub. Von denen es rund um Potsdam ja wahrlich eine Menge gibt. Deswegen schlage ich Einladungen zu einem Besuch rund um Sanssouci nur im Notfall aus."

Jetzt ist Kapp verwirrt. Er zupft an seiner roten Hahnenfeder herum, die wie immer hinter dem linken Ohr steckt, und starrt mich nun unverhohlen böse an: „Ich dachte, Sie wollen ein Drehbuch schreiben. Ergo Geld verdienen!"

Seine Stimme ist ganz leise geworden und zischt ein wenig. „Die dritten Zähne", denke ich und muss unwillkürlich grinsen. Was merkwürdigerweise die Situation nicht noch verschärft, denn Kapp grinst zurück.

„Geld verdienen wir alle gerne, Herr Kapp, und ich ganz besonders. Aber wie ich mir habe sagen lassen, sind Sie für Ihre hohen Qualitätsmaßstäbe bekannt, und Qualität setzt genaue Recherchen voraus. So jedenfalls habe ich meine Handwerk gelernt."

„Wenn ich mich nicht sehr irre, dann habe ich Ihnen bereits unlängst unten in meiner Kellerbar gesagt, dass ich Recherchen für überflüssig halte. Ihre Drehbuchvorlage ist mein ‚Fels'."

„Das soll auch so bleiben."

„Das freut mich zu hören."

Offenbar hat sich Kapp wieder beruhigt und kehrt in die Welt der zivilen Umgangsformen zurück. Jedenfalls so, wie er sie interpretiert. Er setzt sich in einen gewaltigen Ohrensessel, der in der Bibliothek des Stückeschreibers das einzig wirklich bequeme Möbelstück ist. In diese heiligen Hallen hat mich der Hausdrache Rosa sichtlich widerwillig geführt. Offenbar hält sie mich nicht für würdig, das Schreibzimmer ihres Herrn betreten zu dürfen. Wenn es nach ihr ginge, dann würde sie mich wohl am Dienstboteneingang abfertigen.

Nachdem Kapp es sich zwischen den Sesselohren mit einigen merkwürdig ruckelnden Bewegungen bequem gemacht hat, zeigte er huldvoll auf einen der schmalen Designerstühle, von denen fünf oder sechs vor einer der Bücherwände wie Zinnsoldaten aufgereiht stehen.

Solche Möbelstücke wurden im Berlin der Achtzigerjahre gebaut. Bizarr und extrem unbequem. So platziert, fühle ich mich wie ein Bittsteller am Hofe des Königs – und auf genau diesen Effekt kommt es Kapp an. Er schaut mich von seinem hochherrschaftlichen Thron so huldvoll an, wie ich es bisher nur auf den Fotografien von Thomas Mann kannte. Der Großschriftsteller als Repräsentant seiner Nation.

„Na, warte", denke ich, „dir wird dein süffisantes Lächeln schon noch vergehen."

„Nun sagen Sie schon, Friedhoven, was haben Sie von diesem Klock gewollt?"

Doch ich habe nicht die Absicht, Kapps Schoßhündchen zu werden.

„Herr Kapp, Ihr ‚Fels' ist das einzige Drama, das auch im Himmel Wirkung gezeigt hat."

Kapps Augen werden zu schmalen Schlitzen und seine Halsschlagader schwillt bedrohlich an. Offenbar ist ihm nicht so recht klar, was ich mit dieser Eröffnung bezwecke, und deshalb zwingt er sich abzuwarten.

„Ihr Porträt eines kaltherzigen, zum Holocaust schweigenden Papstes Pius XII. hat sicherlich dazu beigetragen, dass er bislang nicht seliggesprochen wurde."

„Worauf Sie einen lassen können!", ist die rüde Antwort. Diesen Ton kenne ich schon aus der Kellerbar. Doch noch immer verzieht Kapp keine Miene. Allerdings sind seine Schlitzaugen ein wenig runder geworden.

„Wie ein Reptil auf der Lauer", geht es mir durch den Kopf.

Laut sage ich: „Inzwischen ist die Geschichtsschreibung deutlich milder als im Premierenjahr Ihres Erstlings 1963. Wäre es nicht an der Zeit, Ihr Pius-Bild von damals wenigstens etwas zu revidieren?"

Kapp stößt ein Geräusch aus, das wohl ein Seufzer sein soll, aber mehr wie das Rasseln einer Klapperschlange klingt.

„Sie haben recht, Friedhoven, höchste Zeit. Denn bei meiner Arbeit am ‚Fels' habe ich gar nicht gewusst, was Pius XII. für ein genuin schlechter Mensch war. Sonst hätte ich das Stück gar nicht schreiben können. Denn ich hätte eine solche Unfigur auf die Bühne stellen müssen, dass es schlicht unspielbar geworden wäre. Vor zwei Jahren kam heraus, dass Pius 1946 in einem Ukas an die Nuntiaturen der von den Nazis befreiten Länder verboten haben soll, Judenkinder herauszugeben, die von ihren Eltern in Klöstern in Sicherheit gebracht worden waren."

Nun bin ich es, der ein seltsames Geräusch macht. Aber es muss wohl mehr wie der Klagelaut eines Kaninchens geklungen haben. Klapperschlangen riechen bekanntlich mit der Zunge. Dank ihres guten Riechorgans können sie ihr Opfer mühelos orten. Die Beute wird anschließend mit dem Kopf voran verschluckt. Doch an jenem Spätnachmittag in Berlin bin ich noch ein freier Mann. Jedenfalls scheint es mir so.

Deshalb will ich mich jetzt nicht geschlagen geben. Dafür habe ich schon zu viel von der anderen Seite erfahren. Doch da ich nicht so tief wie Kapp in der Materie stecke, versuche ich es mit einem Bluff: „Nun ist aber ein zweites Dokument zur gleichen Angelegenheit aufgetaucht, das Pius XII. erheblich entlastet."

In Kapps Gesicht zuckt es kurz. Er fällt auf meinen Trick herein und legt nach: „Doch das ist nicht alles. Erst jetzt habe auch ich erfahren, dass Pius XII. in einer Geheimrede vor dem Kardinalskollegium vom ‚halsstarrigen Volk' der Juden und von ‚Gottesmördern' sprach. Das war 1942, im Jahr der Wannseekonferenz."

Jetzt bin ich wirklich baff und versuche, meine Verlegenheit mit einem stoischen Schweigen zu kaschieren. Doch Kapp ist offenbar sowieso nicht gewillt, mich weiter zu Wort kommen zu lassen.

„Wenn Sie so gut Bescheid wüssten wie ich, dann würden Sie jetzt entgegnen, dass ich aus der Weihnachts-Rede des Papstes an die Kardinäle von 1942 zitiert habe. Dass es also eine Kritik an den gottesfernen Kriegstreibern und Mördern seiner Zeit gewesen sei. Ich kenne dieses Argument. Kirchenleute haben es mir schon 1963 um die Ohren geschlagen. Doch das war damals so falsch wie heute. Denn Pius hat nicht Kriegstreiber und

Mörder gemeint, sondern er zitiert das Neue Testament. Und das ist bekanntlich ein sehr antisemitisches Werk, das die Juden Gottesmörder nennt. Für mein Stück war allein relevant, was der Vatikan öffentlich zur Judentötung gesagt hat. Und da bleibe ich dabei: keine Silbe hat er gesagt."

Kapp sieht mich weniger triumphierend als mitleidig an. Vielleicht will er mich gar nicht fressen. Ich nutze den Aufschub und schlüpfe in die Rolle eines wissbegierigen Adepten: „Erich Castor schreibt in seinem Vorwort zum ‚Fels', Sie hätten mehrjährige, ausführliche historische Recherchen angestellt. Wie lange haben Sie daran gearbeitet?"

„Ab Spätherbst 1958, dann ab September 1959 in Rom."

Das hat geklappt. Jetzt kann ich weiter punkten: „Wenn ich mich recht erinnere, hatten Sie damals eine schön illustrierte und sehr erfolgreiche Ausgabe der Grimm'schen Märchen herausgegeben. Zum Dank hat Ihnen dann Ihr Verleger Reinhard Papaver einen dreimonatigen Italienurlaub geschenkt."

Jetzt lacht Kapp sogar: „Das trifft zu. Sie haben Ihre Zeit also nicht nur sinnlos vertan. Ich verbrachte den geschenkten Urlaub mit meiner Frau in Rom. ‚Der Fels' ist ja großteils auf dem Dach der Peterskirche entstanden."

„Wie kamen Sie als Protestant darauf, ein Papst-Stück zu schreiben?"

Bin ich wieder zu weit gegangen? Offenbar nicht. Denn Kapp schenkt erst sich und nach kurzem Zögern auch mir von dem Cognac ein, der in einer feingeschliffenen Karaffe neben ihm auf einem blau-gelben Rollwagen steht. Solche ulkigen Dinger wurden auch in den Achtzigern gemacht. Allerdings nicht in Berlin, sondern in Mailand. Auch die ansonsten geschmackssicheren Italiener verirren sich manchmal in den Fallstricken der Postmoderne. Ich hole brav mein Glas ab, das mir Kapp wie einem Hündchen den Knochen hinhält, und setze mich wieder auf diesen unmöglichen Stuhl.

„Ich habe den ‚Fels' nicht als Protestant geschrieben, mein Lieber, sondern als Deutscher, der 1945 in einer US-Wochenschau gesehen hatte, wie Eisenhower im KZ Buchenwald weinen musste. Das hat mich zeitlebens für die Amerikaner eingenommen. Ich wollte wissen: Was hat derjenige gesagt, der sich selbst für den Stellvertreter Christi und den Nachfolger des Apostels Petrus hält, was bekanntlich auf Griechisch Fels heißt, auf dem die katholische Kirche ihrer Überlieferung nach ja angeblich gebaut ist."

Jetzt schlägt Kapp die Beine übereinander und schaut mich an wie einer, der kein Wässerchen trüben kann. Das macht mir Mut: „Die Archivmaterialien waren damals nicht zugänglich und bis vor rund 20 Jahren ungeordnet wie eine Altpapierdeponie", diese Erkenntnis habe ich Klocks Ausführungen über die Situation in den Vatikanarchiven zu verdanken. Zwar hat der sich nicht exakt so ausgedrückt. Aber ein bisschen Zuspitzen kann nie schaden. „Woher hatten Sie Ihre Insider-Informationen aus dem Vatikan?"

Jetzt lächelt der Hausherr sogar: „Ich hatte keine einzige. Ich brauchte auch keine. Selbst Montini, später Papst Paul VI., hat nie behauptet, ich hätte die Unwahrheit geschrieben. Montini schrieb: Ein Protest vor aller Welt, den nicht ausgesprochen zu haben, man dem

Papst vorwirft, wäre nicht nur unnütz, sondern sogar schädlich gewesen. Ich musste aber sichergehen, dass es nicht doch irgendwo ein Geheimpapier, eine Notiz über ein Telefonat der Kurie oder des Papstes mit der Reichsregierung gäbe, das Juden erwähnt. So freundete ich mich mit einem deutschen Mitglied des Staatssekretariats an ..."

„War das Bruno Wüstenberger, der notorische Pius-Gegner?", unterbreche ich den wieder arg selbstgerecht aussehenden Dichter.

„Diesen Namen hat Ihnen bestimmt dieser Klock genannt", erwidert Kapp und er hat recht damit, „doch ich nenne keine Informanten. Das habe ich noch nie getan und werde meine eiserne Berufsregel auch Ihnen gegenüber nicht brechen."

Kapp sieht nun wieder ein wenig mürrisch aus. Das Eis, auf dem ich mich hier bewege, bleibt sehr dünn. Ich nehme einen zweiten kräftigen Schluck von dem ausgezeichneten Cognac, und da der Name Klock nun schon zum zweiten Mal gefallen ist, wage ich den Sprung über den Rubikon: „Unlängst berichtete ein ehemaliger rumänischer Geheimdienstgeneral, und zwar der 1978 in die USA übergelaufene Ion Mihai Paceba, Sie seien einer Desinformationskampagne des KGB und seines Dienstes aufgesessen und hätten, unwissentlich, gefälschte Papiere verwendet."

Nun ist es Kapp, der einen kräftigen Schluck nimmt. Doch dann antwortet er seelenruhig: „Entschuldigen Sie, aber das ist doch Stuss! Mein Stück beruht nicht auf einem Dokument oder auf einer Information, sondern auf dem Schweigen des Papstes zum Holocaust. Stalin war zweifellos genial, doch dass er es sogar hätte fertigbringen können, zugunsten Hitlers dem Pacelli den Mund zu verbieten, das kann sich nur ein Hochstapler ausdenken, der sich dem Westen als angeblich rumänischer Geheimdienstchef anbietet."

Doch nun lasse ich nicht locker: „Lieber Herr Kapp, damit ist meine Frage nicht wirklich beantwortet. Hatten Sie denn Dokumente, hinter denen östliche Dienste hätten stecken können?"

Kapp sieht mich kurz an, steht dann abrupt auf, um sich allerdings gleich wieder zu setzen. „Warum hätten die östlichen Geheimdienste ihre Papiere einem jungen Mann zustecken sollen, der noch nie zuvor ein Wort publiziert hatte? Das ist doch absurd."

„In den jetzt zugänglichen Beständen im Geheimarchiv des Vatikans zeigt sich Pius XII. nicht unbedingt als eiskalter Potentat", packe ich jetzt erneut Früchte aus meinem Schlussgespräch mit Klock aus, „in einer Rede vor dem Kardinalskollegium geißelt er den Nazismus etwa als satanisches Gespenst. Die Alliierten haben die Enzyklika ‚Summi pontificatus' von 1939 über Deutschland abgeworfen. Doch wohl nicht, weil nichts darin gestanden hätte?"

Doch Kapp lässt sich nicht beirren: „Die Juden hat er nicht öffentlich genannt, nie. Was er geheim sagte, ist hier völlig irrelevant."

„Unter den Bedingungen einer Diktatur kann man nicht immer alles sagen. Wir kennen das aus der DDR. Aber Pius' Zeitgenossen haben ihn offenbar dennoch genau verstanden. Sonst hätte die ‚New York Times' nicht über die eben genannte Enzyklika unter der Überschrift berichtet: ‚Papst verdammt Diktatoren, Vertragsbrecher, Rassismus'", in diesem Moment danke ich Max

Eyth, dass er mich zu Balthasar Klock gefahren hat. Denn ohne diesen Termin in Potsdam wäre ich hier bei Kapp schon längst aufgeschmissen gewesen.

„Warum hätte die maßgebende Zeitung der USA die Katholiken nicht gegen Hitler aufputschen sollen?“, erwidert Kapp hochmütig. Was meint er damit eigentlich? Ich habe jetzt zum ersten Mal wirklich den Eindruck, eine Lücke in seinem Panzer entdeckt zu haben.

„Würden Sie heute noch sagen, der Vatikan sei die einzige Instanz gewesen, die Hitler nach dem Kriegseintritt der USA noch respektiert habe? Hitler hat bekanntlich nichts und niemanden respektiert.“

„Andere haben nicht geschwiegen, Herr Friedhoven“, das Herr klingt schon wieder sehr bedrohlich, „wie etwa der todesmutige Bischof Galen aus Münster. Er war nicht eine Stunde in Haft wegen seiner Brandpredigten.“

„Aber seine Priester wurden verhaftet! Von denen saßen welche im KZ Dachau – zusammen mit einigen tausend anderen.“

„Natürlich gibt es zahllose Hinweise, dass die Kirche Gegnerin der Nazis war, abgesehen vielleicht von den früheren Jahren. Aber die Generation von Hannah Arendt und Erich Castor konnte Eugenio Pacelli nicht verzeihen, dass er als Nuntius das Konkordat mit Hitler geschlossen hat.“

Ist der Riss in Kapps Panzer größer geworden? Immerhin gibt er jetzt zu, dass die katholische Kirche keine Freundin der Nazis gewesen ist. Allerdings kommt er jetzt mit diesem leidigen Konkordat. Klock hat es einen üblichen Vertrag zwischen dem Heiligen Stuhl und den jeweiligen Staatsregierungen genannt, mit dem der Vatikan keinerlei Urteil über den betreffenden Staat abgeben wollte – und ein moralisches Urteil schon gar nicht. Doch auf eine Konkordatsdiskussion will ich mich jetzt nicht einlassen: „Sie legen gewaltige Maßstäbe für das Verhalten in den Vierzigerjahren an. Der Vatikan war eine 44-Hektar-Insel in einem Meer des Faschismus und des Nationalsozialismus, bewacht gerade mal von einer Handvoll Schweizergardisten."

„Der Vatikan war die einzige in allen Lagern aufs Höchste respektierte geistige Weltmacht. Und deshalb war Baron von Weizsäcker, Hitlers Vatikan-Botschafter, so erleichtert, dass Pius den Mund hielt. 3000 katholische Priester wurden in Polen ermordet, ohne dass ihr Vater nur einmal Hitler darauf ansprach. Im Übrigen war Hitler nicht der Amokläufer, zu dem man ihn heute inzwischen gemacht hat. Nein! Ich bleibe dabei: Pius XII. war ein satanischer Feigling!"

Wieder springt Kapp auf. Diesmal verlässt er das Zimmer.

8. Mai

„Und Kapp ist wirklich aus dem Zimmer gestürmt und nicht wiedergekommen?"

„Ja. Ich bin noch eine Weile sitzen geblieben. Doch als sich nach zehn Minuten immer noch nichts rührte, bin ich gegangen. Im Haus war es übrigens totenstill. Es wirkte wie ausgestorben. Nicht mal dieses Lotte-Lenya-Double war zu sehen."

„Welche Lotte Lenya?", will Margarete wissen. Wir bummeln die Fasanenstraße nach Norden hinauf und sind schon fast am Kurfürstendamm. Der Garten vom Literaturhaus ist frühlingsgeputzt. Die Sonne scheint so unverdrossen, als wolle sie alles nachholen, was sie im betongrauen Berliner Winter versäumt hat. Auf der stilvollen Kaffeehausterrasse locken noch freie Stühle, und meine kluge Freundin Margarete schert aus wie ein Pferdchen, das frischen Hafer wittert. Doch ich halte sie mit eiserner Hand zurück.

„Na, du weißt doch, Kapps Hausdame Rosa, die mich an Lotte Lenya in der Rolle einer KGB-Agentin erinnert."

„Du weißt, ich mache mir nichts aus James-Bond-Filmen."

Wir sind jetzt auf dem Kurfürstendamm, und ich versuche uns beide einigermaßen heil durch eine Busladung russischer Touristen hindurchzulotsen, die sich, als wären wir Luft, mit großflächig auseinandergefalteten Stadtplänen mitten durch uns hindurchschieben.

„Und Kapp hat wirklich Satan zu dir gesagt?", fragt mich Margarete wie geistesabwesend und schaut fasziniert den Russen nach. Jetzt sehe auch ich, dass die schmalhüftigen Frauen ausnahmslos auf extrem hohen Highheels unterwegs sind. Trotzdem versuche ich den Gesprächsfaden nicht zu verlieren.

„Nein, nicht zu mir. Er hat den Pacelli-Papst einen satanischen Feigling genannt."

„Aber das ist doch nicht normal."

„Kann man so sagen. Aber was ist bei Kapp schon normal."

„Es ist ja nicht der satanische Feigling allein. Kapps ganze Argumentation hat etwas Getriebenes. Eigentlich könnte er sich doch gelassen zurücklehnen und dich, den Nachgeborenen, in aller Ruhe belehren. Sein Welterfolg ist ihm doch nicht mehr zu nehmen – und schon gar nicht von dir."

„Bist du dir da so sicher?“ , versuche ich einen Witz zu machen und bleibe stehen.

Jetzt ist es Margarete, die mich an der Kinoauslage vom „Cinema Paris“ weiterzieht, wo mein hormongesteuerter Blick auf den freizügig dargebotenen Kurven einer mir unbekannten schwarzhaarigen Schönheit haften geblieben ist, die für einen dieser neuen französischen Filme wirbt, die ich mir immer ansehen will, mein Vorhaben aber aus unerklärlichen Gründen nie in die Tat umsetze.

Auch schon um 11 Uhr am Vormittag ist der alte Berliner Boulevard belebt und nicht nur von Touristen. Offenkundig normale Stadtbewohner tragen Einkaufstüten in der Hand, hocken bei „Reinhardts“ vor und hinter der Glasscheibe, winken Taxis heran oder drängeln sich nach allen Regeln der Kunst in den 19er-Bus – der kurz nach dem Mauerfall zum 119er wurde und jetzt den Namen M19 erhalten hat. Das M steht für Metro und kein Mensch weiß, was sich die Berliner Verkehrsbetriebe dabei gedacht haben.

„Was heißt: bist du dir sicher? Was willst du mir damit sagen? Ein Welterfolg ist ein Welterfolg ist ein Welterfolg, Adrian. Was gibt es daran zu deuteln?“

„Eine ganze Menge, würde ich sagen. Denn alles hat, wie es schon in der Bibel steht, seine Zeit.“

„Tschuldigung: aber in diesem Fall ist das doch eine nichtssagende Phrase.“

„Das sehe ich anders, Margarete. Denn wenn Kapp sich so sicher wäre, müsste er jetzt nicht diese schweren Geschütze auffahren. Bei meinem letzten Besuch war er erstens nicht sonderlich souverän, zweitens widersprüchlich und drittens droht er Professor Klock gleich mit seinen Anwälten, obwohl der Historiker dieser Agentenstory doch klar und unmissverständlich widersprochen hat, und viertens hatte ich schon bei dieser seltsamen Cocktailparty das Gefühl, irgendwas stimmt hier nicht."

„Wieso, was soll nicht stimmen?"

„Das will ich dir sagen, und ich staune, ehrlich gesagt, dass du nicht schon selbst darauf gekommen bist. Denn die Frage ist doch, warum erst jetzt ein Film über den ‚Fels' gemacht werden soll. Nach mehr als vierzig Jahren. Du weißt, ich habe dir erzählt, dass die Theater damals rund um den Erdball Kapps Stück gespielt haben. Aber warum hat man keinen Film daraus gemacht? Aus Theatererfolgen Filme zu machen, war damals gang und gäbe. Und Kapp wird doch nicht freiwillig auf das schöne Geld verzichtet haben, das er für die Filmrechte bekommen hätte. Stell dir mal vor: Omar Sharif als Pater Franco!"

„Und Peter O'Toole spielt Kurt Gerstein und Alec Guinness Pius XII.?", wirft sie ironisch ein und muss laut lachen.

Doch ich bleibe ernst: „Ja. Warum nicht. Ich könnte mir einige aus ‚Doktor Schiwago' vorstellen, die auch im ‚Fels' eine gute und vor allem kassenträchtige Figur gemacht hätten. Klaus Kinski als Obersturmbannführer Eichmann hätte sich jedenfalls wieder so richtig austoben können."

„Aber Kinski hat doch in dem Sowjetmelodram gar nicht mitgespielt."

„Da irrst du, meine Liebe. Kinski tritt dort während der langen Zugfahrt in einer Nebenrolle auf. Seine Figur heißt Amourski. Kostoyed Amourski."

Jetzt ist es Margarete, die lachen muss: „Oh, du mein wandelndes Filmlexikon! Du solltest bei Günter Jauch auftreten und dir in seiner Quizshow die Million Euro abholen. Aber über Lachen und Scherzen sind wir endlich angekommen. Los, komm, wir müssen hier rein, die Bühnenpforte ist hinten in der Passage."

Wir stehen vor dem „Kammertheater am Kurfürstendamm". In den großen Schaufenstern links und rechts vom Haupteingang hängen großformatige Fotos der aktuellen Besetzungen. Es sind Gesichter, die man aus Fernsehserien kennt. Auf einem Plakat wird für die nächste Premiere geworben: „Das Apartment". Also der Kinoklassiker von Billy Wilder mit Jack Lemmon und Shirley MacLaine.

Der Film hat 1961 fünf Oscars bekommen, und ich frage mich, woher die Leute vom Kammertheater den Mut nehmen, gegen diesen Mythos anzuspielen. Auf dem Weg durch eine Einkaufspassage zum Bühneneingang erzählt mir Margarete, dass man hier am Kurfürstendamm nicht den Film nachstellt, sondern die Musicalfassung von Neil Simon mit der Musik von Burt Bacharach spielen will. Als wir uns leise in eine der hinteren Logen schleichen, die der zunächst nicht sonderlich kooperative Pförtner, von Margaretes unwiderstehlichem Augenaufschlag offensichtlich komplett verwirrt, schließlich doch ohne weiter zu murren für uns aufschließt, wird auf der Bühne gerade der Song „I'll never fall in love again" geprobt.

Margarete sinkt augenblicklich tief in einen roten Plüschsessel und hört dem alten Broadwayhit wie gebannt zu. Als ich den feuchten Schimmer in ihren Augen bemerke, schöpfe ich wieder etwas Hoffnung.

Denn meine platonische Freundin hat sich nach zu vielen Enttäuschungen fest vorgenommen, nie wieder eine feste Beziehung einzugehen. Zwei Heiratsanträge von mir hat sie warmherzig, aber bestimmt abgelehnt, und mit einer bloßen Bett-und-hopp-Affäre will sie unsere gute Freundschaft nicht belasten. Ich habe mich nur leise klagend in mein Schicksal gefügt. Doch dieser feuchte Schimmer in ihren schönen grünen Augen lässt mich wieder ein wenig hoffen.

„What do you get when you fall in love?", singt meine platonische Liebe jetzt sogar leise mit, „You only get lies and pain and sorrow. So, for at least, until tomorrow I'll never fall in love again."

Ich seufze tief und leider etwas zu theatralisch. Denn Margarete, deren guten Beziehungen wir diesen Ausflug in die Innenwelt des Kammertheaters verdanken, klappt ihre Handtasche auf und hält mir ein Taschentuch hin, das sie nach kurzem Nesteln aus dem edlen und durchaus echten Krokodillederteil hervorzieht: „Für alle Fälle!" Ich hatte es also verpatzt.

„Hier also war 1963 die Uraufführung des ‚Fels'", flüstere ich ihr ins Ohr und stemme mich gegen den schier übermächtigen Wunsch, mich mit Margarete hier und jetzt und ohne Umschweife ebenso zu verknäulen, wie es die beiden Schauspieler auf der Bühne gerade versuchen. Aber wohl nicht zur völligen Zufriedenheit ihres Regisseurs. Denn der verlässt seinen Platz im Parkett und springt mit dem klassischen Spielleitersatz „Nein, Kinder, so geht das nun wirklich nicht!" die Rampe hoch.

„Ja", flüstert Margarete zurück und schaut mich nun doch mit einem Blick an, wie ihn Frauen in alten

Hollywoodfilmen vor dem allerersten Kuss mit dem lange Entbehrten in diesen gewissen Großaufnahmen bekommen, „aber jetzt lass uns hier wieder verschwinden. In der Maske wartet Bärbel bestimmt schon auf uns."

Margarete und die Maskenbildnerin Bärbel John sind miteinander schon um die Häuser gezogen, als ich noch in einer ganz anderen Problematik steckte. Und weil die John aus familiären Gründen einen Schweizer Pass besitzt, standen diese Häuser östlich und westlich der Mauer. Bärbel John ist als Backfisch, wie man damals so sagte, zu ihrer Mutter in die DDR gezogen. Das muss im Frühjahr 1953 gewesen sein. Denn am 17. Juni, das war der Tag, an dem in Ostberlin sowjetische Panzer den Volksaufstand niederwalzten, war sie am Potsdamer Platz und in der Leipziger Straße mit dabei. Ihr Jugendschwarm gehörte zu den „faschistoiden und lumpenproletarischen Elementen", wie die SED-Parteiführung die Jungs nannte, die Freiheit statt Sozialismus wollten. Er ist von einer russischen Panzerkette zermalmt worden. Das hat Bärbel John von allen roten Utopien geheilt. Ihr Vater war einer der Gründer der Schweizer Kommunistischen Partei, zog es aber vernünftigerweise zeitlebens vor, im Westen zu bleiben und für einen Sozialismus mit alpenländischem Antlitz zu kämpfen. Deshalb hatten Mutter und Tochter John auch in Berlin, Hauptstadt der DDR, immer genug Butter, Kaffee und Schokolade, von Lindt & Sprüngli, versteht sich.

Auch wegen der Schweizer „Schocki" ist die John'sche Küche immer sehr beliebt gewesen. Besonders die Mitglieder der Volksbühne am Rosa-Luxemburg-Platz, wo Mutter John als Schließerin arbeitete und ihr Bärbelchen nach der Gesellenprüfung als Friseuse den ehrenwerten Beruf einer Maskenbildnerin erlernen konnte, saßen sie nächtelang in ihrer Küche. Die dazugehörige Wohnung am Prenzlauer Berg soll zwar recht abgetakelt gewesen sein, dafür aber äußerst weiträumig. Wenn ich Margarete, von der ich das alles weiß, richtig verstanden habe, dann haben die Volksbühnengaukler in diesen Nächten nicht nur Schokolade vernascht.

Kurz nach dem Mauerbau hatte Bärbel John genug vom östlichen Dolce Vita und zog, zusammen mit ihrem Sohn Heinzi, der eine Frucht der Prenzlauer Nächte war, in den Westteil der Stadt. Mit ihrem Schweizer Pass war das für sie zum Glück kein Problem. Sie wurde vom Fleck weg vom „Kammertheater am Kurfürstendamm" engagiert. Das damals aber noch „Freies Volkstheater" hieß, wie mir die John in ihrem Reich aus Kämmen, Lockenwicklern, Brennstäben und Puderquasten mit mildem Lächeln erklärt.

„Und hier in diesem Haus ist also 1963 ‚Der Fels' von Flor Kapp uraufgeführt worden?", frage ich noch einmal sicherheitshalber und löffle dreimal Zucker in den großen Kaffeebecher, den mir die unangefochtene Herrin in diesem Schminktiegelreich randvoll und bärenstark schon dreißig Sekunden nach unserer Ankunft in die Hand gedrückt hat.

„Ja, exakt", antwortet sie und schaut mir tief in die Augen. „Aber der Kapp war damals noch ein dürres, schüchternes Männchen. Der sagte nix und saß während der Proben immer ganz hinten links in der letzten Reihe. Nach dem Riesenerfolg soll sich das ja geändert haben. Aus dem kleinen Flor wurde der großer Zampano."

Ihr Verschwörerblick wird noch eine Spur intensiver.

So einen Lidschatten habe ich das letzte Mal in einer Modezeitschrift der Siebzigerjahre gesehen.

„Aber ohne Erich Castor wäre Kapp nie groß rausgekommen. Castor hat aus dem Riesenschinken mit seinen endlosen Monologen überhaupt erst eine spielbare Bühnenfassung gemacht. Ungekürzt hätte das alles ja sieben Stunden gedauert. Mindestens. Aber Castor wusste, wie's geht. Der war ja ganz alte Schule. Ein Vollblutregisseur, wenn du verstehst, was ich meine", wieder kommt dieser Ich-könnte-dich-glatt-vernaschen-Blick unter schweren Lidern hervor.

Bärbel John duzt alle. Ausnahmslos. Worauf ich von Margarete schonend vorbereitet worden bin. Weil sie weiß, dass ich das eigentlich nicht leiden kann.

„Aber er war wohl zu den ‚Fels'-Zeiten immer noch Bolschewist, oder?", platzt es ziemlich undiplomatisch aus mir heraus. Manchmal kann ich nicht anders. Margarete wirft mir auch sofort einen warnenden Blick zu. Aber Bärbel John lacht nur kurz auf und bringt damit das halbe Dutzend Silberketten zum Klirren, das auf ihrer immer noch imponierenden Büste ausliegt. Das Kettenkonzert klingt wie die Weihnachtsglocken am Schlitten von Santa Claus, wenn der am Heiligabend mit seinen Elchen im Eiltempo noch die allerletzten Pakete ausliefern muss.

„Hier haben nur Bolschewisten gearbeitet, Schätzchen! Dafür hat Erich Castor gesorgt. Soviel ich weiß, ist Erich schon 1919 Genosse geworden, und das ist er bis zu seinem Tode geblieben. Das konnte auch Stalin nicht ändern. Aber so waren die ja alle. Selbst im sibirischen Gulag bei minus dreißig Grad haben die noch ‚Vorwärts und nicht vergessen' gesungen. Denn ‚die

Partei, die Partei, die hat immer recht', wie es in deren Lied heißt. Dieses Dogma haben die mit der Muttermilch eingesogen. Die konnten nicht anders. Die Partei war ihr Gott. Das waren ja allesamt Gläubige und statt in die Kirche sind die auf ihre Versammlungen gegangen. Dort hat man ihnen die reine Lehre eingetrichtert und die allerneueste Parteilinie, und die haben sie dann solange wiedergekäut, bis sie nur noch blutrote Parolen geschissen haben."

Jetzt bin ich aber doch baff. Soviel analytische Klarsicht hätte ich, arrogant wie ich bin, an diesem Ort nicht vermutet.

„Aber Sie sind doch bestimmt nicht aus Ostberlin weggezogen, um hier in einem roten Theater zu arbeiten. Da hätten Sie doch gleich auf der anderen Seite der Mauer bleiben können", trete ich in das nächste Fettnäpfchen. Ich weiß nicht, warum, aber dieser Ort verführt mich ganz einfach dazu.

„Jetzt will ich dir mal was sagen, mein Junge", Bärbel John erhebt sich von dem drehbaren altmodischen Frisierstuhl und reckt ihre ein Meter fünfundfünfzig zur vollen Größe empor. Dabei kommt der hellblaue Lederanzug, den sie über ihrem lila T-Shirt trägt, erst so richtig zur Geltung. „Das waren zwar alles kommunistische Arschlöcher, aber große Künstler. Und ich arbeite nun mal lieber mit Profis als mit diesen Dilettanten, die heute unsere Theater bevölkern. Schauspieler, die nicht sprechen können, haben auf der Bühne nichts verloren. Und Regisseure, denen nichts weiter einfällt, als Shoppen und Ficken, können mir noch nicht mal im Mondschein begegnen. Drüben habe ich es nach dem 13. August '61 nicht mehr ausgehalten, weil ich mich nicht gerne hinter Mauern einsperren lasse. Für mich hat es immer auch ein Leben außerhalb des Theaters gegeben, nicht wahr, Margarete." Diese gluckst kurz, aber zustimmend.

„Und nachdem das jetzt klar ist, will ich euch mal was aus meiner Schatzkiste zeigen." Sie geht an einen der beiden Eisenschränke, die, verbeult und windschief, an der Schmalseite des Raumes stehen, kramt darin herum und kommt schließlich mit einer großen Blechschachtel zu uns zurück.

Und wie zum Beweis dessen, was sie uns über Kapps Schüchternheit gesagt hat, fischt Bärbel John ein Ensemblefoto vom „Fels" aus der Kiste hervor und tippt auf einen Flor Kapp, der, übrigens noch ganz und gar federlos, in der letzten Reihe seinen Kopf mehr versteckt als zeigt. Tja: Tempi passati, kann man da nur sagen.

„Dieses Foto wurde gleich nach der Generalprobe gemacht. Aber hier drin sind noch mehr. Wenn es dich interessiert: bitte, bedien dich. Margarete und ich gehen derweil mal Nase pudern."

Margarete schaut nach diesem Satz etwas verdutzt. Aber als das Bärbelchen bedeutungsvoll mit den Augen rollt, eine Kunst, die sie beherrscht wie niemand sonst, den ich kenne, ziehen die beiden leise kichernd hinaus.

Die Maskenbildnerin John hat mir nicht zu viel versprochen. Ich lege alle Fotos auf die schmale Ablage vor den raumfüllenden Spiegeln und schaue sie mir sehr genau an. Dabei fällt mir auf, dass eine sehr junge und sehr hübsche Schauspielerin zwar auf einigen Probenfotos zu sehen ist, aber nicht mehr auf dem Generalprobengruppenbild. Dort entdecke ich allerdings eine Schwarzhaarige, die auf keinem einzigen Probenfoto vorkommt. Als die beiden Frauen wieder da sind, spreche ich Bärbel John darauf an.

„Ach, die Carola Reher meinst du. Ja, das war damals wirklich ziemlich tragisch und tut mir noch heute tief in der Seele weh. Carola sollte die Rolle der Hildegard spielen. Du weißt, diese Figur tummelt sich da unter diesen SS-Männern und alle sind scharf auf sie. Carola sah hinreißend aus und machte ihre Sache auch wirklich gut. Eigentlich waren alle Kerle in sie verliebt, und selbst Castor, der schon aus Prinzip mit Lob geizte, hatte ihr ab und an was Nettes gesagt."

„Aber warum spielte sie dann bei der Generalprobe nicht mehr mit?", will ich wissen.

„Ich bin doch gerade dabei, dir das zu erklären, mein Junge", wieder klimpern vorwurfsvoll ihre Ketten und mit einem Blick über den Spiegel zu Margarete, die jetzt, ihren zweiten Kaffee schlürfend, schräg hinter mir sitzt: „Also weißt du, Kindchen, du solltest dir doch noch mal gut überlegen, ob du einen so ungeduldigen Burschen wirklich heiraten willst."

Margarete verschluckt sich und bekommt einen Hustenanfall. Doch als ich aufspringe, um ihr auf den Rücken zu klopfen, hält sie mich mit ihrer rechten Hand auf Distanz und streckt mir gleichzeitig mit der linken ihre Tasse entgegen, die ich pflichtschuldigst nehme und auf der Spiegelablage abstelle. Dabei sehe ich, dass Margarete ihrer alten Freundin einen sehr bösen Blick zuwirft.

„Wupps, da bin ich wohl etwas indiskret gewesen", meint diese und strahlt dabei wie das berühmte Pferd aus Honigkuchen, „doch wie dem auch immer sein möge. Zurück zu Reher."

„Ich dachte, die hat Neher geheißen“, versuche ich von meiner Verlegenheit abzulenken.

„Nein, Verehrtester, unsere hieß Carola Reher. Carola Neher war zwar auch Schauspielerin und obendrein eine von Brechts zahlreichen Geliebten. Die Neher ist in einem russischen Lager elend zugrunde gegangen, ohne dass der Herr Stückeschreiber für sie auch nur einen Finger gerührt hätte. Unsere Carola hieß Reher und kam auch aus Bayern. Sie ist sogar wie die Neher in München geboren. Bloß vierzig Jahre später. Als sie hier engagiert wurde, war sie gerade mal süße zwanzig. Frisch vom Max-Reinhardt-Seminar. Irgendwer dort hatte sie Castor empfohlen. Aber ihr Problem war ihre katholische Religion. Wann immer sie konnte, ist sie gleich hier ums Eck in die St.-Ludwigkirche zur heiligen Messe gelaufen. Sie trug ein güldenes Kreuzlein am Hals und einmal hab ich sie sogar mit einem Rosenkranz in der Hand in ihrer Garderobe gefunden. Alle suchten sie. Doch Carola hatte den Inspizientenruf glatt überhört. So sehr war sie in ihr Gebet vertieft. ‚Bitte verrat mich nicht‘, flüsterte sie mir lachend zu und stürmte an mir vorbei auf die Bühne. Sie hatte was von einem unschuldigen Engel und mit ihren langen Locken sah sie ja auch so aus.“

„Aber warum war das Katholische beim Theaterspielen ein Problem?“, will jetzt Margarete wissen, die inzwischen auch wieder normal atmen kann.

„Weil der ‚Fels‘ nun mal durch und durch antikatholisch ist. Das sieht doch ein Blinder. Aber die kleine Carola hat erst nach und nach gemerkt, in was sie da mitspielt. Irgendwann ist sie an ein paar zusammenhängenden probenfreien Tagen zu Hause in München gewesen.

Dort hat sie sich wohl mit ihrem alten Beichtvater getroffen, und der hat ihr erklärt, dass Kapp und Castor mit dem ‚Fels' über Papst Pius XII. die allerschlimmsten Lügen verbreiten. Nach der ersten Hauptprobe fing sie tapfer eine Diskussion darüber an. Man stelle sich vor, eine Anfängerin diskutiert mit dem Großmeister Castor. Er hat sie dann natürlich sofort hochironisch abgebügelt. Aber offenbar ist in München so was wie der Heilige Geist in sie gefahren. Denn todesmutig ließ sie nicht locker und drohte sogar damit, zur Presse zu gehen, um dort zu berichten, wie man hier bei den Proben über Papst und Kirche so spricht. Da hat Castor sie kurzerhand rausgeschmissen und die Rolle umbesetzt."

„Und wie ging es dann weiter?", Margarete steht auf und setzt sich zu mir. Hat sie vorhin auf dem Damenklo tatsächlich mit Bärbel John über mich gesprochen?

„Nach dem Rausschmiss hat sich die Kleine hier bei mir in der Maske noch mächtig ausgeweint. Ich habe ihr geraten, sich zu entschuldigen. Aber sie wollte nicht und ist standhaft geblieben. Aber ob das wirklich ein Glück war? Ich weiß nicht."

„Wieso?", fragt Margarete, und ich rücke ganz vorsichtig näher an sie heran.

„Weil die gute Carola nie wieder Theater gespielt hat. Ein so begabtes Mädchen und wegen ihrer Wahrheitsliebe war plötzlich alles vorbei."

„Aber was ist denn aus ihr geworden?", will ich nun wissen, und meine Stimme kommt mir irgendwie fremd vor.

„Gerüchten zufolge ist sie in ein Kloster gegangen und Nonne geworden. Aber ob das tatsächlich stimmt, kann ich euch auch nicht sagen. Eines aber ist sicher:

Ihr beide seid wirklich ein schönes Paar. Nimm ihn Margarete, einen Bess'ren als ihn findest du nimmermehr!" Wieder das Kettenklirren und dieser sagenhafte Augenaufschlag.

„Jetzt reicht es aber wirklich, Bärbelchen", schneidet ihr Margarete das Wort ab und rüstet zum Aufbruch. Auch ich erhebe mich jetzt und mache vor der erstaunlichen Maskenbildnerin Bärbel John einen tiefen Kratzfuß – den sie wie eine Königin huldvoll quittiert. Schweigend verlassen wir dann das Theater. Als ich auf dem Kurfürstendamm stehen bleibe und Margaretes Hand nehmen will, schüttelt sie mich ab: „Sag jetzt nichts, Adrian. Und schon gar nichts Privates."

***

Der Aufstand, den die kleine Elevin Carola Reher gegen Erich Castor vor der Uraufführung von Kapps „Fels" angezettelt hatte, lässt mich nicht wieder los. Auch Bärbel Johns ungnädige Bemerkung zur angeblich unrühmlichen Rolle Brechts beim Tod seiner Geliebten Carola Neher will mir nicht mehr aus dem Kopf. War das wirklich so gewesen? Weil mein Wissen darüber nur ziemlich vage ist, tue ich das, was heute alle Welt macht: Ich recherchiere im World Wide Web. Danach bin ich nicht nur um einiges schlauer, sondern werde auch um einiges nachdenklicher.

Carola Neher ist 1926 nach Berlin gegangen und arbeitete dort mit Brecht. In der Uraufführung der „Dreigroschenoper" sollte sie die Polly spielen. Aber während der Proben starb ihr Mann, der Dichter Alfred Henschke alias Klabund, in Davos an Tuberkulose.

Carola Neher fuhr zur Beerdigung, und die Premiere im Theater am Schiffbauerdamm am 31. August 1928 fand ohne sie statt. Das Stück wurde ein Riesenerfolg, und bei der Wiederaufnahme 1929 war sie dann in der Rolle der Polly wieder dabei.

1932 gehörte die Neher immer noch zum Brecht-Clan. Sie war wohl auch eine von seinen Geliebten. Doch offenbar war sie dem Meister nicht so bedingungslos verfallen wie die anderen Frauen in seinem Harem. Denn sie heiratete den aus Rumänien stammenden Kommunisten Anatol Becker und verließ mit ihm 1933 Deutschland. Ab 1934 lebten beide in Moskau, wo sie im Kabarett „Kolonne links" arbeiteten. Der Chef von „Kolonne links" hieß Gustav von Wangenheim. Der denunzierte das Ehepaar Becker-Neher und lieferte es damit an die Mordmaschinerie der sowjetischen Staatssicherheit aus.

Im Zuge der stalinistischen „Säuberungen" wurde Anatol Becker 1937 als „Trotzkist" hingerichtet und Carola Neher zu zehn Jahren Arbeitslager verurteilt. Sie hielt aber nur fünf Jahre durch und starb 1.480 Kilometer von Moskau entfernt im Gulag Sol-Ilezk bei Orenburg an Typhus. Ob Brecht für seine Schauspielerin Carola Neher etwas hätte tun können, ist umstritten. Gustav von Wangenheim selbst überlebte Stalins Terror als Ressortleiter beim sowjetischen Propagandasender „Freies Deutschland" und setzte nach dem Krieg in der DDR seine Karriere als Defa-Regisseur und Drehbuchautor fort. Für seine treuen Dienste vor und hinter den Kulissen wurde Wangenheim mit dem Nationalpreis ausgezeichnet. Soweit bekannt, starb Wangenheim 1975 als Achtzigjähriger eines natürlichen Todes. Auch wenn das alles nur indirekt mit Kapp zu tun hat: immerhin hat in denselben Moskauer Kreisen auch Erich Castor verkehrt.

Mich interessiert das jetzt alles vor allem deshalb, weil Erich Castor, wie beinahe alle roten deutschen Künstler der Zwanziger- und Dreißigerjahre, in diesem kommunistischen Gruselkabinett aus Lüge und Verrat zu Hause gewesen ist. Auch Castor lebte vor seiner endgültigen Emigration in die Vereinigten Staaten einige Jahre in der Sowjetunion. Und ausgerechnet er inszenierte die Uraufführung von Kapps „Fels". Nur ein Zufall? Oder steckt mehr dahinter? Das wüsste ich gern. Doch Castor ist tot und von Kapp werde ich sicher nicht das erfahren, was mich jetzt wirklich interessiert.

9. Mai

Nach einem langen Rotweinabend mit mir allein, an dem ich aus Bärbel Johns Verkupplungsversuch und den letzten Worten von Margarete „Sag jetzt nichts, Adrian. Und schon gar nichts Privates" das Allererfreulichste für meine Zukunft als Ehemann herauslese, und einem animierenden prophetischen Traum, in dem Margarete sehr überzeugend unsere platonische Phase finalisiert, fahre ich am nächsten Tag erstaunlich erfrischt schon früh mit der S-Bahn zum Lehrter Bahnhof – der nach dem Willen von Bahnchef Mehdorn seit geraumer Zeit „Hauptbahnhof" heißt. Beschwingt trabe ich die steile Bahnhofsfreitreppe am Humboldthafen hinunter und mache mich auf den Weg in den östlichen Teil der Invalidenstraße – der noch jungen Sonne entgegen.

Als ich das Platzquadrat am Neuen Tor überquere,

schenkt mir die schönste der drei Charité-Krankenschwestern, die Arm in Arm über den Robert-Koch-Platz schlendern, ein bezauberndes Lächeln. So und nicht anders müssen einst die drei Grazien Euphrosyne, Thaleia und Aglaia Frohsinn und Glanz und blühendes Glück geschenkt haben. Ihr Lächeln beflügelt mich und mit einem fröhlichen Guten Morgen auf den Lippen stürme ich das Castor-Archiv der Akademie der Künste.

Der wachhabende Pförtner scheint allerdings alles andere als eine gute Nacht gehabt zu haben. Als ich an ihm vorbei zum Fahrstuhl eile, pfeift er mich scharf zurück und pocht wortlos mit seinem Wurstfinger auf das hauseigene Gästebuch, in dem ich meine Ankunft in diesem hohen Hause mit vollem Namen und eigenhändiger Unterschrift dokumentieren soll. Ohne diese klug ersonnene Hausordnung wäre das gesamte Archivwesen mit an Sicherheit grenzender Wahrscheinlichkeit bereits längst zusammengebrochen.

Mein angeborener Widerstandsgeist hat sich offenbar von meiner unerschütterlich guten Laune einschläfern lassen. Ich tue wortlos, was der Zerberus von mir verlangt. Als ich nach diesem Akt der Unterwerfung den Fahrstuhl betreten darf, wünsche ich mir schon nach den ersten Metern, beim Pförtner auch gleich mein Testament gemacht zu haben. Dieses mitleiderregend hässliche Liftungetüm mit seinen für nur fünf Stockwerke irrwitzig vielen Knöpfen stammt nicht nur noch aus unseligen VEB-Schkopau-Zeiten, es gibt überdies Geräusche von sich, die sich wie der Filmsound aus „Psycho“ anhören und mein Nervenkostüm genauso strapazieren, wie es besonders dieser Hitchcock-Horror tut. Als sich nach einigem Zögern die Tür des volkseigenen Beförderungskorbs sogar im richtigen Stockwerk wieder öffnet, atme ich ganz tief durch. Von da an ist alles verblüffend einfach.

Ohne zu murren, legt mir die Archivarin nach einer kurzen Wartezeit das komplette Castor-Konvolut auf die schmale Theke. Ich stecke mir drei der dort in großer Zahl bereitliegenden und pfiffigerweise schon sorgfältig vorgespitzten Bleistifte in die Reverstasche meines Jacketts und balanciere den leicht schwankenden Papierstapel durch die Glastür zum Lesesaal. Was ich dann in den nächsten Stunden über Erich Castors Leben erfahre, passt zum Fahrstuhl.

Auch Castor ist, wie Carola Neher und ihr Mann, 1936 in Moskau als Trotzkist denunziert worden. Nur konnte er sich rechtzeitig in den Westen absetzen und emigrierte drei Jahre später in die USA – also gewissermaßen ins kapitalistische Ausland. Dort traf ihn ein weiterer harter Schicksalsschlag: Wie schon zuvor im roten Russland, wollte man auch in Amerika sein Theater nicht. Dabei war es mit Erich Castors Künstlerkarriere nach dem Ersten Weltkrieg steil nach oben gegangen. 1892 geboren, trat er, damit hat Bärbel John völlig recht, schon kurz nach der Novemberrevolution in die KPD ein. In den Zwanzigerjahren arbeitete Castor auch mit Brecht zusammen und wurde in Berlin mit seinen eindeutig linksgerichteten politischen Theaterinszenierungen schnell berühmt. Er bekam sogar ein eigenes Haus: die „Castor-Bühne am Nollendorfplatz“. 1931 musste sein Theater jedoch Konkurs anmelden, und Castor setzte sich in die Sowjetunion ab. Ob er gelackmeierte Gläubiger hinterließ, darüber schweigt sich das Archiv aus.

Angekommen in der Heimat der Werktätigen, zeigten die dem Agitprop-Star aus dem Westen die kalte Schulter. Man ließ ihn zwar nicht verhungern, aber der große Erich Castor, dem tout Berlin rouge zu Füßen lag, durfte nur in Murmansk und Odessa einige Filme machen. Aber in Moskau nicht. 1936 kam er auf Stalins Todesliste. Zu seinem Glück war er zu diesem Zeitpunkt auf einem Künstlerkongress in Paris und, von gutmeinenden Genossen gewarnt, kehrte er nicht mehr ins bolschewistische Paradies zurück.

Wie Zehntausende andere Kommunisten, ignorierte auch Erich Castor diesen überdeutlichen Wink mit dem Schicksalszaunpfahl und folgte wie ein Lemming weiter dem roten Pfad. Im Spanischen Bürgerkrieg engagierte er sich für die Sache der Republikaner. Doch sein jetzt mehr satirisch angelegtes Theater wurde von den Genossen in Katalonien nicht goutiert. Kurz vor Beginn des Zweiten Weltkrieges setzte Castor über den großen Teich, um in „the land of the free, home of the brave“ sein Glück zu machen. Aber seit dem Berliner Konkurs war der Wurm drin. Auch Amerika erfüllte Castors Hoffnungen auf neues Theaterglück nicht. Aus der Not heraus gründete Castor in New York einen sogenannten Dramatic Workshop. Dank zahlreicher engagierter Mitarbeiter hielt er sich als Schauspiellehrer bis 1951 über Wasser.

Als McCarthy im Kalten Krieg damit begann, in den USA Kommunisten aufzustöbern, hielt man Castors „Dramatic Workshop“ für eine Organisation von kommunistischen „fellow travellers“. Was vermutlich nicht ganz aus der Luft gegriffen war. Castor zog es vor, über Nacht nach Deutschland zurückzukehren. Aber nicht in die DDR. Stalin lebte 1951 noch, und weil Castor den langen Arm des sowjetischen Geheimdienstes kannte, zog der Genosse Schlitzohr die Arbeit an bundesdeutschen Bühnen vor. Erich Castor war seit 1919 Kommunist, und nichts in seiner Biografie deutete darauf hin, dass er sich irgendwann von dieser Ideologie losgesagt hätte. Im Gegenteil: Hinweise für seine Gesinnungstreue gibt es in seinem Archiv zuhauf, und obwohl ihn die moskautreuen Kommunisten, euphemistisch gesagt, ziemlich hart rangenommen haben, riss sein Kontakt nach Ostberlin nie ab.

Interessanterweise erfahre ich im Castor-Archiv auch, dass das hebräische Habima-Theater bereits 1917 in Moskau gegründet wurde, die Sowjetunion dann 1926 verließ, auf Westtournee ging und schließlich unter dem Dach der „Castor-Bühne am Nollendorfplatz" solange ein neues Zuhause hatte, bis es dann 1931 seine endgültige Heimat in Tel Aviv fand. Nach dieser interessanten Information sehe ich die schnelle Einladung für den „Fels" ans israelische Habima mit ganz neuen Augen.

Die angeblich so spießige Adenauerrepublik nahm Castor mit offenen Armen auf. Zwar zerschlug sich 1953 Max Horkheimers Plan, an der Frankfurter Universität für Castor eine staatlich finanzierte Theaterakademie zu gründen. Aber für die Schillerplakette des Landes Hessen reichte es allemal. Dieses Signal wurde von genügend westdeutschen Bühnen verstanden. Man bot Erich Castor einträgliche Regiegastverträge. 1958 folgte das Bundesverdienstkreuz, und 1962 war Castor nach 31 Jahren wieder Intendant – am „Freien Volkstheater", wo er als fast Siebzigjähriger mit Kapps „Fels" den größten Erfolg seiner Nachkriegslaufbahn erlebte. Vier Jahre später, am 30. März 1966, war Castor tot.

10. Mai

Ich bin keineswegs so blauäugig, davon auszugehen, dass Justus Grube mir anstandslos eine Romreise spendiert, und die Gründe, warum der Herr Produzent gern den ganz harten Hund gibt, sind mir auch nicht unbekannt. Aber was ich an diesem Tag an Unverständnis und Aggression erleben muss, überrascht mich dann doch. Schon bei meinem Eintritt in sein Allerheiligstes ist er hochfahrend und arrogant und spielt sich auf. Als ich ihm in einfachen Worten klarzumachen versuche, warum gerade jetzt eine Recherchereise nach Rom für mich wichtig ist, schäumt er auf vor Wut und tut so, als wollte ich mich auf seine Kosten am Tiber eine Woche lang mit den teuersten Edelkurtisanen der Stadt vergnügen.

„Wenn du deinen Vertrag haben willst, um den du sicher als Nächstes betteln wirst, dann solltest du dir diese völlig absurde Romreise aber so was von schnell aus dem Kopf schlagen. Friedhoven! Ich fass es einfach nicht. Anstatt hier bei mir mit dem ersten fertigen Drehbuchdrittel aufzukreuzen, wie ich es eigentlich von einem Mann in deiner beschissenen Lage erwartet habe, kommst du mir mit so einem Mist. Statt fleißig zu schreiben, gehst du zu Kapp und stellst ihm sehr peinliche, sehr überflüssige und obendrein auch noch sehr unverschämte Fragen. Natürlich ohne mich vorher darüber zu informieren, geschweige denn um meine Erlaubnis zu bitten. Ich sage es dir jetzt hier in aller Deutlichkeit, und du kannst das getrost als mündliche Abmahnung betrachten: keine Alleingänge mehr. Nichts. Nada. Niente. Kapiert! Ich bezahle dich nicht für Privatforschungen, sondern für ein Drehbuch. Und die Vorlage für dieses Drehbuch ist, wie wir alle wissen, das Schauspiel ‚Der Fels' von Flor Kapp. Und wenn ich mich recht erinnere, dann habe ich dir dieses Schauspiel eigenhändig am ersten Tag unseres Arbeitsverhältnisses persönlich übergeben. Und jetzt für dich noch mal ganz langsam zum Mitschreiben: Dieses Arbeitsverhältnis hängt nur noch an einem extrem dünnen seidenen Faden! Also: hopp, hopp, schwing die Hufe. In einer Woche will ich erste Ergebnisse sehen."

Während dieser Machtdemonstration hat Grube seine Zigarre nicht ausgehen lassen und pafft dicke Rauchwolken zu mir herüber.

„Wie mir scheint, ist das heute ganz und gar nicht dein Tag, Grube!"

Der Produzent starrt mich entgeistert an. Ganz sicher hat er mit einer schnellen und formlosen Kapitulation gerechnet. Er weiß genau, dass ich das Geld aus dem Drehbuchvertrag dringend brauche. Aber schon dieser Hauch einer Liebeserklärung von Margarete vorgestern im Kammertheater hat mich gestärkt. Liebe verleiht Flügel. Diese Flügel probiere ich jetzt aus.

„Und deine Unverschämtheiten kannst du ruhig stecken lassen. Da brat ich mir nämlich ein Ei drauf. Mir geht es allein um die Sache, und für diese Sache solltest auch du dich ausschließlich interessieren. Dein Geschäft ist es, eine Filmfinanzierung sicherzustellen, und mein Geschäft ist es, ein Drehbuch zu schreiben. Wenn es vorliegt, hast du das Recht, es in die Mülltonne schmeißen. Aber wie ich es schreibe, das musst du schon mir überlassen. Im Übrigen solltest du weniger starke Zigarren rauchen. Du bist gerade sehr bleich geworden."

Produzent Grube sitzt immer noch stumm und wie

vereist da. Er hört sogar mit dem Paffen auf. Offensichtlich hat ihn meine Vorwärtsverteidigung aus der Bahn geworfen. Ich zähle langsam bis dreißig. Immer noch das große Schweigen. Kann der Zeitpunkt für einen Abgang wie in einem Italowestern günstiger sein? Ohne ein weiteres Wort erhebe ich mich aus dem durchgesessenen Designersessel und lasse den Produzenten alter Schule mit seiner Cohiba allein. Als ich die dick gepolsterte Tür hinter mir schließe, sieht mich Cornelia Binder, Grubes rechte Hand, mitleidig an.

„War es sehr schlimm?“, fragt sie.

„Nein“, antworte ich und bewege vorsichtig Schultern und Nacken, die sich in den letzten Minuten wohl doch etwas verkrampft haben, „diesmal habe ich gebohrt.“

Conny, wie sie hier in der Produktionsvilla von allen genannt wird, lacht vergnügt auf. Doch in ihren Augen lese ich einigen Unglauben. Die Binder hält es nun schon bald zwanzig Jahre in Grubes Vorzimmer aus und kennt ihren Chef aus dem Effeff. Sie hat alles gesehen, alles erlitten, alles verziehen – aber nichts vergessen. Sie bringt das schwierige Kunststück fertig, ihrem Chef gegenüber zutiefst loyal zu sein, gibt aber morgens an der Garderobe ihren eigenen Kopf nicht ab. Conny ist also ein Schatz. Was auch immer streng riechend aus Grubes Höhle quillt und von ihr nach außen vertreten werden muss – sie bleibt Mensch dabei. Das spüren alle, die mit ihr zu tun haben. Deshalb kommt auch niemand auf die Idee, sie für den Hund ihres Herrn zu halten.

Außerdem sieht sie klasse aus. Auf einem Schwanenhals sitzt ein besonders schön geformter afrikanischer Kopf. Denn ihre Mutter ist zwar waschechte Berlinerin, aber der Vater stammt aus Ghana. Noch in den Neunzigern hat sie eine üppige Afrokrause getragen. Aber seit einigen Jahren ist von ihrer tiefschwarzen Pracht nur noch ein Hauch zu sehen. Sie macht das selbst. Mit einem Barthaarschneider und zwei Spiegeln, wie sie mir in einer schwachen Stunde einmal verraten hat.

Das einzig Dumme für Männer ist: Conny lässt an ihren gertenschlanken Leib keinen heran. Sie bevorzugt Frauen. Der Schlusssatz aus Billy Wilders Meisterwerk „Some like it hot" ist alles, was mir zu diesem Thema einfällt. Jack Lemmon und Tony Curtis, zwei Musiker, die sich vor Killern der Chicagoer Mafia als Mädels verkleidet in den fragilen Schutz einer Damenkapelle geflüchtet haben, fliehen am Filmschluss – gemeinsam mit der hinreißenden Marilyn Monroe – in einem kleinen Motorboot aufs Meer hinaus. Am Steuer sitzt Joe E. Brown. Er spielt den Multimillionär Osgood Fielding III. und ist wild entschlossen, die Bassgeige Daphne alias Jack Lemmon zu ehelichen. Als der sich in seiner Not schließlich als Mann outet, reckt Joe E. Brown bloß trotzig sein markantes Kinn in den Seewind und sagt: „Well, nobody's perfect!"

Leider bin auch ich, wieder einmal, von Perfektion sehr weit entfernt. Zwar bin ich mit meiner Reaktion bei Grube mehr als zufrieden, weiß aber nicht, warum er geradezu hysterisch auf meinen Vorschlag reagiert hat, selbst nach Rom zu reisen und mir das Dach des Petersdoms anzuschauen, auf dem sich Flor Kapp nach seinen eigenen Worten die entscheidenden Inspirationen für seinen „Fels" geholt hat. Warum soll ich nicht auch mich dort von den Musen küssen lassen? Warum verstören den guten Justus meine Recherchepläne so sehr, dass er nicht bloß ein bisschen mit der Peitsche knallt, sondern meint, mir wie ein Foltermeister die Instrumente zeigen zu müssen?

Grubes Produktionsfirma Sibolux ist nach dem Berliner Mauerfall nicht, wie die meisten anderen der Branche, nach Mitte umgezogen. Er residiert nach wie vor in einer ruhigen Seitenstraße in Neu-Westend. Die Beschaulichkeit dieses Quartiers, das sich vom guten alten Funkturm bis zum Olympiastadion erstreckt, kann durchaus hilfreich sein, wenn es darauf ankommt, in aller gebotenen Ruhe Filmstoffe zu entwickeln. Doch diese Ruhe hat keiner mehr.

Eine Viertelstunde nach meinem Zusammenprall mit Grube sitze ich mit Conny und dem Sibolux-Herstellungsleiter Peter Jarofke im großen Garten des Hauses.

„Stört es euch nicht, dass uns Grube von seinem Büro aus hier im Garten sehen kann?"

Conny schaut mich verblüfft an: „Wie lange kennst du mich jetzt, Adrian? Übrigens ist der Chef gar nicht mehr da. Er ist kurz nach deinem Abgang weggefahren. Nun erzähl doch mal. Was war denn zwischen euch los?"

Meinen kurzen Bericht kommentiert Jarofke als Erster: „Geld musste auch früher verdient werden. Aber seit einigen Jahren wirkt die ganze Branche wie getrieben. Für eine mittlere Firma wie die Sibolux ist die Luft zum Atmen immer dünner geworden. Und das ist eigentlich noch milde ausgedrückt. Ein Kinofilm wie ‚Der Fels' ist eine Chance, wieder groß ins Geschäft zurückzukommen. Vielleicht sogar unsere letzte. Möglicherweise erklärt das Grubes Reaktion."

„Jarofke hat recht", bestätigt Conny diese Analyse, „die Sibolux braust mit vollen Segeln auf den Abgrund zu. Trotzdem: Souverän geht anders. Weißt du eigentlich,

Adrian, dass Grube es nicht einmal mehr wagt, seinen Blick gen Himmel zu heben?“

„Wieso? Wie meinst du das?“

„Er fürchtet sich nämlich davor, über dem Dach der Produktionsvilla die Geier kreisen zu sehen!“

Conny Binder kichert in sich hinein, und als ich wie automatisch ins Sonnenlicht blinzle, sind zwar keine Aasgeier zu sehen, aber in diesem Moment erhebt sich ein Krähenschwarm wie eine schwarze Wolke von einer der großen Kastanien, die den Garten umsäumen, und fliegt vollkommen lautlos davon. Für einen Augur, wie in der Antike die Seher genannt wurden, wäre das ein eindeutiges Zeichen für bevorstehendes Unheil gewesen. Doch für mich ist das bloß ein Vogelschwarm. Leider. Hätte ich prophetische Fähigkeiten gehabt, wäre mir später vieles erspart geblieben.

„Also, Adrian Friedhoven, ich denke, Sie sollten nach Rom fahren“, sagt Jarofke jetzt unvermittelt. „Oder, Conny, was meinst du?“, wendet er sich jetzt an die Binder, mit der er ein betont gutes Einvernehmen pflegt. Die Chefsekretärin nickt gelassen. Was ist hier los, frage ich mich und wittere Rebellion. Ich kenne Jarofke eher als einen vorsichtig abwägenden Mann. Aber offenbar haben ihn meine Argumente pro Petersdom und Vatikan überzeugt. Er brummelt sogar nicht erst einmal, wie es sonst seine Art ist, leise vor sich. Überhaupt pflegt Peter Jarofke bewusst das Image des raubeinigen Machers und lässt, wenn es um persönliche Dinge geht, andere Menschen nur ungern näher an sich heran.

Er hat mehr als die Hälfte seines Lebens in der DDR verbracht und dort für die Defa gearbeitet. Er war allerdings nie ein Mann der Partei. Was Diktatur ist, das wusste er damals so gut wie heute. Da macht ihm keiner was vor. Wie er es geschafft hat, auch im Westen in der Filmbranche gut anzukommen, das hat mir immer Respekt abgenötigt. Mit gewissen Einschränkungen, denn man weiß ja nie. Doch wie auch immer: in dem schmalen, eigentlich eher zierlichen Mann steckt offenbar auch mit 60 Jahren immer noch eine Menge Kraft.

„Sehe ich das richtig, lieber Herr Jarofke, der Herstellungsleiter der Sibolux bezahlt meine Romrecherche?"

„Ja", knapper geht es nicht.

„Damit setzen Sie sich allerdings über den ausdrücklichen Willen des Produzenten hinweg."

„Das ist nicht Ihr Problem, oder?"

„Und Sie meinen also nicht, dass die katholische Kirche antikommunistisch gewesen ist?", will ich von ihm jetzt aber doch wissen.

„Selbstverständlich war die Kirche antikommunistisch!"

„Ja, aber dann verstehe ich nicht ..."

„Aber deswegen muss der Papst noch lange nicht mit Hitler paktiert haben." Jarofke sieht mir einen Moment sehr ernst in die Augen. Dann huscht ein breites Lächeln über sein schmales und von mehr als einer Überlebensfalte durchfurchtes Gesicht. Allerdings nur für einen fast irrealen Moment und schon ist das übliche Pokerface da. Ja, Peter Jarofke ist schon ein seltsamer Bursche. Ganz schlau bin ich bis heute nicht aus ihm geworden. Conny Binder hat mir einmal gesteckt, dass ihr Herstellungsleiter katholisch sei. Deshalb lehne ich mich jetzt möglicherweise ein bisschen zu weit aus dem Fenster: „Und wenn es doch so gewesen wäre? Bricht das Ihr katholisches Herz?"

Jarofke, der scheinbar durch nichts zu erschütternde Stoiker, holt jetzt ganz tief Luft: „Nein. Warum sollte deswegen mein katholisches Herz brechen? Ich bin ja nun auch alles andere als ein Musterkatholik. Vielleicht bin ich sogar nicht einmal mehr ein schlechter. Denn in der DDR habe ich meinen Glauben nicht praktiziert. Bei der Defa wäre das nicht so gut gewesen. Und nach der Wende habe ich auch nicht die Kraft aufgebracht, in den Schoß der Santa Catholica zurückzukehren. Doch darum geht es mir gar nicht."

„Worum geht es Ihnen dann?"

„Um die historische Wahrheit."

„Und was hat die historische Wahrheit mit einem Drehbuch zu tun?"

„Ganz einfach: Sie sollten eins schreiben, das die Zuschauer nicht belügt! Das Ding hatte ich in der DDR lange genug."

„Und was krieg ich dafür?"

„Was Sie von Grube für ein Drehbuch bekommen, das Kapps ‚Fels' korrigiert oder womöglich sogar fundamental in Frage stellt, dürfte uns allen hier einigermaßen klar sein."

„Jede Menge Ärger, Herr Jarofke."

„Ärger wird das Mindeste sein, womit wir rechnen müssen, und beim Ärger allein wird es bestimmt nicht bleiben."

Dazu sage ich nichts. Ich blicke Jarofke nur fragend und abwartend an. Mindestens drei volle Minuten sagt keiner von uns beiden etwas. Auch Conny Binder schweigt und betrachtet bloß interessiert ihre wie immer makellos manikürten Fingernägel. Dann räuspert sich Jarofke und flüstert fast: „Ein Westler, der schweigen kann. Dass ich das noch einmal erleben darf. Schön, Friedhoven! Fahren Sie jetzt erst mal nach Rom und recherchieren Sie dort sehr gründlich. Conny hat Ihre Flugscheine schon ausgedruckt."

„Flugscheine? Hab ich da einen Plural gehört?", will ich wissen.

„Ja, sicher. Oder wollen Sie etwa ohne Frau Rabenschlag zum Papst fahren? So ein eleganter schwarzer Spitzenschleier putzt Ihre Herzensdame bestimmt ganz ungemein."

11. Mai

„Ja, ich kenne den jungen Kollegen Klock recht gut. Er wird seinen Weg machen. Schön, dass er jetzt endlich eine ordentliche Professur bekommen hat. Wenn auch in Potsdam."

Aufrecht, wie ein altgedienter Ulan, sitzt Monsignore Ansbach in seinem Arbeitszimmer und nippt am Tee. Er zeigt einladend auf den Nusskuchen, den uns eine Minute zuvor seine Haushälterin Signora Farina serviert hat. Der Kuchen mit seiner rot-grün schimmernden Glasur und das Teegeschirr mit der Meissener Rose deuten dezent auf den geschmackssicheren Stil des Hausherrn hin und die weiß-blauen Rauten auf dem schmalen, fein gestickten Saum der Leinentischdecke interpretiere ich sicher nicht falsch als kleine Reminiszenz an Ansbachs bayerische Heimat.

„Aber bitte, bedienen Sie sich, Herr Friedhoven, und auch du, Margarete. Denn du hast es am allerwenigsten nötig, auf deine Linie zu achten."

„Was hast du gegen Potsdam?", fragt Margarete Rabenschlag den alten Priester. Er ist mit ihrer Familie „schon immer“ befreundet gewesen. Margarete und auch ihre beiden Brüder sind von Ansbach getauft worden.

„Dort ist es recht protestantisch, oder?“, Ansbach lächelt schief, wie über einen nicht ganz stubenreinen Witz.

„Du bist unmöglich, Onkel Marcus“, Margarete nennt ihn seit ihren Kindertagen so. Obwohl er das streng genealogisch gesehen nicht ist.

„Du hast recht, und ich werde es auch bestimmt nicht wieder tun.“

Ansbach nimmt sich jetzt selbst vom Kuchen und deutet mit der Gabel auf mich: „Und nun haben wir lange genug um den heißen Brei herumgeredet. Sie wollen also mit meiner Hilfe ins Geheimarchiv – und das am besten noch gestern. Oder habe ich da etwas falsch verstanden?“

Nein, hat er nicht. Monsignore Ansbach ist nicht nur Prälat der römisch-katholischen Kirche, er ist auch Historiker und Professor für Kirchengeschichte. Jetzt ist es kurz nach vier nachmittags. Margarete und ich sind noch bei Nacht und Tau vom Berliner Flughafen Tegel abgeflogen. Pünktlich um fünf nach acht ist die Linienmaschine der Air Berlin auf dem römischen Flughafen Leonardo da Vinci gelandet. Schon eine Viertelstunde später sitzen wir mit unserem leichten Reisegepäck im Schnellzug zum Bahnhof Trastevere. Den dortigen Bahnsteig verlassen wir über zwei enge Treppen: eine steil runter und eine steil rauf. Dann schickt uns Margarete über einen schlaglochgespickten und für Rollkoffer wenig geeigneten Vorplatz zur Straßenbahnhaltestelle der Linie 8. Unser nächstes Ziel ist der Largo Argentina. Dort steigen wir in einen mit Touristen vollgestopften

Bus, die wie wir alle zum Vatikan wollen. Natürlich hätte ich am Flughafen lieber ein Taxi genommen. Aber Margarete liebt es, auf diese umständliche Weise ins römische Herz zu kommen. Für sie ist die Stadt ein Heimspiel. Ihr Großvater war in den Sechzigerjahren deutscher Botschafter beim Vatikan. „Presso Santa Sede", belehrt sie mich immer, wenn ich das mit diesen Worten erzähle. „Beim Heiligen Stuhl."

Romreisen gehören deshalb zu Margaretes Kindheitserinnerungen wie meine Fahrradtouren ins kleine Ostseebad Eckernförde zu meinen Erinnerungen gehören. Sie liebt die italienische Hauptstadt über alles. Ich muss sie nicht einmal überreden, quasi von jetzt auf gleich mitzufliegen. Sie hat mit ihrem „Si, volentieri!" nicht eine Sekunde gezögert.

Schon vom Bus aus kann ich zwischen zwei fettleibigen Amerikanern hindurch ein Stückchen vom Petersdom sehen. „Die Kuppel Michelangelos bietet vielleicht von außen die schönste und einfachste Umrisslinie dar, welche die Baukunst auf Erden erreicht", zitiert Margarete den Kulturhistoriker Jacob Burckhardt, „was man von gewissen menschlichen Umrisslinien hier um uns herum nun wirklich nicht sagen kann."

Schon am Nachmittag desselben Tages grüßt mich die weltberühmte Basilika aus einer Perspektive, wie sie Touristen niemals vergönnt ist. Denn Ansbach hat mich in seiner großzügig geschnittenen Klause im dritten Stock des Palazzo della Canonica extra so platziert, dass ich den Eindruck habe, die Petersdomkuppel beinahe mit meinen Händen berühren zu können. Durch das weit geöffnete Fenster strömt die mild-würzige römische Maienluft zu uns herein. Doch als ich eben beschließe, mich rundherum wohlzufühlen, versetzt mir Ansbach einen herben Schlag.

„Was Sie wollen, bester Friedhoven, ist gelinde gesagt ein Unding – und bizarr obendrein."

„Doch nicht etwa wegen der bizarren Geheimnisse, die dort der Welt verborgen werden?"

„Ach, papperlapapp! Ich meine nicht den Zutritt als solchen. Das Archiv ist ja eigentlich nie wirklich geheim gewesen und geheimniskrämerisch schon gar nicht. Archivio Segreto, wie wir das hier im Vatikan nennen, bedeutete ja auch in früheren Jahrhunderten gar nicht geheim, sondern privat. Aber so übersetzt das natürlich niemand mehr. Denn dann wäre die zu den angeblich dunklen Verliesen passende Aura perdu. Aber das nur nebenbei. Und überdies hat der Vatikan im September 2006 den Zugang zu jenen Korrespondenzen und Unterlagen gewährt, die das Wirken von Pius XII., aber auch seines Vorgängers Pius XI. erhellen sollen."

„Aber wenn der Zutritt erlaubt ist, dann ist das doch wunderbar, Herr Prälat." Ich überhöre bewusst den Tadel am Anfang seines Satzes.

„Wie wunderbar Sie das finden werden, wenn rund 30.000 Akten vor Ihnen liegen, die Pius XI. und XII. betreffen, das wollen wir dann noch mal sehen", kommt es trocken zurück, „und lassen Sie den Prälaten ruhig weg. Hier geht es ja wohl nicht um Seelsorge oder gar Theologie, sondern um historische Fragen. Da reicht der Professor vollkommen."

Irritiert schaue ich hilfesuchend zu Margarete hinüber. Doch die nimmt sich ungerührt noch ein Stückchen vom wirklich leckeren Nusskuchen. Ansbach bemerkt meine Verwirrung, die er offensichtlich genießt.

„Aber warum ein Unding?“, versuche ich den Stier bei den Hörnern zu packen.

„Weil Sie Ihren Wunsch mit einer langen Reihe Historiker teilen. Also keine Drehbuchautoren, sondern Leute vom Fach. Und diese lange Reihe steht auf einer langen Liste und diese lange Liste arbeitet der Chef des Archivs streng chronologisch und beinahe alphabetisch ab. Das ist überaus fair, nicht wahr?“ Ansbach wirkt jetzt auf mich wie Heinz Rühmann in der Feuerzangenbowle – kurz nach dem Gelingen eines seiner Pennälerstreiche.

„Ja, dann sollte ich mich einfach auch auf diese ominöse Liste setzen lassen, oder?“

„Wenn Sie die Liste unbedingt ominös nennen wollen, meinetwegen. Aber ob Sie Ihren Wissensdurst ein halbes Jahr zähmen können? Da hab ich so meine Zweifel. Was meinst du, Margarete, ist Herr Friedhoven ein geduldiger Mensch?“

Margarete lacht laut auf: „Dieser Mann hat das Sternzeichen Widder, Onkel Marcus. Hast du schon mal einen geduldigen Widder gesehen?“

„Zumindest keinen lebendigen!“

Jetzt wird es mir aber wirklich zu bunt. Was wird hier gespielt? Margarete ist von meinem Romplan doch so überzeugt gewesen. Sie hat den Herrn Prälaten Professor Dr. Marcus Ansbach um seine Mithilfe und um einen schnellen Besuchstermin in seinem Palazzo gebeten. Er hat mir diesen Termin anstandslos gewährt und nun sitzen wir in seinem Arbeitszimmer, trinken Tee, und die beiden machen sich über mich lustig.

„Ja, wenn das so ist, dann kann ich ja gleich heute Abend wieder nach Hause fahren.“ Ich springe auf und mache die Andeutung einer Verbeugung: „Herr

Professor, es hat mich sehr gefreut! Ich nehme an, Margarete, du wirst sicher noch bleiben wollen."

Die beiden schauen sich schmunzelnd an und zu meinem ansteigenden Ärger scheint Margarete nicht im Geringsten über meine Bloßstellung empört zu sein. Jetzt lächelt sie sogar entspannt in sich hinein und pickt mit ihrer Gabel sorgfältig die letzten Nusskuchenkrümel auf.

Ansbach erhebt sich ebenfalls. Aber nur, um sich gleich wieder zu setzen.

„Nun nehmen Sie mal ganz entspannt wieder Platz. Ich schlage vor, dass Sie mir jetzt erst einmal all die Fragen stellen, deren Beantwortung für Sie am dringendsten ist. Alles Weitere wird sich dann schon finden."

Mein innerer Widder ist im Prinzip ein sehr gutmütiges Tierchen. Weil er seiner Natur folgen muss, kann er zwar aus dem Stand in Rage geraten. Aber wenn sein Aufwallungsanlass verschwindet, kehrt er ebenso schnell in den Ruhemodus zurück. So auch jetzt. Ich weiß zwar immer noch nicht, wie das Spiel heißt, das hier mit mir gespielt wird. Aber solange ich irgendwann zu meinem Vorteil mitspielen kann, ist mir das egal.

„Flor Kapp hat mir ins Gesicht gesagt, dass Pius XII. für ihn ein satanischer Feigling ist."

Ansbach bleibt gelassen und legt in einer typisch priesterlichen Gebärde die Fingerspitzen beider Hände zusammen: „Und weiter?"

„Und weiter? Wieso und weiter? Das ist doch starker Tobak!"

„An starken Tobak haben wir uns hier im Vatikan seit mehr als tausend Jahren gewöhnt. An Beleidigungen auch."

„Verstehe. Aber was sagen Sie zu Kapps Hauptvorwurf?“

„Und der wäre?“

„Nun, es ist immer noch der allgemein bekannte“, ich merke, wie mir schon wieder der Kamm schwillt, „nämlich dass Papst Pius XII. zum Völkermord an den europäischen Juden geschwiegen hat und ihn durch einen scharfen Protest vor aller Welt hätte verhindern können.“

„Nun gut“, Ansbach sitzt immer noch senkrecht wie eine Eins vor mir. Für einen Siebzigjährigen keine schlechte Leistung. „Dann spielen wir Kapps Logik einmal der Reihe nach durch. Was für einen Protest hätte Pius XII. denn erheben können? Und, noch wichtiger, wie hätte sich ein scharfer Protest ausgewirkt?“

„Man hätte Hitler exkommunizieren können“, mischt sich jetzt zu meiner Verblüffung Margarete in unser Gespräch ein. Ich schaue sie an und denke: „Bravo! Gutes Mädchen!“

„Ja“, erwidert Ansbach, „das hätte man tun können. Doch was wäre damit erreicht worden?“

„Vielleicht eine ganze Menge“, Margarete bleibt eisern.

„Du sagst, vielleicht, meine Liebe, und das genau ist der Punkt. Denn wir bewegen uns hier in einer rein hypothetischen Geschichte.“

„Ja, das wär's doch gewesen“, Margarete schlägt mit der Hand auf den Tisch, „keine heilige Messe, keine Kommunion, keine Beichte und keine letzte Ölung mehr für den katholisch getauften Hitler. Im Mittelalter ist das doch eine scharfe Waffe der katholischen Kirche gewesen. Warum hat Pius XII. sie nicht auch im Dritten Reich genutzt?“

Ansbach hüstelt leise, und ich muss wohl ziemlich verdutzt aussehen: „Aber wäre das Hitler nicht so was von egal gewesen?"

Margarete hebt triumphierend beide Hände: „Ja, klar. Das wäre ihm am Ärmel vorbeigegangen. Aber nicht allein Kapp kommt mit dieser Exkommunikationsidee, auch andere ebenso seriöse Persönlichkeiten wie er", jetzt grinst sie breit, „haben schon so argumentiert. Und was entgegnest du ihnen darauf, lieber Onkel?"

Ansbach lässt sich nicht aus der Ruhe bringen: „Damit hätte Pius XII. die Treue der deutschen Katholiken auf die Probe gestellt, und es wären möglicherweise viele deutsche Katholiken der Kirche untreu geworden."

„Na, und?!", Margarete will offenbar nicht locker lassen.

Ansbach aber auch nicht: „Falls Pius riskiert hätte, sich die deutschen Katholiken zu entfremden, wäre sein Protest wahrscheinlich gescheitert, und falls man die Ansicht teilt, dass der Papst nicht in der Lage war, die Masse der Gläubigen zu einem entscheidenden Kampf gegen die Nationalsozialisten aufzurütteln, dann hätte ein flammender Protest die Lage verschlechtert."

„Aber warum war sich Pius seiner deutschen Schäfchen nicht sicher?", frage nun ich.

„Wer sagt Ihnen, dass er das nicht war?", Ansbach wirkt auf mich jetzt um Jahrzehnte verjüngt. Offenbar liebt er solche Gespräche.

„Wir müssen uns jetzt erst einmal eines klarmachen. Wie ein Protest oder eine andere sogenannte scharfe Maßnahme Pacellis sich ausgewirkt hätte, kann wirklich niemand genau wissen. Selbst eine sachlich begründete Einschätzung der Wirkung kann nicht mehr als eine Vermutung sein. Es waren sehr besondere Zeiten damals, meine Herrschaften. Wer hätte sich seinerzeit vorstellen können, dass Hitler den USA den Krieg erklären würde, als die Japaner Pearl Harbor angriffen und die Aufmerksamkeit der Amerikaner auf den Pazifik gerichtet war?"

„Das war völlig irre", entfährt es mir unwillkürlich, „Hitler hat damit die Amerikaner geradezu nach Europa gelockt."

„So kann man es sehen, Herr Friedhoven. Hitler war offenbar kein sonderlich rational handelnder Mensch. Doch was ich sagen will, ist dies: Es gibt zu viele Unwägbarkeiten und zu viele Möglichkeiten für einfache menschliche Fehlentscheidungen oder menschliche Zufälle, als dass wir auch nur feststellen könnten, was vielleicht geschehen wäre."

„Das stimmt. Hat aber Kapp nicht abgeschreckt", Margarete ist nun ganz bei der Sache, und ich freue mich in diesem Moment mehr darüber als jemals zuvor.

Doch auch Ansbachs Reaktionszeiten sind kurz: „Das hat nicht einmal Historiker abgeschreckt – und genau das ist ja ein Teil unseres Problems."

„Versteh ich nicht. Sag uns wieso, Onkel Marcus!"

„Weil diese Spekulationen mit Geschichtswissenschaften rein gar nichts zu tun haben. Und ich betone jetzt ausdrücklich den zweiten Teil dieses Wortes. Wo bleibt das Wissenschaftliche, wenn manche Kollegen Szenarien entwickeln, die darüber Auskunft geben, was geschehen wäre oder auch nicht geschehen wäre, wenn Pius scharf protestiert oder eine Maßnahme ergriffen hätte, die in seiner Macht stand. Kapps Version des möglichen Geschichtsverlaufs lautet: ein scharfer Protest des

Papstes, die Drohung, das Konkordat einseitig aufzukündigen, hätte Millionen deutscher Katholiken gegen das NS-Regime aufgebracht. Sogar schon die Androhung eines solchen Protestes, behauptet Kapp, hätte das Regime veranlasst, die Verfolgung der Unschuldigen einzustellen. Oh, sancta simplicitas, kann ich da nur sagen! Da kennt er die ganz gewöhnlichen Katholiken schlecht."

„Aber warum ist Kapp mit seinem ‚Fels' so einfältig und dumm? Machst du dir jetzt selbst die Sache nicht allzu leicht?", bohrt Margarete weiter.

„Wenn du jetzt mehr und mehr zum Anwalt des Teufels wirst, muss ich wohl weiter die Rolle des Advocatus Angeli geben", lacht Ansbach, „doch wollt ihr vielleicht jetzt erst einmal einen kleinen Grappa zur Stärkung?"

„Ich schon. Aber trinken Engel denn Schnaps?"

„Engel sind für alles, was gut, wahr und schön ist. Und der werte Herr Friedhoven?"

„Der sagt auch nicht Nein."

„Nun, also dann."

Ansbach entnimmt einem besonderen Fach seines Schreibtisches eine noch reichlich gefüllte bauchige Flasche. Durch das offene Fenster können wir das Uhrengeläut von Sankt Peter laut schlagen hören. Es ist inzwischen fünf geworden.

Nachdem wir den Grappa seiner Milde wegen gebührend gelobt haben, setzt Ansbach mühelos genau da fort, wo er stehen geblieben war.

„Kapp ist deshalb ein Einfaltspinsel, weil seine Beweisführung auf der schlichten Annahme beruht, dass Hitler glaubte, die deutschen Katholiken seien geneigt, eher ihrer Kirche als ihrem Staat zu gehorchen. Als Beweis dient Kapp, dass Hitler nach Beginn des Krieges die Vernichtung der Kirche aufschob, weil er ein geeintes Volk hinter sich brauchte, um den Krieg erfolgreich durchzustehen. Hitler habe gesagt, nach dem Krieg werde er das Konkordat abschaffen. Daraus schließt Kapp, dass Hitler Angst davor hatte, während des Krieges irgendetwas zu tun, was die deutschen Katholiken gegen ihn aufbringen konnte. Doch Kapp ignoriert die Tatsache, dass Hitler trotz des Krieges weiterhin das Eigentum vieler Ordensgemeinschaften beschlagnahmt hat, ohne dass sich dies nachteilig auf die Unterstützung des Krieges durch die deutschen Katholiken auswirkte. Natürlich wissen wir nicht mit letzter Sicherheit, wie Hitler auf einen päpstlichen Protest reagiert hätte."

„Aber hätte Pius es nicht versuchen müssen?", bin ich wieder zur Stelle. Ansbach wirft mir einen leicht indignierten Blick zu, und er hat damit ja recht. Denn irgendwie drehen wir uns jetzt im Kreis.

Doch wieder einmal kommt mir Margarete zu Hilfe: „Die niederländischen Bischöfe haben doch auch protestiert!"

„Ja. Das stimmt. Sie haben protestiert. Doch mit welchen Konsequenzen?"

Margarete und ich sehen uns an und schweigen. Ansbach betrachtet für einen kurzen Moment sein leeres Glas und stellt es dann mit einer entschlossenen Geste zurück auf den Tisch. Dann lehnt er sich in seinem Stuhl zurück und schließt die Augen. Offenbar hat der Herr Professor jetzt vor, uns eine kleine Vorlesung zu halten.

„Im Fall der niederländischen Katholiken führten die Proteste ihrer Bischöfe unmittelbar zur Deportation und

Vernichtung der Juden, die zum Katholizismus übergetreten waren."

„Edith Stein", murmelt Margarete.

„Ja. Edith Stein wurde damals nach dem Bischofsprotest nach Auschwitz deportiert und dort ermordet. Und die kleine Anne Frank übrigens auch. Doch als französische Bischöfe gegen die Deportation der Juden protestierten, kam es zu keinen Vergeltungsmaßnahmen gegen katholische Juden in Frankreich."

„Na, also", denke ich. Sage aber nichts.

„Diese französischen Proteste verhinderten allerdings auch nicht die Fahrt der übrigen Juden in die Vernichtungslager. So und nun hört mir mal beide gut zu. Denn es gibt da alle möglichen Fragen. War Hitler nicht so fanatisch entschlossen, alle Juden zu vernichten, wie wir heute annehmen, so dass ihn ein Protest tatsächlich beeindruckt hätte? Immerhin gefährdete er sogar seine Kriegsanstrengungen und verwendete viele Ressourcen für die Deportation und Vernichtung der Juden. Carlo Falconi, einer der Hauptkritiker des Pacelli-Papstes, vertritt die Auffassung, eine theatralische Geste, beispielsweise wie die Drohung des dänischen Königs, sich als Erster den gelben Judenstern anzuheften, wenn die Deutschen diesen Stern für die Juden Dänemarks einführen würden, wäre ein eindrucksvoller Akt mit starker Wirkung gewesen. Doch lässt sich das wirklich sicher sagen? Hätte sich Hitler durch welchen Theaterdonner auch immer umstimmen lassen? Ich jedenfalls habe da meine Zweifel. Aber auch meine Zweifel zählen schlussendlich nicht. Was allein zählt, das sind historisch verbürgte Fakten. Aus den Akten im Geheimarchiv geht hervor, dass Pius für sein angebliches Schweigen keine eigennützigen Motive hatte. Ich sage angebliches Schweigen. Denn in Wirklichkeit hat er ja auf verschiedene Weise gesprochen. Pius XII. war auch als Papst ein diplomatischer Kopf. Er wollte das Leben unschuldiger Menschen schützen, und er hat das mit seinen Mitteln und seinen Methoden versucht. In seinen Augen wäre sein Auftritt auf dem Mittelbalkon des Petersdomes kontraproduktiv gewesen, und weil niemand wirklich beweisen kann, dass Hitlers Vernichtungsfuror von Pius XII. hätte gestoppt werden können. Was immer dieser Papst auch lautstark gesagt, was immer er auch demonstrativ getan hätte. Alle diesbezüglichen Anklagen sind wohlfeil, eitel oder bloß besserwisserisch und in nicht wenigen Fällen aus mehr oder weniger deutlich sichtbaren ideologischen Quellen gespeist. Und, was ich nicht ganz unwichtig finde, die Idee einer demonstrativen Geste passt gut in unser Medienzeitalter, wo ja Zeichen mehr zählen als konkrete Fakten. Aber eines will ich gerne zugeben: Ein anderer Papst als Pacelli hätte vielleicht anders gehandelt und scharfen Protest erhoben. Doch das Ergebnis wäre möglicherweise katastrophal gewesen, wie Papst Pius VI. in einem Kommentar zu Kapps Drama gesagt hat. Ein scharfer Protest hätte aus der Sicht der Nachgeborenen die moralische Integrität des Papsttums bewahrt und wohl auch erhöht. Aber niemand kann sagen, um welchen Preis. Meine persönliche Meinung ist diese: Als Pius mit dieser entsetzlichen Entscheidung rang – und er rang darum, das ist gewiss –, da sah er die späteren Verdammungsurteile über ihn voraus und entschied sich dennoch dafür, dass ein energischer Protest mehr schaden als nützen würde. Sein guter Ruf war ihm weniger wichtig als die Chance, auf seine Weise

Leben zu retten. Und wenn ich selbst ausnahmsweise auch einmal spekulieren darf: Was würde man heute über Pius XII. sagen, wenn sein scharfer öffentlicher Protest Hitler noch aufgestachelt hätte? Würde ihm ein Flor Kapp dann nicht auch die Mitschuld an den 6 Millionen ermordeten Juden anlasten?"

„Aber was ist denn nun mit dem Widerstandsgeist der Katholiken?", fragt Margarete doch noch einmal nach.

„Was soll man da sagen?", Ansbach hebt die Hände zum Himmel und öffnet die Augen wieder. „Manche der heutigen Historiker, und gewisse Publizisten und Journalisten sowieso, sind bekanntlich der Meinung, die deutschen Katholiken hätten allesamt zu aktiven Widerstandskämpfern werden müssen. Aber das wäre ja völlig ahistorisch. Es stimmt schon: wer fest im Katholizismus verwurzelt war, war prinzipiell auch resistent gegen Hitler. Was natürlich nicht heißt, dass er für diese Überzeugung gleich seinen Kopf hinzuhalten bereit war. Aber nun genug von alldem. Zumindest fürs Erste. Jetzt müssen wir deinen Herrn Friedhoven unbedingt auf das Dach des Hauses führen. Die Aussicht von dort hat wirklich Seltenheitswert."

Ansbach hat recht. Der Rundumblick vom großen Dach des Palazzos ist überwältigend. Gleich nebenan beginnt Michelangelos helle Kuppel im ersten Abendlicht rötlich zu schimmern und die riesigen Ausmaße der Basilika haben fast etwas Unheimliches. Von hier aus kann ich auch ein großes Stück vom Petersplatz überblicken. Manche sagen, das sei die schönste Piazza der Welt und Bernini, sein Schöpfer, war ein Genie. Vermutlich stimmt beides.

Doch ob der Baumeister und Bildhauer Bernini

die klobigen Holzbarrieren und grauen Plastikstühle geschätzt hätte, die dort unten in großer Zahl vorhanden sind, wage ich zu bezweifeln. Doch der Magie dieses Platzes kann selbst das nichts anhaben. Die gegenüberliegende Seite gewährt uns einen Blick in den vorderen Teil der vatikanischen Gärten. Der Eindruck reicht, um Lust auf einen Bummel zu bekommen. Doch für Fremde sind die Gärten nur vormittags geöffnet. Nachmittags und abends sind sie nur für die Bürger des Vatikanstaates reserviert. Wozu naturgemäß auch der Papst gehört.

***

Als wir nach dem grandiosen Rundumblick Ansbach verlassen, lockt mich Margarete in ein Gärtlein der ganz besonderen Art. Der Campo Santo Teutonico ist ein üppig grünender deutscher Friedhof mitten im Vatikan. Wenn man aus dem Palast der Kanoniker kommt, steht man praktisch schon vor seiner hohen Mauer, und nur wenige Schritte vom Wachhäuschen der Vatikanpolizei gibt ein schmaler Durchlass den Weg in das Kleinod frei. Hier ist es so still, als wären wir von jetzt auf gleich aus Rom herausgefallen und auf ein weltfernes Eiland versetzt worden. Von dieser besonderen Atmosphäre tief beeindruckt, wandern wir minutenlang wortlos zwischen den Grabsteinen, Palmen und Blumen umher. Nur der Kies knirscht leise unter unseren Füßen. Schließlich breche ich unser Schweigen doch:

„‚Wenn du nach der Natur lebst, wirst du niemals arm. Wenn du nach den Meinungen lebst, wirst du niemals reich‘, hat, wenn ich nicht irre, Epikur einmal gesagt, und der Mann wusste, wovon er sprach, schließlich soll er ein ambitionierter Gärtner gewesen sein."

„Ausgerechnet hier musst du an deine Arbeit denken und zitierst den vorchristlichen Epikur. Hallo! Adrian! Wach auf! Du bist hier im Vatikan. Im Herzen der katholischen Welt. Da fällt einem, wenn schon, zu Garten kein griechischer Philosoph ein, sondern der marianische Hortus conclusus, also das Symbol für Jungfräulichkeit schlechthin."

„Wenn du mich ausgerechnet hier auf die Probe stellen willst, hohe Frau, dann vernimm dies: Ein verschlossener Garten ist meine Schwester Braut, ein verschlossener Garten, ein versiegelter Quell."

Margarete schluckt und für einen Moment wird sie wieder so weich wie vor einigen Tagen in der Theaterloge am Kurfürstendamm. Sollte meine Stunde ausgerechnet hier schlagen, hätte ich nichts dagegen, römisch-katholisch zu werden. Aus Angst, jetzt irgendwas falsch zu machen, halte ich den Atem an und schaue Margarete nur an. Sie weicht meinem Blick auch nicht aus. Ja, ich meine sogar wieder einen erfolgversprechenden feuchten Schleier in ihren Augen zu sehen. Doch dann, als hätte sie auf ein nur für sie selbst vernehmbares Kommando gehört, schiebt sich wie ein Riegel der professionell-freundliche Blick der Chefin einer Castingagentur vor jede nur denkbare Schwachheit und Margarete hat sich wieder gefangen:

„Das Hohelied Salomonis. Ja. Das kennst selbst du. Wenn auch vermutlich nur gewisse Stellen. Aber weißt du auch, dass dies alles hier das letzte Stückchen Erde des Heiligen Römischen Reiches Deutscher Nation ist? Karl der Große soll im 8. Jahrhundert diesen Ort für die deutschen Pilger gegründet haben", macht Margarete für mich jetzt den Cicerone. Ich seufze unhörbar. Wieder eine Chance vertan, von ihr erhört zu werden. Doch was sie über den Ort und seine Herkunft erzählt, glaube ich gern. Die Grabinschriften mit ihren ins Uralte verweisenden Jahreszahlen sind beredt genug.

Beredt ist auch das schlichte Billett, das mir Ansbach eine halbe Stunde zuvor zum Abschied mit geradezu aufreizender Beiläufigkeit erst übergab, als wir schon vor dem Lift standen. Auf dem kleinen weißen Karton mit dem päpstlichen Wappen ist in schlichten Sätzen vermerkt, dass mir am nächsten Tag ab morgens um 9.00 Uhr der Zutritt zum Geheimarchiv des Vatikans gewährt werden möge.

Ich bin zu sprachlos, um mich angemessen bei Ansbach bedanken zu können, und Margarete schmunzelt nur. Wie ich später von ihr erfahre, hat Onkel Marcus sie vorher in seinen Coup eingeweiht, mir ohne Formalitäten den Zutritt ins Archiv zu ermöglichen. Offensichtlich hat er dafür den prosaischen Moment der Übergabe ganz bewusst gewählt. Denn kaum habe ich den Pass fürs Archiv in der Hand, da steht der Fahrstuhl auch schon mit weit geöffneter Tür für uns bereit, und Ansbach entzieht sich rasch und mit einem leichten Lächeln auf den Lippen unseren Blicken. Dies Lächeln sollte das Letzte gewesen sein, was wir vom lebenden Ansbach sehen würden. Doch an unserem ersten römischen Abend ist die Welt noch in Ordnung.

***

Als Margarete und ich beim Sonnenuntergang auf der Terrasse des Gästehauses vom katholischen Frauenorden

Istituto Maria SS. Bambina stehen, liegt wieder der Petersplatz zu unseren Füßen. Gian Lorenzo Berninis von Kolonnaden umsäumtes Oval ist wirklich exakt das, was gute Reiseführer darüber schreiben, nämlich ein Meisterwerk der Perspektive und der Proportion. Direkt vor uns steigt die mächtige Fassade der Basilika San Pietro in Vaticano empor, und je länger ich hinschaue, desto weniger kann ich fassen, wie es sterblichen Menschen gelingen konnte, dieses Wunder aus Grazie und Harmonie zu bauen. Denn vieles von dem, was zahlreiche Architekten auf der Baustelle Sankt Peter errichteten, war in den Augen der ihnen nachfolgenden Päpste und Baumeister verfehlt und wurde gnadenlos wieder abgerissen. Das Ringen um die perfekte Form trägt oft genug die Züge eines zerstörerischen Kampfes. Doch Michelangelos Architektur und Bramantes Kuppelpfeiler haben aller Kritik standgehalten und stehen bis heute. Ob man dasselbe auch von Flor Kapps Drama „Der Fels" sagen würde, das angeblich in weiten Teilen dort oben auf dem Dach des Petersdomes geschrieben wurde, ist, nach allem was ich bisher recherchiert habe, für mich zumindest fraglich geworden. Immerhin hat Ansbach recht überzeugend argumentiert. Wenn er auch keineswegs alle meine Zweifel ausräumen konnte.

12. Mai

Als ich am späten Nachmittag des folgenden Tages durch die Porta Sant'Anna den Vatikan wieder verlasse, bin ich ein anderer. Das Erste, was man mir im Vatikanischen Geheimarchiv morgens um neun vorlegt, ist die päpstliche Enzyklika „Mit brennender Sorge" und gleich mit auf dem kleinen Rollwagen liegen

Dokumente, Briefe, Gesprächsprotokolle und Vorentwürfe, die zu ihrer Entstehung geführt hatten. Dieses päpstliche Sendschreiben gilt als Höhe- und Wendepunkt der päpstlichen Politik gegenüber dem nationalsozialistischen Deutschland. Bis zu diesem Moment bin ich trotz aller Gegenargumente gegen ihn immer noch auf der Seite der Pacelli-Kritiker. Eine gesunde Skepsis schadet bekanntlich nie, und wozu ist man sonst aufgeklärt, hätte ich jedem auf die Frage nach dem Warum geantwortet. Doch worauf nach nicht einmal zwei Archivarbeitsstunden mein Auge fällt, trifft mich bis ins Mark, wird zu meinem Damaskus. Von da an bin ich auf einer anderen Spur.

Wie es sich für eine veritable Erleuchtung gehört, ist sie in erster Linie kein intellektuelles Heureka, sondern emotionaler Natur. Zwar sind auch die Enzyklika selbst und die dazugehörigen Akten ein wichtiger Lesestoff. Aber ohne ein ganz bestimmtes Gesicht auf einer ganz bestimmten Fotografie wäre auch das bloß ein weiterer Beleg gegen die These vom schweigenden Papst gewesen. Nur ein weiterer Beleg, in einer Kette von ungezählten anderen. Belege, über die ich selbst inzwischen von den Professoren Klock und Ansbach gehört hatte und die vom Vatikan selbst seit 1963, dem Jahr, in dem „Der Fels" die Bühnen der Welt erobert hat, derselben Welt unermüdlich präsentiert worden sind.

Das alles hat bekanntlich gar nichts genützt. Denn die Welt hört es wohl, aber es erreicht nur ihr Ohr, kommt aber niemals in ihrem Herzen an. Es gibt gewisse Wahrheiten, und in aller Regel sind es gerade die elementarsten, die müssen wir emotional erfassen, um von ihnen berührt zu werden. Warum lässt sich der deutsche

Mainstream von den sechs Millionen Toten des Völkermords an den europäischen Juden erschüttern? Warum aber nicht ebenso heftig von den hundert Millionen Toten, die die kommunistischen Führer Lenin, Stalin, Mao und Pol Pot auf dem Gewissen haben? An den Fakten liegt es jedenfalls sicherlich nicht.

Und an den Fakten liegt es auch nicht, wenn derselbe Mainstream seit über vierzig Jahren die Litanei vom Papst, der geschwiegen haben soll, gebetsmühlenartig wiederholt. Es gibt offenbar Realitäten, die man schlicht und ergreifend nicht zur Kenntnis nehmen will. Sie passen nicht in das eigene Weltbild, und gerade an diesem Weltbild hängt doch die ganze eigene Persönlichkeit, hängt alles, was man einst bei Marx, Kinderladen und Coca-Cola erhofft, erträumt, herbeigesehnt hat. Fällt das, dann kracht die wunderbare und jahrzehntelang gehätschelte Gutmenschengemütlichkeit, dieses Gebräu aus Utopie und Ideologie, in sich zusammen. Dann ist die Lebenslüge perdu. Wer will das schon? Sich vor diesem Zusammenbruch zu fürchten, ist nur allzu menschlich. Diese existenzielle Furcht vor dem großen Nichts, das am Ende eines wirklich tabulosen Erkenntnisprozesses stehen könnte, wird sich nie und nimmer von Fakten auflösen lassen. Nur eine tiefe Erschütterung vermag das. Eben ein wirkliches Damaskus, bei dem der ganze Mensch vom Kopf bis zu den Zehen vom Saulus zum Paulus wird, weil ihn ein greller Lichtblitz bis ins tiefste Innerste erschüttert.

In meinem Fall ist der erhellende Blitz eine Fotografie, die einem der Dokumente über die Enzyklika „Mit brennender Sorge“ beiliegt. Auf dem Foto ist ein Mann zu sehen, der dem apostolischen Nuntius Cesare

Orsenigo eine Protestnote der deutschen Reichsregierung übergibt. Auf einer beigefügten kurzen Notiz stehen lapidar diese Zeilen: „Hanns Kerrl, Reichsminister für kirchliche Angelegenheiten. Geboren 11. Dezember 1887 in Fallersleben (heute Petersburg), gestorben 12. Dezember 1941 in Berlin."

Hanns Kerrl hat kein Allerweltsgesicht. Aus einem sehr festen und sehr runden Bauernschädel schauen zwei grüne Augen. Ich weiß trotz der Schwarzweißfotografie, dass Kerrls Augen grün waren. Ich weiß auch, dass diese grünen Augen in Sekundenschnelle zwischen Gemüt, sexueller Gier und Mordlust changieren konnten. Denn ich kenne dieses Augenpaar. Ich kenne es nur allzu gut. Doch in meiner Erinnerung gehört es nicht einem Reichsminister Hanns Kerrl. Mein Kerrl heißt Hanns Mann und ist mein Onkel aus Hamburg.

Keine Geburtstagsfeier ohne Onkel Hanns. Kein Familienfest ohne seine heiteren Reden, die er gekonnt mit sonorer Stimme vorträgt. Onkel Hanns kann sehr lustig sein. Onkel Hanns ist trinkfest und geil bis ins hohe Alter. Vor allem ganz junges Menschenfleisch zieht ihn an. Auch bei mir versucht er es. Im Sommer 1962. Da bin ich elf.

Onkel Hanns will unbedingt den Uhu sehen, der in jenem Jahr in unserem kleinen, sommerwarmen und schummrigen Bootshaus am Wittensee sein Nest gebaut hat. Doch drinnen ist ihm der Uhu auf einmal egal. Und als Onkel Hanns mir sehr nahe kommt, als er mir erst das Gesicht, dann unterm Hemd den nackten Bauch streichelt. Als er mich festhält, sein steifes Gemächt herausholt, es mir vors Gesicht hält, es mir in den Mund steckt. Als er die Träger meiner kurzen Lederhose löst und sie mir ganz ausziehen will, fange ich an mich zu wehren. Da packt Onkel Hanns fester zu. Jetzt sehe ich neben mir auf einem Hocker mein altes Schnitzmesser liegen. Ich greife danach und stoße es in den rechten Oberschenkel des Onkels. Er zuckt zusammen. Stöhnt auf. Lässt mich los und ich renne. Renne, so schnell ich kann. Renne so weit wie möglich. Am liebsten wäre ich bis ans Ende der Welt gerannt. Aber weil das Ende der Welt auch für einen elfjährigen Jungen verdammt weit weg ist, schaffe ich es nur aus dem Bootshaus hinaus und bis zum Steg. Löse das Seil, das meine Optimisten-Jolle mit dem Steg verbindet. Springe hinein und schon treibe ich drei, fünf, zehn Meter vom Ufer weg. Jetzt setze ich rasch das Segel und bin Sekunden später unerreichbar für Onkel Hanns. Unerreichbar für alle. Gerettet. In Sicherheit. Aber so einsam wie niemals zuvor in meinem jungen Leben. Und als ich am selben Abend vor dem Schlafengehen meiner Mutter erzähle, was ich am Nachmittag mit Onkel Hanns erlebt habe und dabei auch meine Gewissensqualen wegen des Messerstichs nicht auslasse, wird sie weiß wie die Wand. Das weiß ich noch ganz genau, als wäre es gestern gewesen. Doch dann murmelt sie etwas von Missverständnis, spricht von kindlichem Irrtum und bittet mich, nein, eigentlich fleht sie mich an, den hässlichen Vorfall, der aber eigentlich gar kein wirklicher Vorfall war, sondern ein Irgendwas und Irgendwie, über Nacht wie einen schlimmen Albtraum zu vergessen.

Aber Hanns Mann, der, wie ich erst viele Jahre später erfahren sollte, gar nicht mein richtiger Onkel ist, sondern ein entfernter Vetter meiner Mutter, fehlt von dem bewussten Nachmittag an bei allen Familienfesten.

Niemand erwähnt ihn mehr. Mit keiner Silbe. Nicht einmal aus Versehen. Nicht einmal Tante Anneliese, die für ihr loses Mundwerk bekannt ist. Es ist, als hätte es Onkel Hanns nie gegeben. Jedenfalls im Kreis der Familie ist das so. In der Welt der Hamburger Kaufleute und Verleger ist das anders. Bei denen ist er bis zu seinem Tod 1971 wohlgelitten.

Doch genug davon. Was ich mit all dem sagen will: Hanns Mann war der Albtraum meiner Jugend. Sein Versuch, mich im Alter von elf Jahren zu schänden, hat mit einem harten Schlag ein Buch zugeklappt, auf dem in großen, freundlichen Buchstaben „Meine Kindheit" stand.

Von einem Moment auf den anderen bin ich damals ein anderer geworden. Nie wieder hat mich etwas in Sekundenschnelle so sehr verändert wie dieser Versuch einer Vergewaltigung durch einen Menschen, der mein Vertrauen besaß. Und nun im Geheimarchiv des Papstes, umgeben von endlosen Regalen mit Nachrichten aus der Sancta Ecclesia, mit Informationen, die weit mehr als ein Jahrtausend umspannen, noch einmal dieser Schock. Noch einmal die Erkenntnis, dass es das Böse gibt und dass das Böse ein Gesicht hat. Und wieder ist es das Gesicht meines Onkels. Mir wird heiß. Mir wird kalt. Dann fühle ich gar nichts mehr. Bin wie leergepumpt. Als die schreckliche innere Leere endlich weicht, habe ich nur noch den einen Wunsch, das sich vor mir wie eine gewaltige schwarze Gewitterwolke auftürmende Rätsel zu lösen.

Wieso war Hanns Kerrl gleichzeitig Hanns Mann? Warum war er selbst für den doch angeblich allwissenden Vatikan schon am 12. Dezember 1941 gestorben?

Wo dieser Mann-Kerrl doch, wie ich ganz sicher weiß, erst am 12. Dezember 1971 gestorben war. Also genau dreißig Jahre später. Aber am selben Tag im Dezember. Was steckt dahinter? Ich will es herausfinden. Ich muss es herausfinden. Ich werde es herausfinden. Um meinen Schock zu verarbeiten, lese ich erst einmal alles, was man mir vorgelegt hat. Also alles über die Enzyklika „Mit brennender Sorge".

Am Palmsonntag 1937, das ist ein 21. März, wird das päpstliche Wort „Über die Lage der katholischen Kirche im Deutschen Reich" den Katholiken Deutschlands von den Kanzeln verlesen und vielerorts auch schriftlich mit nach Hause gegeben, nachdem die Textvorlage zuvor – von den Überwachungsorganen des NS-Staates weitgehend unbemerkt – nach Deutschland gebracht, dort vervielfältigt und an die Pfarrer verteilt worden war. Diese großartig gelungene konspirative Aktion des Heiligen Stuhls und der deutschen Bischöfe, ein gegen das nationalsozialistische Regime gerichtetes päpstliches Lehrschreiben in Deutschland verlesen zu lassen, schlägt ein „wie eine Bombe".

Zunächst rekapitulierte Papst Pius XI. den seit 1933 nun bereits vier Jahre andauernden Versuch, die Verfolgung der Kirche in Deutschland auf dem Verhandlungswege zu lindern oder abzuwenden. Im zweiten Teil setzte er die Grundlehren des Christentums den falschen Heilslehren einer sich selbst verabsolutierenden neuheidnischen Ideologie entgegen. Im dritten und abschließenden Teil appellierte er an die Jugend sowie an alle „Getreuen", ob im Priester- oder Laienstand, im wahren Glauben der Kirche fest zu stehen gegen alle Trugbilder der staatlichen Propaganda und trotz aller

Bedrückungen durch das terroristische Regime. In der Enzyklika „Mit brennender Sorge“ verurteilte das Oberhaupt der katholischen Kirche grundsätzlich und in aller Schärfe die nationalsozialistische Herrschaftspraxis ebenso wie ihre weltanschaulichen Grundlagen.

„Mir war es“, schrieb der Münchner Erzbischof Kardinal Faulhaber einen Tag später am 22. März 1937 an Pius XI., „eine seelische Freude, am Vormittag in 30 Minuten, am Abend in 70 Minuten in meinem Dom das Rundschreiben selber zu verlesen. Das Volk lauschte mit größter Aufmerksamkeit. Die Sonderdrucke wurden den Verteilern aus der Hand gerissen, weil alle ein Exemplar mit heimbringen wollten.“

Allein in der Diözese München und Freising wurden 45.000 Exemplare gedruckt und die meisten davon verteilt, im Bistum Münster 120.000. Der Berliner Bischof Preysing berichtete an Kardinalstaatssekretär Pacelli, „daß die herrliche Encyclica des Heiligen Vaters in der ganzen Diöcese verlesen werden konnte und daß Bischof und Klerus und Volk voll des Dankes sind für die klaren, kräftigenden, aufmunternden Worte seiner Heiligkeit. Ich zweifle nicht, daß das Sendschreiben seine Früchte für die Belebung des Gottesgeistes und der Glaubenskraft bringen wird.“

Auch der päpstliche Nuntius in Berlin, Cesare Orsenigo, zeigte sich zufrieden mit dem Eindruck, den die Verkündung der Enzyklika bei den Katholiken hinterließ. Allerdings reagierte das NS-Regime prompt. Denn bereits am 23. März 1937, also zwei Tage nach der Verlesung, wurde dem Nuntius bei einem Gespräch im Außenministerium mitgeteilt, dass die päpstliche Enzyklika als „Kampfansage gegen die Reichsregierung betrachtet werden“ müsse und eine „sehr ernste Lage“ geschaffen habe.

Dem drohenden Unterton dieser Ankündigung folgten sogleich Konsequenzen: Noch am selben Tag, dem 23. März, verbot der Reichsminister für kirchliche Angelegenheiten, Hanns Kerrl, in einem Schreiben an die Bischöfe den Druck und die weitere Verbreitung des Textes der Enzyklika. Das Rundschreiben, so Kerrl, enthalte „schwere Angriffe auf das Wohl und Interesse des deutschen Staatswesens. Es versucht die Autorität der Reichsregierung herabzusetzen, das Wohl des deutschen Staatswesens nach außen zu schädigen und den inneren Frieden der Volksgemeinschaft zu gefährden.“ Ja, Onkel Hanns hatte auch als Nazi eine entschiedene, zupackende Tonlage.

Die Polizeibehörden, so Orsenigo, hätten die Verlesung der Enzyklika als einen hochverräterischen Akt bezeichnet und damit folgende Maßnahmen gerechtfertigt: die Beschlagnahme aller noch greifbaren gedruckten Exemplare durch die Gestapo, teils aus den Amtsräumen der Bischöfe, die Schließung und entschädigungslose Enteignung von Druckereien, die den Text der Enzyklika vervielfältigt hatten (so in Trier, Münster, München, Augsburg und Bamberg), die Beschlagnahme bischöflicher Amtsblätter, in denen die Enzyklika publiziert wurde, verbunden mit einem über die Amtsblätter verhängten dreimonatigen Erscheinungsverbot (so in Münster, Hildesheim und Trier); Eindringen der Polizei in Kirchenräume (so in Hannover und Frauenburg/Ostpreußen); gewaltsames Entreißen der Drucke aus den Händen der Verteilenden (so in einem Fall aus Westfalen).

Die heftigen unmittelbaren – und ebenso die kaum weniger terroristischen, mittelbaren – Reaktionen der staatlichen Seite zeigen, wie sehr sich die NS-Regierung durch die päpstlichen Worte provoziert und demaskiert fühlte. „Der plötzliche Offensivstoß des Vatikans war für alle offiziellen Träger der NS-Kirchenpolitik ein schwerer Schlag."

Die Enzyklika „Mit brennender Sorge" ging auf die Initiative des Kardinalstaatssekretärs Eugenio Pacelli zurück. Er hatte wesentlich für ihre Entstehung gesorgt. Sie markierte den klaren und unzweideutigen antinationalsozialistischen Standort des Vatikans. Als Pacelli Papst Pius XII. wurde, wich er keinen Millimeter von seiner Position von 1937 ab. Das wird aus allem klar, was mir im Geheimarchiv vorgelegt wird. Wer die Mär vom schweigenden Papst in die Welt gesetzt hat und bis heute verbreitet, der weiß nicht, wovon er spricht. Oder er weiß es nur zu genau und hat für seine gegenteilige Propaganda handfeste Gründe.

Soweit die Analyse dieser Enzyklika. Soweit die kurze Zusammenfassung dessen, was mir sehr überzeugend erscheint. Aber nicht das ist es, was mich im Geheimarchiv des Vatikans zum Paulus macht. Nicht die politischen Hintergründe verändern mich, und auch nicht die Fakten.

Mit dem Foto von Hanns Kerrl alias Hanns Mann habe ich hier im Vatikan etwas Neues und gleichzeitig Altbekanntes gesehen. Etwas, das mich zutiefst aufwühlt. Ich habe das Böse wiedergesehen. Einen Hanns, der ganz offensichtlich mit zwei Namen Karriere gemacht hatte. Der als Kerrl Reichsminister war und als Mann Verlagsleiter und ein ehrenwertes Mitglied der feinen Gesellschaft der Freien und Hansestadt Hamburg.

Das plötzliche und unerwartete Auftauchen eines wohlbekannten, aber tief in meinem Innern verschütteten Gesichts ist wie ein Wegweiser zu einem bis dahin nie gegangenen Pfad. Er sollte mich sehr weit hinaus an jenen Rand führen, der das Leben vom Tod trennt. Aber das würde ich erst einige Zeit später erfahren. Doch der Hauch einer Ahnung streift mich wie ein völlig unerwarteter Kälteeinbruch, als ich am späten Nachmittag den Vatikan verlasse und mir Margarete vor der Porta Sant'Anna tränenüberströmt in den Armen liegt. „Onkel Marcus ist tot!", ist das Erste, was ich von dem, was sie schluchzend sagt, wirklich verstehe.

***

Margarete hat es von Signora Farina erfahren. Ansbachs Haushälterin ist wie gewöhnlich kurz nach neun Uhr im Palazzo della Canonica zur Arbeit erschienen, öffnete, als Ansbach auf ihr Klingeln nicht reagierte, mit ihrem eigenen Schlüssel die Wohnungstür und fand den Prälaten tot in seinem Lehnstuhl. Die Farina, eine patente Frau, die nicht zur Hysterie neigt, rief unverzüglich die Guardia Medica an. Der diensthabende Arzt ist erstaunlich schnell zur Stelle, attestiert altersbedingtes Herzversagen und stellt den Totenschein aus. Für die Sterbesakramente ist es leider zu spät, denn nach Auskunft des Arztes ist der Todeszeitpunkt vor mehr als zehn Stunden eingetreten. Was Signora Farina nicht davon abhält, bei einem Kanoniker auf demselben Flur des Palazzos zu klingeln und mit ihm dann gemeinsam neben der Leiche für Ansbachs Seele zu beten.

„Ist die Polizei verständigt worden?“, möchte ich von Margarete wissen.

„Nein. Warum fragst du das?“, Margarete atmet tief durch und sieht mich aus ihren verweinten Augen mit einem Blick an, den ich an ihr noch nie gesehen habe.

Wir haben inzwischen den Petersplatz überquert und unser Domizil erreicht. Nach meinem Klingelzeichen klackt es, und die hohe schmiedeeiserne Gittertür schwingt leise summend auf. Zum ersten Mal, seit wir hier bei den Bambina-Schwestern abgestiegen sind, fällt mir die Kamera auf, die den Eingangsbereich überwacht. Wir werden von der indischen Receptionistin mit einem Lächeln begrüßt und fahren mit dem Fahrstuhl gleich durch bis zur Terrasse im vierten Stock.

Vis-à-vis sieht der Vatikan aus wie immer. Wie auf ein geheimes Zeichen hin starren wir beide zum Palazzo della Canonica hinüber. Von hier oben kann man auch den dortigen Dachgarten gut erkennen. Gestern um diese Zeit sind wir da oben mit Ansbach gewesen. Gestern noch hat er mir putzmunter Rede und Antwort gestanden und alles andere als einen kranken Eindruck gemacht.

„Hatte er denn ein schwaches Herz?“, frage ich Margarete. „Hat er dir je von irgendwelchen Krankheiten erzählt?“

„Nein, nie. Er hat sich auch regelmäßig untersuchen lassen. Erst vor einem Monat ist er zu seinem üblichen Check am Starnberger See gewesen. Da gibt es eine Klinik, die er sehr geschätzt hat. Onkel Marcus ist in seiner Jugend viel geritten. Er war immer ein sportlicher Typ. Du hast es ja selbst gesehen. Und außer dieser ulkigen

Pflasterallergie gab es nichts, worüber er sich je bei mir beklagt hat."

„Pflasterallergie? So was gibt es auch?"

„Es gibt alle möglichen Allergien, und deshalb ist Rita ja auch so irritiert."

„Welche Rita und was irritiert sie?" Margarete schweigt, und wieder sehe ich diesen früher nie gesehenen Blick – und jetzt weiß ich, was ich vorhin an der Porta Sant'Anna nur dunkel geahnt habe: Margarete hat Angst.

„Gretchen, was hast du? Was ist mit dieser Rita und der Pflasterallergie?"

„Rita ist Signora Farina, Ansbachs Haushälterin. Als sie ihn heute früh fand, da hatte er ein Pflaster an seinem linken Handgelenk. Genau über der Pulsader."

„Ja, und? Das haben wir doch alle mal."

„Aber versteh mich doch. Onkel Marcus hatte eine Pflasterallergie. Er reagierte auf jede Art von Pflaster schon nach wenigen Minuten mit einem wilden Ausschlag. Deshalb hat er immer Mullbinden genommen, wenn er sich mal geschnitten hatte. Onkel Marcus hätte sich niemals freiwillig ein Pflaster aufgeklebt. Schon gar nicht am Puls."

„Offenbar hat er es diesmal doch getan."

„Wie denn? Er wurde schon nervös, wenn er ein Pflaster nur von Weitem sah. Deshalb gibt es in seiner Wohnung nur welches, das Rita Farina für sich selbst reserviert hat und vor ihm versteckt in einer Blechschachtel tief hinten im Küchenschrank liegt. Onkel Marcus wusste gar nicht, wo. Außerdem war es dann später weg."

„Wie weg? Wieso ist die Blechschachtel mit dem

Pflaster der Haushälterin weg? Margarete, merkst du eigentlich nicht, dass du in Rätseln sprichst?"

Ein Weinkrampf, begleitet von einem heftigen Zittern, ist die Antwort auf meine dumme, widdermäßige Ungeduld. Ich nehme sie in den Arm: „Tut mir leid."

„Du hast ja recht. Ich sollte mich nicht so gehen lassen. Eine Preußin tut das nicht. Auch nicht, wenn sie eine katholische Preußin ist. Also, hör zu. Natürlich geht es hier nicht um eine verschwundene Blechschachtel – die übrigens auch gar nicht verschwunden ist."

Wieder geht ein Zittern durch Margaretes ganzen Körper. Sie lehnt sich an mich und atmet mehrmals tief durch. Dann kann sie weitersprechen.

„Der tote Onkel Marcus hatte am Morgen dieses Pflaster am linken Puls. Darüber hat sich die Farina gewundert."

„Weil er diese Allergie hat."

„Genau. Dann rief sie einen Arzt von der Guardia Medica, also vom medizinischen Dienst. Dann kam einer, den sie übrigens noch nie im Vatikan gesehen hat. Der Arzt stellte den Tod fest. Rita ging weg, um Monsignore Montini für die Gebete zu holen, und als sie mit dem Priester zurückkam, war das Pflaster nicht mehr am Handgelenk."

„Der Arzt wird es abgemacht haben."

„Offenbar nicht. Denn als ihn Rita beim Hinausgeleiten, sehr vorsichtig, wie sie mir sagte, auf das fehlende Pflaster ansprach, gab er zur Antwort, dass er nicht wisse, wovon überhaupt die Rede sei."

„Und dann?"

„Rita hat sich natürlich nicht getraut, weiterzufragen. Aber sie war sehr erstaunt, wie abweisend und unhöflich der Arzt plötzlich wurde."

„Und du bist sicher, dass die Signora nicht halluziniert hat?“

„Adrian, die Frau ist doch nicht blöde. Rita ist eine sehr patente und sehr klare Person. Du hast sie gestern selbst erlebt. Und auch ihr Antonio findet das alles sehr seltsam.“

„Wer bitte?“

„Antonio Farina. Ritas Ehemann – übrigens ein pensionierter Kriminalpolizist. Er hat Botengänge für Onkel Marcus gemacht, war so etwas wie sein privater Fahrer und hat, wenn wichtige Gäste da waren, auch bei Tisch serviert.”

***

Als uns das Taxi in der Vicolo dei Panieri absetzt, schlägt es vom Kirchturm Santa Maria di Trastevere gerade acht und zwei Schläge später folgen dem Läuten die Glocken anderer Kirchen. Ein vielstimmiger Chor, der mich an jedem anderen Tag erfreut hätte, mir an diesem Abend jedoch wie die lautstarke Ankündigung eines drohenden Unheils erscheint.

Signora Farina erwartet uns an der Haustür. Ihr tiefschwarzes Haar ist von unzähligen Silberfäden durchzogen. Sie ist keine ausgesprochene Schönheit. Aber dieser charaktervolle Typ einer Römerin, den wir aus den neorealistischen Filmen der italienischen Nachkriegsära gut kennen. Keinem Modejournal entsprungen, sondern direkt aus der Hefe des Volkes von Rom. Auch Rita Farina scheint der Tod des Priesters nahegegangen zu sein. Denn ihre Augen sind rotgeweint und es dauert keine zwei Minuten, bis sich die beiden

Frauen schluchzend in die Arme fallen. Als wir schließlich in dem kleinen Wohnzimmer sitzen, kommt Antonio Farina dazu und hat vier Gläser und eine Flasche Grappa in der Hand. Der Tresterbrand ist „morbido“ und beruhigt nicht nur die Nerven der beiden Frauen, sondern auch meine. Denn der Tag im Geheimarchiv, der plötzliche und überraschende Tod des Prälaten und diese seltsame Wundpflastergeschichte sind selbst für einen Drehbuchautor eine Menge Stoff. Vor allem, wenn alles im wirklichen Leben passiert und nicht bloß auf dem Papier.

An einer Wand des mit einfachen Möbeln vollgestopften Zimmers hängt ein Kruzifix. Daneben eine Fotografie, auf der das Ehepaar Farina zusammen mit einem jungen Mann, unverkennbar ihr Sohn, bei einer Papstaudienz zu sehen ist. An der Wand gegenüber lehnt an einer Kommode eine vom Polizeipräsidenten Roms unterzeichnete Urkunde, die dem Kriminalkommissar Antonio Farina ausgestellt worden ist. Durch das Rahmenglas zieht sich ein breiter Riss. In einer Vitrine stehen kleine und große Pokale dicht an dicht. Doch es bleibt keine Zeit, die Trophäen genauer in Augenschein zu nehmen. Rita flüstert ihrem Mann etwas zu und verschwindet im hinteren Teil der Wohnung.

Farina macht eine einladende Geste und führt uns eine verwinkelte und ziemlich steile Treppe hinauf. Behände wie eine Katze geht er voran. Er ist sehnig, mit kurzen grauen Haaren und einer durchfurchten Stirn. Sein Mienenspiel erinnert mich sofort an das des zweifelnden Thomas auf dem berühmten Gemälde von Caravaggio, der seinen Zeigefinger so tief in die Seitenwunde seines Herrn und Meisters steckt, dass mir beim Anschauen immer ganz mulmig wird. Am Ende der Treppe weht schon ein laues Lüftchen. Noch zwei Schritte und wir treten auf einen lauschigen Dachgarten hinaus.

Ob reich oder arm: wie es scheint, hat fast jeder in Rom so einen privaten Ort im Freien. Selbst in Trastevere, einem Stadtviertel, das nur wenig Gutbetuchte bewohnen. Italiener haben vermutlich so etwas wie einen inneren Schönheitssinn, der sich von den alten Römern her auf die heutigen Menschen vererbt hat. Obwohl der Dachgarten der Familie Farina nicht groß ist, ist es ihnen gelungen, daraus eine üppig wuchernde Orangerie zu machen. Auf einem Tischchen stehen schon Antipasti bereit. Schinken, Salami, Meeresfrüchte. Wir setzen uns, und trotz des traurigen Anlasses, der Margarete und mich hierher geführt hat, genieße ich den würzigen Duft, der den kunstvoll übereinandergestapelten Kräutertöpfen entströmt und in der weichen Abendluft besonders angenehm ist.

„Meine Frau kommt gleich“, sagt der pensionierte Kommissar in einem fast akzentfreien Deutsch und zeigt entschuldigend nach unten. „Sie besorgt nur rasch noch etwas Brot. Das hat sie bei der ganzen Aufregung heute vergessen.“

„Ich gehe mit!“ Margarete ist schon auf dem Sprung.

„Nein, lassen Sie nur. Sie holt es von unserem Sohn, und der wohnt gleich nebenan.“ Farinas Stimme hat trotz aller Freundlichkeit den entschiedenen Klang eines Mannes, der es viele Jahre gewohnt war, Befehle zu geben.

„Wie mir Margarete erzählt hat, sind Sie nicht mehr im Dienst, Herr Farina“, falle ich etwas ungeschickt mit der Tür ins Haus. „Aber Sie sind doch für einen

Pensionär noch viel zu jung. Oder scheidet man in Rom schon mit fünfzig aus dem Polizeidienst aus?"

Antonio Farina lächelt. Aber seine Augen mustern mich spöttisch. Doch was immer er sagen will, die Antwort muss er mir schuldig bleiben. Denn in diesem Moment hören wir aus dem unteren Stockwerk einen gewaltigen dumpfen Knall. Mir kommt es vor, als würde das ganze Haus einmal kurz in die Knie gehen, und aus dem Loch, das sich wie von Zauberhand am anderen Ende des Dachgartens aufgetan hat, quillt dicker schwarzer Rauch.

Die Wucht der Detonation hat Margarete und mich mitsamt unseren Stühlen gegen die zum Glück hohe Hauswand hinter uns geschleudert. Meine Freundin sieht aus wie viele New Yorker kurz nach den Anschlägen vom 11. September. Grauer Staub bedeckt Gesicht und Haare, und ihr eben noch strahlend weißes Kleid ist zu einem verdreckten Lumpen geworden. Hustend starren wir uns fassungslos an, und mir kommt nicht in den Sinn, dass ich genauso verwüstet aussehe wie sie.

Als ich zu sprechen versuche, kommt mir nur ein kaum verständliches Krächzen über die Lippen: „Bist du verletzt? Sind irgendwelche Knochen gebrochen?"

Margarete schüttelt den Kopf: „Ich glaube nicht."

Wir helfen uns gegenseitig beim Aufstehen und kommen ohne Probleme wieder auf die Beine. Offenbar ist auch bei mir alles heil geblieben. Doch jetzt schlagen aus dem Loch im Dach die ersten Flammen. Als wir durch das Feuer hindurch nach unten schauen, steht dort Antonio Farina in den Trümmern seiner Wohnung und hat einen Stuhl in der Hand. Oder zumindest das, was von ihm noch übrig geblieben ist.

Antonio Farina ist wie wir über und über mit Staub und Ruß bedeckt. Wie ist er eigentlich so schnell da hinuntergekommen, schießt es mir durch den Kopf. Als Farina uns sein Gesicht zuwendet, weiß ich wie in einer Vision, dass unser weiteres Schicksal von diesem Moment an ein gemeinsames sein wird. Das untere Zimmer brennt jetzt lichterloh, und an einer stehen gebliebenen Wand krümmt sich das Foto mit der Papstaudienz der Familie Farina zu einem Stückchen Asche zusammen.

„Kommen Sie! Schnell!“, rufe ich dem Kommissar zu, und der scheint erst jetzt das Feuer um ihn herum zu bemerken. Leichtfüßig klettert er auf einen Tisch und mit vereinten Kräften gelingt es Margarete und mir, ihn zu uns zurück aufs Dach zu ziehen.

Natürlich hat die Explosion die Menschen auf den umliegenden Dächern aufgeschreckt. An einem höher gelegenen Fenster des Nebenhauses, gegen dessen Wand Margarete und ich geschleudert worden waren, taucht das Gesicht eines drahtigen jungen Mannes auf, der wie das zwanzigjährige Double des Kommissars aussieht und über eine Feuerleiter zu uns herunterklettert. Und gleich darauf steht auch seine Mutter Rita neben ihm, die wie versteinert ins Feuer starrt.

„Claudio, kümmere dich um Mama!“, sagt Antonio Farina in einem Ton, der keinen Widerspruch duldet. „Ich muss von hier so schnell wie möglich verschwinden. Denn die werden sich nicht damit abfinden, dass ich das hier überlebt habe.“

***

Vier Stunden nach der Katastrophe rückt die Feuerwehr wieder ab. Dank einiger glücklicher Umstände ist es ihr zwar gelungen, das Übergreifen des Feuers auf die umliegenden Häuser zu verhindern. Aber das Haus der Farinas ist vollständig ausgebrannt. Für den Einsatzleiter ist es offensichtlich, dass als Brandursache nur die Explosion einer unsachgemäß angeschlossenen Gasflasche in Frage kommt. Diese kleinen blauen Dinger können in jedem Stadtviertel gekauft werden und werden noch vielerorts in den italienischen Haushalten verwendet.

***

Zur selben Zeit biegt jenseits des Tibers ein Mann von der schnurgeraden Via Giulia in eine schmale Gasse ab und klopft leise an die Hinterpforte eines der vornehmen alten Palazzi, die hier wie überall im historischen Herzen Roms das Stadtbild beherrschen. Die Pforte öffnet sich, der Mann tritt ein. Er steht jetzt mitten in einem großen Stadtgarten und der betörende Nachthauch uralter Orangenbäume stimmt sein Mörderherz milde und weich. Der Duft erinnert ihn an seine sizilianische Heimat, und er atmet ihn tief ein. Das sollte für alle Zeiten sein letztes Lebenszeichen gewesen sein.

Als am nächsten Morgen auf einer kleinen Terrasse desselben Gartens von einem livrierten Diener zwei auch schon zu dieser frühen Stunde perfekt gekleideten Herren der erste Kaffee serviert wird, gibt der Ältere der beiden zwei gehäufte Löffel Zucker in seinen Espresso und verrührt ihn mit der ruhigen Gelassenheit eines Mannes, der es gewohnt ist, dass alle ihm zuhören, wenn er spricht: „Selbst auf Sizilianer ist heute kein Verlass mehr, mein Sohn. Das solltest du dir merken und daran denken, wenn du nach meinem Tod das hier alles einmal geerbt haben wirst. Als ich so jung war wie du, wussten die Sizilianer alles über ihr Opfer – und wenn ich alles sage, dann meine ich das auch so. Jenen Männern, die noch für deinen Großvater gearbeitet haben, wäre diese peinliche Panne mit dem Pflaster niemals passiert. Was ist nur los mit deiner Generation, Massimo? Warum gibt es heutzutage selbst in einer erstklassigen Firma solche Nieten?“

„Das Niveau sinkt nun einmal von Generation zu Generation, lieber Vater. Darüber hat, wie du viel besser weißt als ich, schon Sophokles geklagt und das ist schon weit über zweitausend Jahre her. Aber immerhin hat die erstklassige Firma selbst und auf eigene Kosten für die Beseitigung ihrer Fehlinvestition gesorgt.“

„Ja, immerhin. Aber jetzt müssen wir uns nicht nur erneut um diesen störrischen Commissario kümmern, wir haben außerdem noch dieses lästige deutsche Paar am Hals. Als Farina vor einem Jahr anfing, uns diese Schwierigkeiten zu machen, hätte ich auf die definitive Lösung des Falles bestehen sollen. Du bist es gewesen, der stattdessen für seine vorzeitige Entlassung aus dem Polizeidienst war. ‚Wir brauchen eine weiche Lösung, Vater.‘ Sind das nicht deine Worte gewesen?“

„Wir können nicht immer alle töten, die sich uns in den Weg stellen. Das geht heute nicht mehr.“

„Warum nicht? Meinst du, unsere Familie und die große Sache, für die sie seit Jahrhunderten kämpft, wäre heute da, wo sie ist, wenn wir alle unsere Feinde in die gutbezahlte Pension geschickt hätten?“

13. Mai

Als wir kurz vor Sonnenaufgang am Hafen von Porlezza aussteigen, liegt der kleinere italienische Teil des Luganer Sees wie ein müdes blaugraues Tier zu unseren Füßen. Es ist vollkommen windstill. In den Palmen, die am Rande der Promenade zwischen dem Hotel Europa und der Banca Popolare di Lecco ihre gezackten Blätter zum milchigen Frühmorgenhimmel emporrecken, sind die ersten Spatzen schon munter und tschilpen nach der Art der Frühaufsteher ihre Verwandten und Freunde wach. Ich habe Antonio Farina überreden müssen, hier eine erste Pause einzulegen. Eigentlich wollte er unbedingt bis in die Schweiz durchfahren. Aber weil in Porlezza Max Eyth eine kleine Wohnung besitzt, ist mir dieses Versteck jetzt lieber als irgendein Schweizer Hotel.

Hier in Porlezza habe ich, lang ist es her, eines meines besten Drehbücher geschrieben und trage den Schlüssel für die zwei Zimmer mit Küche, Bad und Balkon seitdem wie einen Talisman stets bei mir, so dass der Zutritt zum Glück kein Problem ist. Zudem ist Lugano, also die Schweiz, nur 15 Kilometer entfernt. Das überzeugt schließlich auch den pensionierten Kommissar, der heute Nacht wieder in den Polizeidienst zurückgekehrt ist. Allerdings nicht offiziell.

Noch bevor der erste Feuerwehrwagen an seinem Haus ankam, hatte uns Antonio durch ein paar winklige Gassen gescheucht und an der Viale Trastevere eine kleine Garage aufgeschlossen. Hinter der verstaubten Tür ist unter einer grauen Abdeckplane ein blitzblanker dunkelblauer BMW 502 zum Vorschein gekommen. Mit so einem eleganten Oldtimer habe ich am allerwenigsten gerechnet. Mir ist der bayerische „Barockengel“

aus der Fernsehserie „Funkstreife Isar 12“ bekannt, die Anfang der Sechzigerjahre im Vorabendprogramm der ARD gezeigt wurde und für mich und die Jungs aus meiner Straße nach Mike Nelsons „Abenteuer unter Wasser“ einen optimalen Höhepunkt an Spannung bot. In unserer kleinen holsteinischen Stadt habe ich den 502er nur einmal in echt gesehen, wusste aber aus dem Autoquartett, das wir auf den sommersonnenwarmen Stufen der Hauseingänge mit nie ermüdendem Elan gespielt haben, dass dieser BMW acht Zylinder und 100 Pferdestärken hat und eine Spitzengeschwindigkeit von 160 km/h erreichen kann. Autoquartettspieler merken sich solche Details lebenslang.

Antonios Liebhaberstück ist tadellos in Schuss. Obwohl der Wagen ein halbes Jahrhundert alt ist, hat er uns ohne zu mucken bis an die Nordgrenze Italiens gebracht. Als wir alle drei in Porlezza völlig erschöpft endlich einschlafen, zeigt meine Armbanduhr fünf Uhr. Als ich sieben Stunden später vom scheppernden Läuten der Glocken der Ortskirche wieder geweckt werde, gebe ich mich kurz der Hoffnung hin, dass alles, was wir zuletzt erlebt haben, bloß ein fieser und besonders hartnäckiger Albtraum gewesen ist. Doch ein Blick genügt, um mich sofort wieder mit der Wirklichkeit kurzzuschließen.

Antonia Farina steht in Boxershorts an der halb offenen gläsernen Schiebetür des kleinen Appartements und sieht auf die Straße hinaus. Ich erhebe mich mühsam mit Rückenschmerzen vom durchgelegenen Klappsofa, auf dem ich wie ein Stein gelegen habe, und trete auf den Balkon. Eine leichte Brise fächelt mir frische Luft in die Nase. Über dem See zieht ein Schwarzmilan in einem langsamen Sinkflug seine Kreise. Unter mir schrauben zwei Männer in Ledermontur an einem Motorrad herum. Eine zweite Maschine steht, offenbar fahrbereit, daneben.

Farina zupft mich am Arm und zieht mich ins Zimmer zurück: „Allzu lange sollten wir hier nicht bleiben. Noch sind wir auf italienischem Boden, und die Augen der Mafia sind überall."

„Sogar in diesem verschlafenen kleinen Seeort, an dem selbst die Touristen vorbeifahren? Bei allem Respekt, Kommissar, aber trauen Sie jetzt diesen Herren nicht etwas zu viel zu?", höre ich mich sagen. Doch als Farina nur mit den Achseln zuckt, bereue ich meine zwei dummen Sätze gleich wieder.

Ich weiß auch, dass die Vogel-Strauß-Methode jetzt alles andere als hilfreich ist. Den Kopf in den Sand zu stecken und zu hoffen, die Dinge würden sich ganz von allein wieder zum Besseren wenden, ist bekanntlich noch nie ein probates Mittel gegen eine zu allem entschlossene verbrecherische Geheimorganisation gewesen. Bisher hatte ich mit der Mafia nur in Filmen und Büchern Bekanntschaft gemacht. Doch nach dem Mord an Ansbach und dem Bombenanschlag auf uns gestern Abend bin ich sicher, dass Antonio Farina mit all dem, was er uns auf unserer Flucht von Rom hierher an der Luganersee erzählt hat, absolut im Recht ist.

Seine Geschichte ist leider keine Fiktion, sondern bittere Realität: Bei einem stümperhaft ausgeführten Einbruch in einen vornehmen Palazzo Roms unweit der Via Giulia war einer der beiden Dilettanten vom privaten Sicherheitsdienst des noblen Hausherrn erschossen worden. Aus Notwehr, wie es hieß. Die Spuren ergaben zweifelsfrei, dass zwei Personen eingestiegen waren. Der Mittäter blieb zunächst spurlos verschwunden. Doch Farina fand wenig später eine Leiche in einer verlassenen Bauruine am Rande der Stadt. Gewisse Anzeichen sprachen so offenkundig gegen Selbstmord, dass selbst der Naivste Verdacht schöpfen musste.

Warum sollte sich ein zwanzigjähriger Arbeitsloser, dessen kriminelle Laufbahn so gut wie vorgezeichnet ist und der aus einem Milieu stammt, in dem Einbrüche so normal sind wie anderswo Einkäufe im Supermarkt, plötzlich aus Gewissensnöten aufhängen? Das jedenfalls ging aus dem Abschiedsbrief hervor, den man hübsch ordentlich zusammengefaltet in einer Hosentasche des vermeintlichen Selbstmörders fand. Als Farina gegenüber seinen Vorgesetzten einen Zusammenhang zwischen dem erschossenen Einbrecher und dem Aufgeknüpften herstellte und sich auch durch Widerreden der anderen Seite nicht davon abbringen ließ, den Selbstmörder für den flüchtigen Komplizen zu halten und den Suizid für einen Mord, musste Farina erleben, wie die Aufklärung eines Todesfalles von der Staatsanwaltschaft erst behindert und dann gänzlich niedergeschlagen wurde. Dennoch ermittelte er auf eigene Faust weiter. Wozu ihn inoffiziell sein Polizeichef sogar ermunterte. Als das allerdings auffallend schnell bis zum Staatsanwalt vordrang, wurde Antonio erst suspendiert und nicht lange danach in den vorzeitigen Ruhestand geschickt.

„Warum gehen wir nicht einfach zur Polizei? Wie jeder andere normale Bürger auch?“ Margarete ist mit einem zerschlissenen Herrenbademantel aus dem Bad gekommen und steht uns frisch geduscht und mit funkelnden Augen gegenüber.

„Aber Margarete, das haben wir doch ...“, weiter komme ich nicht.

„Kein Aber, Adrian! Jetzt kein Aber und kein Wir. Ich habe die ganze Nacht so gut wie nichts gesagt. Antonio Farina hat geredet. Du hast geredet, und ich bin bloß mitgefahren und habe mir irre Geschichten anhören müssen. Und jetzt frage ich mich, warum ich hier heute Morgen in dieser chaotischen Wohnung und in diesem widerlichen Bademantel herumstehen muss, anstatt mich in Rom um das Requiem für meinen Onkel zu kümmern. Und dass wir Rita in ihrem Unglück allein gelassen haben, gefällt mir auch nicht.“

Margarete hat schon recht: Zumindest was die Wohnung angeht, die wie immer unaufgeräumt ist. Mein Freund Max hat ein großes Herz und besitzt viele Talente. Doch einen Ordnungssinn leider nicht.

Farina hat schon bei Margaretes ersten Worten auf einem kleinen Korbhocker am Fenster Platz genommen und sitzt jetzt in einer Haltung da, als müsse er einen vorüberziehenden Sturm abwarten. Ich hole tief Luft, um etwas zu sagen. Doch Margarete verhindert mit einer abweisenden Handbewegung schon mein erstes Wort.

„Nein. Es reicht, Adrian. Jetzt rede mal ich, und ihr zwei hört zu. Denn was ist passiert? Ein alter Mann ist über Nacht gestorben. Ein Arzt des Vatikans sagt, es war Herzversagen. Aber ihr redet von Mord, und euer einziger Beweis ist ein angebliches Giftpflaster. Doch keiner von euch hat das Pflaster gesehen. Dessen pure Existenz ist also höchst zweifelhaft. Zwölf Stunden später fliegt uns ein Haus um die Ohren, weil eine dieser elenden

Gasflaschen explodiert ist, die man in irgendwelchen verstaubten Geschäften kaufen muss und nach Hause schleppt, weil es in diesem korrupten Rom niemand schafft, endlich normale Gasleitungen in die Haushalte zu verlegen, wie sie in anderen zivilisierten europäischen Städten sogar schon bald nach dem Ersten Weltkrieg üblich waren. Doch der Tod von Onkel Marcus und die Explosion sind, sorry to say that, in keiner Weise besonders ungewöhnlich oder irgendwie mysteriös. Wir sind bei der Explosion zum Glück davongekommen. Aber anstatt Rita zu trösten, die ihre Wohnung verloren hat, verlassen wir fluchtartig Rom und rasen die ganze Nacht durch halb Italien, als ob wir Verbrecher wären. Entschuldigt bitte, aber all das ist doch nicht normal!"

In Margaretes eben noch blitzenden Augen sind jetzt Tränen zu sehen. Sie blinzelt uns durch den feuchten Schleier an und schluchzt zweimal laut auf. Dann verschwindet sie türenschlagend wieder im Badezimmer.

***

Natürlich kann man die Ereignisse der letzten anderthalb Tage genau so sehen, wie von Margarete beschrieben. Ebenso natürlich wäre es, wenn die römische Polizei den Tod Ansbachs genau so beurteilt – und genau da liegt unser Problem.

Auf dem Dachgarten in Trastevere ist alles, was wir an diesem schrecklichen Abend am Leib trugen, reif für die Mülltonne geworden. Porlezza ist manche zweifelhafte Segnung der Moderne zum Glück erspart geblieben. Zum Beispiel auch die überall gleichen Kaufhausketten.

Hier gibt es noch wunderbar altmodische Damen- und Herrengeschäfte und in einem davon habe ich für jeden von uns Kleidung gekauft. Die Margarete allerdings mit einem frostigen Lächeln zeitlos nennt. Doch muss sie dann doch zugeben, dass wir, adrett angezogen wie eine Reisegruppe aus einem Film der Fünfzigerjahre, zum ersten Mal gut zu Antonios Barockengel passen, und nach einem ausgiebigen Mittagessen in einem Grotto direkt am See überqueren wir am späten Nachmittag die Grenze zur Schweiz, um in Lugano die Autobahn Richtung Bellinzona zu nehmen.

***

Als sich Farinas BMW in die nicht lange Warteschlange am Grenzübergang einreiht, blickt einer der wachhabenden italienischen Zöllner interessiert auf. Er verlässt sein von mächtigen Felsmassiven eingeklemmtes, grau gestrichenes Wachhäuschen und schlendert über die vom abfließenden Bergwasser feuchte Straße zu seinem Kollegen hinüber, der sich hier mit Passkontrollen nicht weiter aufhält, sondern nur einen kurzen Blick in die ankommenden Wagen wirft, um sie dann mit einer knappen Handbewegung lässig durchzuwinken. Hier, zwischen zwei Bergtunneln, ist es sogar im Hochsommer unangenehm nasskalt.

„Ich übernehme die nächste halbe Stunde, Gianni. Du hast dir jetzt deine Kaffeepause redlich verdient."

Der Angesprochene blickt verdutzt auf. Nickt dann aber und überlässt seinem Vorgesetzten die weitere Abfertigung der langsam heranrollenden Wagen. Der BMW 502 mit dem römischen Autokennzeichen und einem Italiener und zwei Deutschen an Bord hat noch einen englischen Campingwagen vor sich, dessen Fahrerin ihnen schon zwischen Porlezza und diesem Grenzübergang kurz vor Lugano durch betonte Langsamkeit aufgefallen ist. Rechtssteuerung trägt in dunklen und engen italienischen Tunneln nicht gerade zur Übersichtlichkeit bei.

Im Gegensatz zu Friedhoven oder Margarete ist dem aufmerksamen Antonio Farina der Personalwechsel sehr wohl aufgefallen. Er lässt darum den neu hinzugetretenen italienischen Zollbeamten, der die Ausweise und sogar Farinas Führerschein verlangt, damit demonstrativ langsam ihren Wagen umrundet und hinten sogar einmal kurz in die Hocke geht, nicht aus den Augen.

„Ein schönes Auto“, sagt der Zollbeamte und gibt Farina die Papiere durchs Wagenfenster zurück. Farina lächelt schmallippig, legt den Gang ein, gibt Gas. Der Kommissar ist ein guter Beobachter, ein sehr guter sogar. Doch ein toter Winkel existiert auch für ihn. Deshalb bemerkt er nicht, dass der Zöllner mit einer einzigen geschickten Handbewegung einen winzigen Sender in der rechten hinteren Radkappe platziert hat.

***

Auf der nördlichen Seite des Gotthardtunnels ist der Himmel wolkenverhangen und grau. Als wir nach Einbruch der Dunkelheit in Zürich ankommen, schüttet es wie aus Kübeln. Das schlechte Wetter passt zu unserer Stimmung. Denn wie soll es jetzt weitergehen? Wir wissen es nicht.

Unterwegs hat Kommissar Farina versucht, Margarete

zu überzeugen, dass wir keinen irren Hirngespinsten nachlaufen, und es scheint ihm einigermaßen gelungen zu sein. Antonio ist schon ein besonderer Typ. Er erzählt uns, dass er ursprünglich Priester werden wollte. Er war dazu fest entschlossen. Doch dann schlug urplötzlich der Blitz der Liebe ein. Dieser Blitz hieß Rita. Ihretwegen verließ er das Priesterseminar. Zur Trauer seiner Eltern. Denn die hätten nichts lieber gesehen als ihren jüngsten Sohn in einer schwarzen Soutane. Farina gehört nicht zu denen, die ihr Unvermögen, ein eheloses und keusches Leben zu führen, den katholischen Dogmen anlasten. Seine Bildung, ohne die er auch nie Kommissar geworden wäre, verdankt der Sohn kleiner Bauern der Santa Catholica. Das vergisst er nie. Deshalb blieben seine Kontakte zu Priestern auch freundschaftlich, und der Faden zur Kirche riss nie ganz ab. Aus einem dieser Kontakte erwuchs die Bekanntschaft mit Prälat Ansbach. Die schließlich auch zur Anstellung seiner Frau Rita als Hauswirtschafterin des Historikers führte.

Farina hat Ansbach auch über alle wesentlichen Details seines letzten Falls informiert. Der Prälat war empört, als er von der Zwangspensionierung erfuhr, und weil Ansbach die allerbesten Kontakte in der römischen Gesellschaft besaß, kam Farinas Rauswurf schließlich einem Staatssekretär im Justizministerium zu Ohren. Der Mann interessierte sich sogar sehr für den Fall und trug ihn seinem Minister vor. Am 12. Mai, also am Tag nach Ansbachs Tod, sollte es ein Treffen zwischen Ansbach, Farina und dem Justizminister geben. Dieser Termin war fest verabredet. Deshalb sah die Mafia offenbar Gefahr im Verzug und entschloss sich zu handeln. Der Mord an Ansbach hat das Treffen verhindert, und die fingierte

Gasexplosion im Haus der Farinas sollte offenbar alle Mitwisser, zu denen inzwischen auch Margarete und ich gehören, für immer zum Schweigen bringen. Das sind die in dürren Worten zusammengefassten Ungeheuerlichkeiten aus einer Welt, die sich nicht an Regeln hält, wie sie eine Frau wie Margarete Rabenschlag schätzt.

***

Kurz nachdem der 502er-BMW bei Lugano die Autobahn Richtung Norden nimmt, steigt auf einem Privatflughafen am Lago Maggiore ein Hubschrauber auf. Schon bald empfängt der Pilot das gesuchte Signal. Solange die drei Leute dort unten in dem schönen Oldtimer der bayerischen Motorenwerke den Sender nicht finden und zerstören, würde er ihre Spur nicht mehr verlieren. Als der BMW am Abend im strömenden Regen, und für den Hubschrauber unsichtbar geworden, in der Zürcher Altstadt verschwindet, klingelt im Hotel Baur au Lac ein Mobiltelefon. Der Mann in Zimmer Nummer 313 macht sein Sony Ericsson W890i empfangsbereit und nimmt den Anruf stumm entgegen. Dann hört er aufmerksam zu, was ihm die gutturale Stimme am anderen Ende in einem römischen Palazzo zu sagen hat.

Nach 120 Sekunden weiß er, worin exakt seine Aufgabe besteht. Er drückt die Aus-Taste und öffnet einen schmalen, flaschengrünen Lederkoffer, in dem auf dunkelrotem Samt die Einzelteile einer Präzisionswaffe liegen. Das Zimmer um ihn herum ist genau so, wie es das Baur anpreist: unverwechselbar und elegant. So sieht sich der Mann selbst auch. Er verabscheut die überall auf der Welt gleich aussehenden Hoteltürme. Wer darin wohnt und nicht ab und an aus einem fest verschlossenen Klimafenster mit der Superschallschutzglasscheibe sieht, kann dem Interieur nicht entnehmen, ob er sich gerade in Dubai oder Stockholm befindet.

Diese Art der Gleichmacherei ist dem Mann unangenehm. Er ist von seinem Wesen her konservativ und zieht den Tod als Gleichmacher vor. Er ist einer der Besten seines Fachs und legt Wert darauf, vor einem neuen Auftrag in einem Traditionshotel abzusteigen. „Könige und Eroberer, Präsidenten und Prälaten waren zu Gast in diesem ehrwürdigen Hotel", so preist sich das Zürcher Baur au Lac im Internet an. Das gefällt dem Mann, dem aus der Aufzählung die Eroberer am sympathischsten sind. Er gehört in dieser Gruppe zur Abteilung der Großwildjäger. Doch nachdem radikale Naturschützer überall auf der Welt die Jagd auf Löwen, Tiger und Bären übel beleumundet haben, ist ihm nichts anderes übrig geblieben, als sich ein neues Terrain zu erschließen. Seine Beute sind jetzt keine Tiere mehr, sondern Menschen. Als Großwildjäger war sein Markenzeichen die absolute Perfektion. Darin ist er sich auch in seinem neuen Beruf treu geblieben.

***

„Diese beiden müssten für Sie eigentlich am interessantesten sein."

Mit diesen Worten schiebt mir Carl Van Kerckhoven zwei Schriftstücke über den Tisch, die er gleich nach dem Auftragen der ausgezeichneten Mousse au chocolat aus seiner abgewetzten Krokodillederbrieftasche zupft. Van Kerckhoven ist Historiker und Literaturwissenschaftler in Personalunion. Aus Gründen, die mir von Anfang an nebelhaft sind (und leider auch nebelhaft bleiben sollten), hat sich sein Forscherdrang auf Flor Kapp gerichtet, das „Phänomen Kapp“, wie er es nennt. Der Draht zu ihm ist über Professor Klock noch vor dem Abflug nach Rom in Berlin gelaufen. Van Kerckhoven bot mir an, ihn jederzeit in Zürich kontaktieren zu können, und da sitzen wir nun bei einem klassischen Zürcher Abendmenü in der Kronenhalle. Dort haben schon Friedrich Dürrenmatt und Max Frisch zu viel gegessen, und später legendär gewordene Maler durften als noch unbekannte Künstler ihre Gelage mit einer von eigener Hand bemalten Leinwand bezahlen. Van Kerckhoven – der zu unserer Belustigung fast wie ein Zwillingsbruder von mir aussieht, sogar die extrem diskreten Kellner halten uns offensichtlich für Brüder – ist meiner Einladung ohne zu zögern gefolgt. Und Hand aufs Herz: Wer isst sein Zürcher Geschnetzeltes nicht gern mit einem Matisse oder Kandinsky?

„Sind die echt?“, will ich von ihm wissen.

„Wenn Sie die beiden Chagalls an der Wand hinter mir meinen, lautet die Antwort Ja. Aber die Briefe vor Ihnen sind leider nur Kopien. Aber schon die hätte ich nur mit Genehmigung Kapps machen dürfen, und ich bin ziemlich sicher, der große Flor hätte mir sein Jawort kühl lächelnd verweigert.“

„Hier steht, dass Kapp als Dramatiker weltberühmt werden möchte und nur noch nicht weiß, ob er ein Stück gegen Adenauer oder gegen Papst Pius XII. schreiben soll. Der Brief ist vom Juni 1958. Sind Sie sicher, dass diese Zeilen wirklich von Kapp stammen?“

„Ganz sicher. Hundertprozent sicher. Ja, lachen Sie nicht. Sie wissen doch: Holländer lügen nie."

„Nicht weil Sie Holländer sind, vertraue ich Ihnen. Aber weil wir fast Namensvettern sind und wenn ich unseren Spiegelbildern an der gegenüberliegenden Wand trauen darf, überdies vermutlich bei der Geburt getrennte Zwillinge, haben Sie bei mir, naturgemäß möchte ich beinahe sagen, einen besonderen Glaubwürdigkeitsbonus. Aber im Ernst: Professor Klock hat Sie mir sehr herzlich empfohlen. Das ist für mich wie ein Ritterschlag."

„Danke für Backobst. Was sagen Sie aber dazu?", Van Kerckhoven tippt mit seiner Rechten auf die Briefkopie.

„Nun, Mangel an Ehrgeiz müssen wir auch schon dem jungen Kapp wohl nicht bescheinigen. Und offenbar hat er sich gegen den Bundeskanzler und für den Papst entschieden. Aus Kapps Sicht war das eine gute Wahl."

„So kann man wohl sagen, Herr Friedhoven", Van Kerckhoven spricht das l genauso charmant wie alle Holländer und der Singsang in seinem hellen Bariton erinnert mich an seinen Landsmann Rudi Carrell, der sich als Showmaster im deutschen Fernsehen in mehr als drei Jahrzehnten einen wohlverdienten Kultstatus erarbeitet hat, „aber was fällt Ihnen sonst noch dazu ein?"

„Nun, Adenauer und Pius, in beiden Fällen handelt es sich um reale Personen der Zeitgeschichte. Als Kapp diesen Brief am 17. Juni 1958 schrieb, waren beide noch am Leben. Pacelli ist erst im Oktober '58 gestorben. Offenbar hat Kapp sich für bedeutende Männer mehr interessiert als für ein Ehedrama à la Ibsen oder Strindberg. In einem ihm wohlgesinnten germanistischen

Seminar würde man vielleicht seine Nähe zu Schiller betonen."

„Ja. Das sehe ich ähnlich." Van Kerckhoven sieht mir jetzt direkt in die Augen. „Schiller ist ein gutes Stichwort. Beispielsweise in der Fachzeitschrift ‚Theater heute' hat man Kapp dieses ‚Schillern' ja auch übelgenommen und ihn einen rückwärtsgewandten Dramatiker genannt. Nach Bertolt Brecht und dessen epischem Verfremdungstheater wollten einige führende Kritiker auf der Bühne keine Stücke mehr sehen, in denen mit den Mitteln der emotionalen Einfühlung gearbeitet wird."

„Schillern ist gut. Meinen Sie wie bei Wilhelm Tell oder der Jungfrau von Orléans?" Mir haben solche literarischen Fachsimpeleien schon immer Spaß gemacht. Van Kerckhoven scheint es genauso zu gehen. Er grinst mich an.

„Ja, genau. Sie hätten auch Don Carlos oder Maria Stuart sagen können. Bei Friedrich Schiller ist das Gute und das Böse noch ganz rein und unverfälscht vorhanden. Deswegen kann man beides so gut auseinanderhalten. Karl Moor geht zwar zu den Räubern. Aber er bleibt auch als Gesetzloser ein Freiheitsheld, und sein Bruder Franz ist eine Kanaille. Also ein Kotzbrocken und Fiesling, der am Ende zur klammheimlichen Freude aller Selbstmord begeht. Schillers Stücke sind zwar differenziert, bleiben aber dennoch in einem Schwarz-Weiß-Schema gefangen."

„Genau wie bei Kapp, wollen Sie damit sagen?"

„Richtig. Genau wie bei Kapp. Adenauer oder Pacelli. Der deutsche Bundeskanzler oder der römisch-katholische Papst. Beide sind für ihn so etwas wie Franz Moor oder vielleicht sollte ich die beiden Herren jetzt besser mit Philipp II., dem spanischen König aus Schillers ‚Don Karlos' vergleichen."

„Und Kapp sieht sich dann als Marquis Posa? Dessen Satz: ‚Geben Sie Gedankenfreiheit, Sire' ja Theatergeschichte gemacht hat."

„Ich sehe jetzt, wo ein Drehbuchautor seine Inspiration hernimmt. Ja, Friedhoven, Sie haben den Nagel auf den Kopf getroffen. Bei Schiller sollten die Theaterzuschauer mit der ‚Wahrheit' konfrontiert werden. Friedrich Schiller schrieb wörtlich in seiner Schrift ‚Die Schaubühne als eine moralische Anstalt betrachtet': ‚Hier nur hören die Großen der Welt, was sie nie oder selten hören – Wahrheit.' Wahrheit war also Schillers Zauberwort. Damit ist Kapp doch auch hausieren gegangen. Als Mann der Wahrheit gilt er noch heute. Leider!"

„Daher also weht der Wind. Kapp wollte ein zweiter Schiller werden."

„Richtig. Und wenn man es ganz unvoreingenommen betrachtet, ist ihm das auch gelungen. Bis heute glaubt der Großteil der Welt an seine Schwarze Legende vom schweigenden Papst."

„Ist diese Legende denn allein auf Kapps Mist gewachsen?", möchte ich von Van Kerckhoven wissen.

„Dazu kommen wir gleich. Wichtig ist festzuhalten: Adenauer oder Pacelli. Bei Kapp sind das per se reine Negativfiguren. Und, ganz wichtig, beide sind katholische Antikommunisten, und Antikommunismus ist für Kapp die schlimmste Sünde jenseits von Eden."

Van Kerckhoven zieht seinen Teller mit der Mousse au chocolat wieder zu sich heran. Als echter Genießer hatte er sich noch einen kleinen Rest aufgespart. Während mein Teller schon so ausgekratzt ist, dass selbst eine

Katze darin nichts mehr zum Ausschlecken gefunden hätte.

„Wollen Sie damit sagen, dass Kapps Intention nicht Aufklärung war, sondern Verurteilung?"

„Exakt erkannt. Ihre Romreise ist offenbar fruchtbar gewesen."

Natürlich habe ich Carl Van Kerckhoven vom Vatikan erzählt. Aber nur das Allernötigste. Von dem Mord an Ansbach und der Explosion weiß er nichts. Und auch von unserer Flucht hierher nach Zürich soll er besser nichts erfahren.

„Kapp geht es ausschließlich um Verurteilung", fährt er jetzt fort und wirft einen schmachtenden Blick auf die imponierend sortierte mobile Bar, mit der ein Kellner gerade einen der Nachbartische ansteuert. „Ich würde sogar noch einen Schritt weiter gehen. Denn es geht ihm vor allem um Denunziation. Denunziation, das ist sein Punkt. Dafür holt er sich vermeintliche Tatsachen da, wo er sie kriegen kann. Und sei es aus Quellen, die von ihrem Grund her so schlammig und dunkel sind, wie nur irgendwas."

„Wie meinen Sie das?"

„Lesen Sie auch den anderen!"

Ich nehme die zweite Kopie zur Hand. Diesmal war der Brief mit Tinte geschrieben worden und nicht wie der erste mit einer Schreibmaschine, bei der das Farbband offensichtlich nicht mehr das Allerfrischeste gewesen war und sowohl das K als auch das P leicht nach oben versetzt stehen.

„‚Erst meine liebe Frau Susanne hat mich ja in die Welt der sozialistischen Literatur eingeführt. Die Lektüre des russischen Historikers Scheinmann ist für mich jedenfalls sehr erhellend gewesen und hat mir die Augen dafür geöffnet, um welche verbrecherische Organisation es sich im Vatikan handelt und übrigens schon immer gehandelt hat.' Starke Worte, würde ich sagen."

„Ja, sicher. Aber wissen Sie auch, welche Art von Lektüre Kapp meint, wenn er den Russen Scheinmann erwähnt?"

Ich schüttle stumm den Kopf. Van Kerckhoven scheint genau damit gerechnet zu haben. Denn nun holt er ein Buch aus einer dunkelgrünen Collegemappe hervor und reicht es mir mit dem Blick eines Mannes, der stolz darauf ist, einen wichtigen Fund präsentieren zu können.

„M. M. Scheinmann. Der Vatikan im Zweiten Weltkrieg", lese ich auf dem vergilbten Papiereinband, auf dem unten eine Jugendstilvignette zu sehen ist, die mich an eine eingeringelte Schlange erinnert.

„Ist das die Lektüre, die Kapp so begeistert hat?", frage ich Kerckhoven.

Er nickt. Ich schlage das Buch auf und lese laut vor: „Dietz Verlag GmbH Berlin 1. Auflage 1954 1.–6. Tausend. Herausgegeben vom Historischen Institut der Akademie der Wissenschaften der UdSSR. Dietz ist ein Ostberliner Verlag, oder?"

Van Kerckhoven lacht: „Was dachten Sie denn? So was kann doch nur aus dem ‚Demokratischen Berlin' kommen, wie sich die spätere ‚Hauptstadt der DDR' Anfang der Fünfzigerjahre noch nannte. Dietz gehörte ursprünglich zur Sozialdemokratie. Die SED hat das Traditionsunternehmen dann 1946 widerrechtlich okkupiert und daraus einen Parteiverlag gemacht. Als Herausgeber fungierte das Institut für Marxismus-Leninismus beim ZK der SED. Nach dem Fall der Mauer hat die PDS heftig um Dietz gekämpft und, soweit ich weiß, den Verlag auch dank irgendeiner wilden Konstruktion zurückbekommen. Nicht umsonst steht dort ein Rechtsanwalt an der Spitze. Aber das nur am Rande. Lesen Sie jetzt erst einmal nur den Klappentext. Er ist nicht lang und sehr aussagekräftig! Aber bitte gerne laut. Ich kann mir nicht helfen, aber ich höre dieses Propagandagewäsch einfach zu gern. Das ewig Dämliche zieht mich an, wenn Sie wissen, was ich meine."

Ich tue ihm den Gefallen: „Mit allen Mitteln der Propaganda versucht der sterbende Kapitalismus, die religiöse Autorität des Papstes und der katholischen Priesterschaft für seine politischen Ziele auszunutzen. Eine besondere Rolle spielt dabei die These von der politischen Neutralität des Vatikans. Demgegenüber führt der Autor, gestützt auf eine Fülle unantastbarer Quellen, den wissenschaftlichen Nachweis, dass das Papsttum, ökonomisch an das Ausbeutersystem gebunden, seine politische Hauptaufgabe in der Festigung des Kapitalismus und in dem Kampf gegen das Lager des Friedens und der Demokratie sieht und seine gesamte hierarchische Organisation in den Dienst dieser Aufgabe gestellt hat. Das offenbarte sich besonders während des Zweiten Weltkriegs in der Unterstützung, die der Vatikan den ‚Achsenmächten' lieh, in seinen Bemühungen, die Anti-Hitler-Koalition zu zersetzen, und schließlich in den Anstrengungen, die faschistischen Brandstifter des Krieges zu retten. Ihre logische Fortsetzung findet diese Politik nach dem Zweiten Weltkrieg in der Unterstützung des Weltherrscherstrebens des amerikanischen Imperialismus, der in den katholischen Parteien Westeuropas seine eifrigsten Fürsprecher hat. Anhand umfangreichen Materials, das aus vielen Ländern und großteils von katholischen Schriftstellern stammt, legt Scheinmann diese Zusammenhänge dar und zeigt den Widerspruch zwischen der verderblichen Politik der höchsten Würdenträger des Vatikans und dem Friedenswillen von Millionen Katholiken, darunter auch eines Teils der niederen Geistlichkeit, einen Widerspruch, der ein Element der sich verschärfenden Krise der katholischen Kirche darstellt."

Ich klappe das Buch zu und trinke einen Schluck von dem gut gekühlten Rèze, den mir unser aufmerksamer Kellner während meiner Lektüre frisch nachgeschenkt hatte. Van Kerckhoven, auch darin ein Historiker, hat sich hier in Zürich in die Geschichte der Schweizer Weine vertieft und laut gejubelt, als er einen Rèze auf der Weinkarte der Kronenhalle entdeckte. „Er ist nur noch in kleinsten Beständen im Wallis zu finden", hat er mir verschwörerisch zugeflüstert, „bei dieser alten Sorte handelt es sich möglicherweise um eine bereits von Plinius dem Älteren beschriebenen. Bei Plinius heißt sie Uva raetica."

Mir war schon immer klar, dass die alten Römer einen guten Tropfen zu schätzen wussten, und warum sollte nicht auch uns etwas munden, das schon zu Christi Lebzeiten hier in den Alpen getrunken worden war. So gesehen, spielt der horrende Preis, der recht kleingedruckt auf der Weinkarte nur mit sehr scharfen Augen gut zu lesen ist, eigentlich keine Rolle.

Van Kerckhoven sieht mich immer noch wortlos und erwartungsvoll an. „Dieser Klappentext liest sich wie die dramaturgische Grundlinie für den ‚Fels'", sage ich in sein Schweigen hinein.

Van Kerckhoven strahlt: „Sie haben es erfasst. Klock hat Sie mir nicht umsonst so beschrieben: Friedhoven ist zwar ein Mann vom Film, aber trotzdem nicht blöd!" Wir lachen, und nun nimmt auch Van Kerckhoven einen kräftigen Schluck. Gleichzeitig behält er den Kellner mit der Bar im Auge, der jetzt gerade wieder einen anderen Tisch ansteuert. Ich bin mir zwar sicher, dass in der Kronenhalle gerade die Digestifs einen gewichtigen Posten in der Schlussrechnung einnehmen werden, beschließe aber gleichwohl, dem Kellner bald ein diesbezügliches Zeichen zu geben. Van Kerckhoven hat sich einen anständigen Absacker schon jetzt mehr als verdient.

„Wissen Sie", klärt er mich weiter auf, „für mich sind die Schlüsselworte in diesem Propagandamachwerk ‚unantastbare Quellen' und ‚wissenschaftlicher Nachweis'. Mit diesen Zaubersprüchen haben die Kommunisten bekanntlich nicht nur ihre eigenen Leute verhext, sondern auch den halben freien Westen. Man kniet nicht mehr vor Gott. Aber vor der angeblich objektiven wissenschaftlichen Wahrheit machen alle einen tiefen Kotau. Bis heute glaubt doch fast jeder immer noch an Kapps angeblich unantastbare Quellen. Obwohl eigentlich alles aus diesem trüben Nass auf tönernen Füßen steht. Denn entweder ist es erstunken und erlogen oder völlig verzerrt dargestellt."

Nach meinen Erfahrungen im Vatikanarchiv kann ich ihm nur zustimmen. „An wen schreibt Kapp denn so was? Hier steht nur ‚lieber Hanns'", will ich von Van Kerckhoven wissen.

„An den Verlagsleiter Hanns Mann in Hamburg. Denn die Gütersloher, für die Kapp ja bis dahin ein sehr erfolgreicher Lektor gewesen war, wollten sich mit antikatholischer Propaganda nicht abgeben."

Als der Name Hanns Mann fällt, sackt mir das Blut in die Kniekehlen und mir wird schlagartig flau zumute.

„Was ist mit Ihnen?", fragt mich Van Kerckhoven besorgt. „Sie sind ja plötzlich ganz weiß im Gesicht. Waren etwa die Züriseefelchen nicht mehr ganz frisch? Soll ich den Oberkellner an unseren Tisch zitieren?"

„Nein. Lassen Sie mal. Am Fisch liegt es nicht. Aber trotzdem, zur Sicherheit sollten wir etwas gebranntes Brot zu uns nehmen."

„Aber keinen Genever, wie jener Mynheer Peeperkorn, in Thomas Manns Roman ‚Zauberberg', auf den Sie jetzt anspielen. Wir trinken was Feineres!"

Van Kerckhoven bestellt für mich eine doppelte Williamsbirne von Ziegler, und er nimmt das Gleiche. Dann, Vertrauen gegen Vertrauen, erzähle ich ihm von Onkel Hanns. Warum er nicht gerade zu meinen liebsten Verwandten gehörte, deute ich allerdings nur an, und gewisse Vorfälle in einem gewissen Bootsschuppen an einem ostholsteinischen See lasse ich aus Selbstschutz weg.

„Wissen Sie, Herr Van Kerckhoven, manchmal ist es doch zu seltsam mit den eigenen Erinnerungen. Vor allem bei denen, die wir über Jahrzehnte verdrängen. Natürlich weiß ich, dass Kapp den ‚Fels' beim Robert-Wald-Theaterverlag in Hamburg herausgebracht hat. Aber dass mein Onkel diesen Verlag bis in die Mitte der Sechzigerjahre hinein geleitet hat, ist mir bis jetzt nicht in den Sinn gekommen."

„Nun, was immer mit diesem Hanns Mann in Sachen Familienbande unkoscher gewesen sein mag: Als

Verlagsleiter der Theatersektion hatte er jedenfalls das volle Vertrauen des Verlegers. Sie wissen vermutlich, dass Robert Wald seine Lizenz von den Briten nur deswegen schon im November 1945 bekommen hat, weil sein Sohn Herbert Maria Wald, der später allein den Verlag übernahm, das für ihn geschaukelt hat. 1949 wurden die Walds dann mit dem Bestseller ihres Cheflektors Marek Bertram schwerreich. Auch Sie werden als Junge bestimmt ‚Das leere Gottesgrab' gelesen haben."

„Sicher. Wer nicht. Onkel Hanns hat es mir zu meinem zehnten Geburtstag geschenkt. Daran erinnere ich mich noch sehr genau."

Van Kerckhoven lacht. „Ich habe es auch mit zehn bekommen. Diese ungemein spannende Schwarte ist ja sogar ins Niederländische übersetzt worden. Aber da Sie jetzt wieder einigermaßen gesund aussehen, bitte ich um Dispens. Ich muss rasch ein Telefonat führen und gehe dafür kurz vor die Tür. Die Briefe lasse ich Ihnen einstweilen hier. Und nur, falls Sie, während ich draußen bin, heimlich die Rechnung begleichen sollten: Die Getränke übernehme ich. Auch die gebrannten Birnen. Nein, keine Widerrede. Sie können ruhig schon mal einen zweiten Doppelten bestellen. Bin gleich wieder da."

***

Als Carl Van Kerckhoven die Kronenhalle verlässt und sein Mobiltelefon zur Hand nimmt, bemerkt er auf der anderen Straßenseite einen Mann, der mit einer brennenden Zigarre in der Hand auf einer kleinen Bank unter einer mächtigen alten Linde sitzt.

„Auf wen der wohl wartet“, murmelt Van Kerckhoven in seiner Muttersprache kaum hörbar und schlendert beim Heraussuchen der Nummer auf die gegenüberliegende Straßenseite hinüber. Als er dort ankommt, steht der Mann auf, kommt rasch näher und schaut Van Kerckhoven erwartungsvoll an. „Kennen wir uns?“, fragt der Historiker irritiert. „Nicht dass ich wüsste“, sagt der Mann. Dann sagt er nichts mehr.

***

Höchstens zwei Minuten, nachdem Van Kerckhoven hinausgegangen ist, betreten Farina und Margarete die Kronenhalle. Beide sehen so bleich aus, wie ich es wohl noch vor Kurzem gewesen bin. Farina geht sofort zum Tresen, um dort mit Anzeichen von großer Eile die Zeche zu zahlen. Margarete gibt mir einen flüchtigen Kuss und flüstert mir ins Ohr: „Frag jetzt nichts, Adrian, sondern steh einfach auf und kommt mit. Wir müssen sofort aus Zürich verschwinden.“

Als wir uns draußen suchend nach Van Kerckhoven umschauen, finden wir ihn lang ausgestreckt auf einer Parkbank gleich gegenüber auf der anderen Straßenseite. Der Holländer hat zwei kleine blutige Löcher zwischen den Augen.

„Da ist einer auf Nummer sicher gegangen“, ist alles, was Antonio Farina dazu sagt. Dann stößt er Margarete und mich mit einer einzigen Armbewegung zu Boden, wirbelt mit einem Stilett in der Hand blitzschnell um die eigene Achse und plötzlich steckt Farinas Dolch im Kehlkopf eines schmalen Mannes, der nun mit einer schallgedämpften Pistole in der Hand lautlos keine drei Schritte neben uns zu Boden sackt. Als Farina die Klinge mit einem Ruck wieder herauszieht, ergießt sich ein Blutstrahl über das blütenweiße Hemd des Toten, und auch Farina bekommt seinen Teil davon ab.

„Was für eine elegante Erscheinung", denke ich komischerweise als Erstes. Dann rappeln Margarete und ich uns hoch und folgen Antonio, der seinen BMW keine 50 Meter von der Kronenhalle entfernt am Limmatquai ordentlich vor einer Schweizer Parkuhr abgestellt hat. Ich öffne für Margarete eine Fondtür und setze mich auf den Beifahrersitz neben Farina. Der erste der acht Zylinder zündet und der Motor springt schnurrend an. Farina sieht in den Rückspiegel und trommelt nervös mit den Fingern der rechten Hand auf das Lenkrad. Jetzt erst merke ich, dass Margarete nicht eingestiegen ist, sondern neben uns auf dem Gehweg steht, sich über das Flussgitter beugt und ihren Mageninhalt dem Flussgott der Limmat opfert.

„Bitte verzeiht mir", sagt Margarete, als sie endlich im Wagen sitzt, „aber ich kann nun einmal kein Blut sehen."

***

Bis Basel spricht niemand von uns ein Wort. Farina holt aus seinem Barockengel heraus, was nur irgend möglich ist. Erst als wir eine Stunde später Lörrach rechts liegen lassen, merke ich, wie verkrampft ich bin. Mein Kopf fühlt sich an wie eingemauert. Vorsichtig öffne ich meinen Mund so weit es geht und bringe meine Kiefermuskeln mit einer Übung, die mir Margarete einmal vor zig Jahren aus einer Apothekerzeitung herausgerissen und unübersehbar an die Tür meines Arbeitszimmer gehängt hat, mühsam dazu, wieder einigermaßen locker zu werden.

Seltsam genug und absurd zugleich: Wieder in Deutschland zu sein, fühlt sich gleich nicht mehr so unsicher an. Rational ist mein wiederkehrendes Sicherheitsgefühl nicht zu erklären. Gleichwohl: Es ist da. Vielleicht ist irgendeine Synapse irgendwo in unseren Hirnen über irgendwelche bislang unerforschten Nervenbahnen mit jener Heimaterde verbunden, die uns einst hervorgebracht hat.

Als wir an Freiburg vorbeifahren, erklärt mir Farina, dass er schon beim Grenzübergang in Lugano misstrauisch geworden war, und erinnert mich an den italienischen Zöllner, der, scheinbar bloß unseren Oldtimer bewundernd, um den Wagen herumgeschlichen war. Während ich mit Van Kerckhoven in der Kronenhalle saß, hat Farina den BMW Zentimeter für Zentimeter abgesucht und an einer der Radkappen einen winzigen Sender gefunden. Auf diese Weise hatten „die" uns bis Zürich jederzeit unter Kontrolle.

„Aber wieso wurde Carl Van Kerckhoven umgebracht?", möchte ich von Farina wissen.

Farina sieht ohne zu antworten nur kurz zu mir herüber und als ich ihm in die Augen blicke, wird mir schlagartig klar, dass gar nicht der Holländer sterben sollte, sondern sein Mörder mich meinte, als er ihn erschoss. Und gleichzeitig wird mir zum ersten Mal seit unserer Flucht aus Rom klar, was für einen Helden wir an unserer Seite haben. Dieser Mann hat an all unseren bisherigen Wegmarken ohne zu zögern immer die richtigen Entscheidungen getroffen. Am Zürcher Limmatquai sind wir nur dank seiner entschlossenen Tatkraft am Leben geblieben. Weil mir nichts Besseres einfällt, lege ich für einen Moment meine Hand auf Farinas Schulter.

„Schon gut, Friedhoven. Wir sind ja alle nur Menschen. Doch zur Sache zurück. Der Mann vom Zürcher Limmatquai war mir bekannt. Er heißt Crespo de Gutusso und gehörte zu einem sehr kleinen Kreis von international agierenden Auftragsmördern, die nicht exklusiv, aber gern auch mal für die Mafia arbeiten. Weil er aus Buenos Aires stammt und so überaus elegant aussieht, haben wir ihn intern Carlos Gardel genannt, nach dem berühmten argentinischen Tangosänger. Er ist uns nach einem Auftragsmord in Neapel einmal beinahe in die Falle getappt. Wurde aber in letzter Sekunde – von wem auch immer – gewarnt und konnte sich deshalb leider unserem schon so gut wie sicheren Zugriff entziehen."

Bei dem „von wem auch immer" verzieht Farina verächtlich die Mundwinkel und presst kurz die Hände am Lenkrad zusammen. Doch ich beschließe instinktiv, darauf jetzt nicht einzugehen und frage stattdessen: „Wer ist wir? Wenn Sie mir das verraten dürfen."

Farina scheint meine vielleicht etwas zu indiskrete Frage nicht zu stören: „Natürlich darf ich. Aber ich dachte, Sie wüssten schon von …", hier zögert er kurz, und ich spüre, dass er an den toten Prälaten denkt , „ich dachte, Sie wüssten schon von Monsignore Ansbach, dass ich die letzten zehn Jahre in der römischen Anti-Mafia-Abteilung gearbeitet habe."

„Doch nicht etwa in der Via Giulia, wo ein marmornes Hinweisschild über einer Eingangstür in Großbuchstaben unübersehbar darauf hinweist. Und immer wenn ich da vorbeigehe, lungert da ein Trupp durchtrainierter Männer auf diese typisch italienische Art davor herum und die mir nachpfeifenden Jungs sehen aus, als hätten sie gerade mit Stil und Raffinesse einen spektakulären Fall gelöst und machen jetzt bloß ein kurzes Päuschen, um noch vor dem nächsten Hahnenschrei einen weiteren Mafiaboss zur Strecke zu bringen?“ Margarete, die bislang zumindest so getan hat, als würde sie auf der breiten Rückbank tief und fest schlafen, signalisiert uns auf ihre Weise, dass sie sich inzwischen wieder einigermaßen erholt hat.

Farina muss laut auflachen und ich sage: „Manchmal bist du mir richtig unheimlich, Margarete. Erst – verzeih mir das rüde Wort – kotzt du dir die Seele aus dem Leib und wenig später erwähnst du, geschickt verpackt, die Freuden einer allein durch Rom flanierenden Frau. Normal ist das nicht.“

„Was ist schon normal im Leben“, wendet sich Farina, ganz römischer Gentleman, ebenfalls an Margarete. „Ich denke, jeder von uns muss das, was ihm widerfährt, auf seine ganz persönliche Weise verarbeiten. Aber ich freue mich, Margarete, dass es Ihnen offenbar wieder etwas besser geht. Sollen wir vielleicht eine Raststätte anfahren? Bis zur nächsten sind es nur zwei Kilometer.“

„Das wäre nicht schlecht. Aber essen werde ich nichts, Antonio.“

Während wir auf dem Rastplatz auf Margaretes Rückkehr von der Toilette warten, nimmt Farina unseren Gesprächsfaden wieder auf.

„Ja, Margarete hat recht mit ihrer Vermutung. Dort in der Via Giulia war mein Büro. Doch was ist denn typisch italienisch daran, wie wir da draußen herumstehen?“

„Das müssen Sie schon Margarete selbst fragen. Doch auch ohne das werden Sie es merken, sobald ich Ihnen deutsche Polizisten im Dienst gezeigt habe. Doch wieso hat dieser Gardel – seinen richtigen Namen habe ich jetzt schon wieder vergessen – den Historiker Van Kerckhoven umgebracht? Entschuldigen Sie, wenn ich das immer noch nicht ganz kapiert habe. Hat er ihn wirklich mit mir verwechselt?"

„Crespo de Gutusso hieß er, und was die Verwechslung angeht, da bin ich mir ziemlich sicher. Ihre Ähnlichkeit mit ihm ist wirklich verblüffend. Als Van Kerckhoven Sie in unserem Zürcher Hotel abgeholt hat, kam ich gerade aus dem Fahrstuhl und habe Sie beide am Empfang stehen sehen."

„Aber war dieser Signor Crespo denn nur hinter mir her?"

„Nein. Er hatte sicher den Auftrag, uns alle drei ins Jenseits zu befördern. Aber als ehemaliger Großwildjäger weiß er, dass man nie auf zwei Löwen gleichzeitig zielen darf. Immer hübsch der Reihe nach ist da die bewährte Devise."

„Wieso Großwildjäger?"

„So hat Gardel angefangen. So sind wir auch auf seine Spur gekommen. Aber das ist eine andere Geschichte. Wir sollten uns jetzt lieber überlegen, wo wir überhaupt hinwollen. Ich bin noch nie in Deutschland gewesen. Was schlagen Sie vor, Friedhoven?"

„Ich habe gemerkt, dass mich die Berührung mit heimischem Boden ein wenig ruhiger gemacht hat. Deshalb schlage ich Norddeutschland vor. Mehr Heimat geht dann nicht."

„Und was heißt das genau?"

„Schleswig-Holstein natürlich. Alles andere ist in Deutschland doch Süden."

Antonio Farina sieht mich etwas ratlos an. Doch ich kläre ihn rasch auf: „Unser nächstes Ziel heißt erst einmal Hamburg. Dann sehen wir weiter. Und wenn Sie nichts dagegen haben, dann löse ich Sie jetzt mal am Steuer ab. Sie sollten sich auch endlich mal ausruhen. Auch Lebensretter brauchen mal eine Mütze voll Schlaf."

***

„Was ist hier eigentlich los? Bin ich denn nur noch von Versagern umgeben?"

Über dem Kamin kracht eine volle Flasche Chianti Classico Riserva an die Wand und zerbirst in tausend Stücke.

„Außerdem will ich dieses Toskanergesöff nicht mehr in meinem Haus sehen. Hast du das verstanden, mein Sohn?"

Der zehn Jahre alte Rotwein fließt wie ein blutiges Menetekel die weiß gekalkte Wand herunter, und der Angesprochene duckt sich nicht der herumfliegenden Glassplitter wegen, sondern weil ihn die Wucht der Emotionen, die aus seinem Erzeuger hervorbricht, wie eine Druckwelle auf seinen Sitz bannt, und er nickt nur stumm.

„Federico, steh auf, wenn ich mit dir rede!"

Die überlangen, schlanken Hände des bleichen jungen Mannes krallen sich fest um die kantigen Armstützen seines hochlehnigen Stuhles. Der Stuhl ist sehr alt und sehr hart. Diesen Stuhl kennt er, solange er denken kann. Unter den anfeuernden Rufen seines Vaters hat er sich als Kleinkind an den Beinen aus schwarzem Ebenholz zum ersten Mal mühsam aufgerichtet und auf die wackligen eigenen Füße gestellt. Sich dann aber, zur großen Enttäuschung des Vaters, nicht getraut, den sicheren Halt loszulassen. Auch heute spürt er wieder dessen stechenden Blick, die übermächtige Willensstärke, die wie eine Zentnerlast auf ihm ruht, und er ist in diesem Augenblick entschlossener denn je, sie eines Tages endgültig abzuschütteln – und sei es mit einem Vatermord. Doch nicht jetzt, heute noch nicht, und Federico erhebt sich und stellt sich neben den Tisch, der wie die beiden anderen in der weiträumigen Bibliothek des vornehmen alten römischen Palazzos in einer kleinen Nebenstraße gleich hinter der Via Giulia mit einem flaschengrünen Billardstoff bespannt ist und auf dem heute alle Bücher beiseitegeräumt worden sind, um Platz für eine große Straßenkarte von Deutschland zu machen.

Nun zwingt er sich, zu seinem Vater hinüberzusehen, der nach dem Flaschenwurf wieder in den Ledersessel gesunken ist, auf dem schon Großvater, Urgroßvater und Ururgroßvater gesessen hatten, die jetzt mitleidlos und kalt aus den nachgedunkelten Ahnenporträts an der Längsseite des Raumes auf ihre beiden Nachfahren herabsehen und einer wie der andere mit dem jetzigen Don, ein schon leicht gebeugter Mittsechziger, eine frappante Ähnlichkeit aufweisen.

„Früher wurden hier ausschließlich unsere sizilianischen Weine getrunken, Federico. Früher haben auch noch alle Söhne an unseren uralten sizilianischen Traditionen festgehalten und gerne und voller Stolz nach ihnen gelebt. Doch seit deine beiden Brüder in Amerika unsere Geschäfte überwachen und du mir als Einziger hier am Tiber geblieben bist, habe ich mehr und mehr den Eindruck, dass dir unsere sizilianische Art zu leben und zu arbeiten nicht mehr gefällt. Du fährst nicht nur dreimal im Monat nach Mailand, sondern du beginnst offenbar leider auch wie ein Mailänder zu denken. Jetzt siehst du, wohin uns das alles gebracht hat. Ich wiederhole mich ungern. Aber erst schickst du einen hier bei uns herumschnüffelnden Kommissar in die Pension, statt ihn zu liquidieren, und dann triffst du gleich zweimal die falsche Wahl, was die Endlösung unseres Problems angeht."

„Beide Männer hatten einen ausgezeichneten Leumund, Vater. Besonders Crespo de Gutusso in Zürich."

„Untersteh dich, mir Namen zu nennen, die ich nicht zu kennen wünsche." Die Stimme des Don geht in ein Geräusch über, das wie das Zischen einer beutegierigen, hoch aufgerichteten Kobra klingt.

„Und untersteh dich, mich ein zweites Mal zu unterbrechen. Du warst immer mein Augenstern, Federico. Väter lieben ihre jüngsten Söhne besonders. Das ging schon dem alten Jakob mit dem kleinen Joseph so. Aber wer liebt, der muss auch zu züchtigen wissen, und jetzt ist das Maß voll. Ab heute gibt es keine Alleingänge mehr von dir. Ab heute wirst du mir täglich Bericht erstatten. Zwar hatte ich gehofft, mich nur noch um das große Ganze kümmern zu müssen. Aber wenn der Sohn versagt, dann muss der alte Vater leider wieder ins Tagesgeschäft zurück. Vorläufig wenigstens. Bis wir dieses schreckliche Problem endlich vom Hals haben. Hast du mich verstanden?"

„Ja, Vater. Sicher."

Federico schäumt vor Wut. Aber die Wut ist gut unter

der Maske des folgsamen Sohnes verborgen. Was er nicht ahnt, ist, dass der Alte nur zu genau weiß, woran er bei seinem Sohn ist. Wer so feingliedrig, bleich und lang gestreckt wie ein von El Greco Gemalter aussieht, bei dem ist das sizilianische Blut dünn und kraftlos geworden. Dieses Blut, das von Phöniziern, Griechen und Puniern stammt und auf das er immer so stolz gewesen ist. Mailand! Das ist doch schon eigentlich nicht mehr Italien. Diese Leute dort oben im Norden sind halbe Franzosen oder – noch schlimmer – halbe Österreicher und gehören in seinen Augen nicht mehr wirklich dazu, und obwohl seine Familie nun schon seit vier Generationen in Rom ansässig ist und in der römischen Welt der Noblen und Einflussreichen bestens verankert, ist er, der Don und Patron, in seinem Herzen immer ein Mann der Insel Sicilia am Ende des Stiefels geblieben.

„Wenn du mich richtig informiert hast, dann haben unsere Flüchtigen jetzt Zürich verlassen und sind auf dem Weg durch Deutschland. Kann ich mich auf diese Angabe verlassen?"

Federico nickt zunächst nur stumm. Doch unter dem blitzenden Blick seines Vaters antwortet er laut und vernehmlich: „Ja, Vater. Das ist sicher."

„Dann werde ich dafür sorgen, dass sich Salino der Sache annimmt. Das geht dann zwar nicht so schnell wie bei einem der Übrigen. Salino macht es auf die eigene Art. Dafür werden wir diesmal aber auch bestimmt kein Fiasko erleben."

14. Mai

„Sie sehen ihm wirklich verblüffend ähnlich."

„Wem, wenn ich fragen darf?"

„Na, Ihrem Onkel Hanns Mann natürlich."

Ich schlucke, schlage die Beine übereinander, klemme dabei den Zipfel der spitzenbesetzten Tischdecke ein und reiße deshalb beinahe das fein geschliffene Portweinglas vom Tisch. Kann es aber im letzten Moment vor dem Absturz auf Glinkas schneeweißen Teppichboden bewahren.

„Sie brauchen deswegen nicht verlegen zu sein, Herr Friedhoven. Es ist auch gar nicht in erster Linie das Äußerliche. Denn wenn der gute Hanns auch nicht gerade das hatte, was man landläufig ein Allerweltsgesicht nennt, so speziell und unverkennbar wie beispielsweise meine Visage war die seine nun nicht. Nein. Es ist mehr die Art zu schauen, zu gehen, sich zu setzen und eine gewisse Ungeschicklichkeit in der Nähe wertvoller Einrichtungsgegenstände und Accessoires, die mich an meinen alten Kollegen erinnert. In dieser Hinsicht könnten Sie nicht nur sein Neffe, sondern sogar sein Sohn sein."

Glinka sieht mich aus blitzenden Augen breit grinsend an und nippt vom Malt-Whisky, den er sich selbst statt Portwein eingeschenkt hat. Er hat die siebzig längst überschritten. Trotzdem sieht er mit den schwarz gefärbten wuschelig nach hinten gekämmten Haaren und dem Menjou-Bärtchen noch immer jenem Dandy ähnlich, als der er Ende der Fünfzigerjahre seinen Siegeszug durch die bundesdeutsche Verlagswelt begonnen hatte. Diese nach dem amerikanischen Adolphe Menjou benannte, eigentlich ziemlich alberne Barttracht ist schon immer Glinkas Markenzeichen gewesen.

Ob er den schmalen Oberlippenschnauz allerdings auch schon in Ostberlin getragen hat, ist mir nicht bekannt. Vermutlich hat er ihn sich nach seiner DDR-Karriere erst im Westen und aus einem tiefsitzenden Widerstandsgeist heraus wachsen lassen. Aus Widerstandsgeist deshalb, weil der Schauspieler Adolphe Menjou führend mitbeteiligt war, Hollywood von kommunistischen Einflüssen zu säubern. Und das überall in der Welt nach ihm benannte Bärtchen befindet sich auf etlichen Abbildungen aus dem Kalten Krieg und wurde von der SED-Propaganda gern als Stereotype benutzt, um den halbseidenen, kriminellen Westler mit üblen Absichten zu kennzeichnen.

Von Friedrich-Joachim Glinka, den seine Freunde Eff-Jott nennen, erhoffe ich mir Auskünfte auf Fragen, die durch die Ermordung Carl Van Kerckhovens offengeblieben sind. Trotz unseres raschen Abgangs aus der Kronenhalle und der geistesgegenwärtigen Heldentat unseres Beschützers Farina ist die Collegemappe des toten Historikers nicht in Zürich liegen geblieben. Sie lag auf der Fahrt nach Hamburg im Fond unseres Wagens, und als sich Farina kurz hinter dem Ruhrgebiet wieder ans Lenkrad setzt, finde ich dort unter den Papieren des Holländers auch Hinweise zu Kapps erster Frau. Also jene gewisse „liebe Susanne“, die Kapp in die Welt der sozialistischen Literatur eingeführt und von der Kapp das Propagandaelaborat jenes sogenannten Historikers Scheinmann von der Moskauer Akademie der Wissenschaften zu lesen bekommen hatte. Und die ihm mit dem Buch „Der Vatikan im Zweiten Weltkrieg“, seinen eigenen brieflichen Aussagen nach, die Augen für die Verbrechen der katholischen Kirche im Zweiten Weltkrieg geöffnet hatte. Bekanntlich war das eine Initiation mit fatalen Folgen. Denn was Flor

Kapp dort als Wahrheit und nichts als die reine Wahrheit glaubte entdeckt zu haben, glaubt ein Großteil der Welt noch heute.

Mich interessieren vor allem die Unterlagen zu einer Recherche in einem historischen Archiv in Frankfurt am Main. Weil nämlich aus ihnen hervorgeht, dass Susanne Kapps Lektürehinweise für ihren Ehemann möglicherweise doch nicht dem reinen Zufall entsprungen sind. Denn Susanne Kapps Mutter ist Mitglied der weltberühmten „Roten Kapelle" gewesen und 1943 von den Nationalsozialisten hingerichtet worden. Diese sogenannte Rote Kapelle war im Dritten Reich eine Widerstandsorganisation mit guten Verbindungen nach Moskau.

Bis zum Fall der Berliner Mauer 1989 galt die Rote Kapelle als eine kommunistische Organisation. Inzwischen wird das zwar in gewissen linken Kreisen als Legende bezeichnet, die auf ein angebliches Fehlurteil der Gestapo und der deutschen Spionageabwehr zurückgeht. Aber die Briefmarken, die die DDR Anfang der Sechzigerjahre von den Rote-Kapelle-Mitgliedern Harro Schulze-Boysen, Arvid und Mildred Harnack oder Hans und Hilde Coppi herausbrachte und ihnen damit einen sozialistischen Heldenstatus verlieh, sprechen eine verräterisch deutliche Sprache.

Weil bekanntlich schon in den Fünfzigerjahren die Einwohner der DDR aus ihrer sozialistischen Kaserne massenweise davonliefen, musste die SED, um diesen Exodus zu stoppen, die eigenen Arbeiter und Bauern gewaltsam auf ihrem Territorium festhalten. Sie tat das schlussendlich mit dem Bau der Berliner Mauer und einem Todesstreifen quer durch Deutschland, der mit

Stacheldraht und Selbstschussanlagen jeden Fluchtversuch unterbinden sollte.

Eine besonders geschickte sozialistische Eigenwerbung war das nun gerade nicht. Imagepflege war also das Gebot der Stunde. In Ermangelung neuer Ideen griffen die SED-Führer auf den altbewährten Antifaschismus zurück. Dieses Zauberwort hat bei Linksintellektuellen schon immer bestens gezogen. Ob Heinrich Mann, Lion Feuchtwanger oder Bertolt Brecht. Für diese drei, aber auch für noch manch anderen illuminierten Geist, war „Antifaschismus" der „Sesam, öffne dich" für ihr allzeit zur Niederwerfung vor der aktuellsten Parteilinie bereites Herz.

Ein Theaterstück gegen Papst Pius XII., dem man eine riesige moralische Mitschuld am Völkermord an sechs Millionen Juden in die Schuhe schieben konnte, war im Sinne der Imagepflege eine hochwillkommene Sache. Mit dem Skandal Pius-Pacelli gelang den roten Herren ein leider bis heute höchst erfolgreicher Propagandatrick. Sie demonstrierten nämlich vor den Augen der ganzen Welt, dass Antikommunisten und Faschisten Brüder mit gleichen Kappen waren.

Susanne Kapp, Flor Kapps erste Ehefrau, war also die Tochter einer kommunistischen Widerstandskämpferin. Dass sie ihrem Mann das Machwerk von Scheinmann aus Moskau zu lesen gab, zeigte, wie sehr sie sich mit der Weltanschauung ihrer Mutter verbunden fühlte. Ob sie selbst auch Kommunistin war, geht aus den Van-Kerckhoven-Unterlagen nicht hervor. Ist aber auch eigentlich zweitrangig.

Wer sich auch nur oberflächlich mit der Geschichte des Kommunismus beschäftigt, wird schnell bemerken, dass die Kommunisten seit ihren Anfängen ein starkes Interesse daran hatten, die römisch-katholische Kirche nicht nur zu attackieren, sondern nach Möglichkeit zu vernichten. Denn sogar schon zwei Jahre vor dem 1848 von Karl Marx und Friedrich Engels in London veröffentlichten Manifest der Kommunistischen Partei wurde die kommunistische Ideologie von Papst Pius IX. verurteilt. Die päpstliche Entlarvung der kommunistischen Gefahr bereits in ihrer Geburtsstunde ist ein Stachel im Fleisch aller Kommunisten. Seit damals und vor allem nach dem Oktoberputsch der Bolschewisten in Russland 1917 stehen sich Atheismus und Christentum, und damit Materialismus und Metaphysik, nicht nur in philosophischen Disputen unversöhnlich gegenüber, sondern sind jetzt auch in der politischen Sphäre in einen Kampf auf Leben und Tod eingetreten.

Deshalb drängt sich mir die Frage, ob hinter Flor Kapps „Fels" möglicherweise doch Moskau und Ostberlin standen, auf dem Weg nach Hamburg geradezu auf. Zwar hat mir Balthasar Klock deutlich gemacht, dass er nichts von der Geschichte mit dem rumänischen Geheimdienst hält, von dem Kapp angeblich die entscheidenden Unterlagen für sein Theaterstück erhalten hatte. Aber wenn die rumänische Story tatsächlich eine Geheimdiensterfindung war, so mussten deswegen andere Verbindungen zur kommunistischen Desinformation nicht falsch sein.

Auskunft über all das und über vielleicht noch mehr erhoffte ich mir also von diesem Besuch bei Friedrich-Joachim Glinka, der in den Sechzigerjahren einer der leitenden Köpfe des Wald-Verlages war, und noch heute ist er eine der schillerndsten Figuren der deutschen

Literaturszene überhaupt. Vielleicht weiß Glinka, wie es Hanns Mann, alias Kerrl, der entfernte Vetter meiner Mutter, geschafft hat, sein Vorleben als Reichsminister der Nationalsozialisten bis zu seinem friedlichen Tod als Verlagsleiter geheim zu halten.

Auf der langen Autofahrt von Zürich nach Hamburg habe ich auch endlich Zeit darüber nachzudenken, wieso in meiner Familie von der Verwandlung Kerrls in jenen Mann nie gesprochen wurde. Auch nicht nach dem Vorfall im Bootsschuppen. Meine Mutter, eine geborene Mann, konnte doch nicht so ahnungslos gewesen sein. Sie ist 1927 geboren. Ist es vorstellbar, dass sie ihren Vetter Hanns vor dem Krieg nicht gekannt hat? Ist es vorstellbar, dass er erst nach dem Krieg wie aus dem Nichts in ihr Leben getreten war? Immerhin war Onkel Hanns 1945 schon 58 Jahre alt. Das waren nur zwei Fragen von vielen anderen. Tat sich da bald ein Abgrund von Familiengeheimnis vor mir auf? War Kerrl-Mann die einzige stinkende Nazileiche in unserem Clan?

Ich weiß es nicht. Doch was weiß ich überhaupt? Mir war ja noch nicht einmal meine Ähnlichkeit mit Hanns Mann alias Kerrl bekannt. Was allerdings nicht weiter verwunderlich ist. Denn nach dem Vergewaltigungsversuch in jenem sommerlich schwülen Bootsschuppen habe ich ihn nie mehr gesehen und zumindest im wachen Zustand auch nicht mehr an ihn gedacht. In meinen Träumen allerdings spukte er noch sehr oft herum. Ja, man kann sagen, dass mir Hanns Mann lange wie ein Alb auf der nach dem jähen Aufwachen schweißgebadeten Brust gesessen hat.

„Dass es da eine Ähnlichkeit gibt, wie Sie sagen, war mir bis zu diesem Augenblick neu“, versuche ich auf Glinkas Stichelei möglichst entspannt zu erwidern. „Hanns Mann war auch in Wirklichkeit nicht mein Onkel, sondern wurde von mir als kleiner Junge nur so genannt. Von meinem elften Lebensjahr an ist er mir übrigens nie wieder unter die Augen gekommen. Sozusagen von der Bildfläche verschwunden. Mein Wissen über ihn ist geradezu schütter. Aber deshalb bin ich ja hier."

Glinka hat sich einen zweiten Malt eingegossen. Ich halte noch immer meinen ersten Port in der Hand, gieße ihn jetzt aber ex hinunter. Was der Menjou-Mann mit einem mokanten Lächeln quittiert.

„Hamburg", denke ich, „typisch Hamburg. Dreiste Arroganz und steife Oberlippe. Aber immer im gerade noch zulässigen Rahmen und deshalb ist, wer dagegen aufmuckt, stets der Dumme." Doch laut sage ich: „Im Übrigen könnte ich jetzt auch einen Malt vertragen. Wenn Sie denn bereit sind, Ihr edles Gesöff mit einem unechten Mann-Neffen zu teilen."

„Nichts lieber als das. Doch dann müssen Sie mir frank und frei offenbaren, warum Sie wirklich zu mir an die Alster gekommen sind."

Glinka nimmt seinen bretonischen Armorik Single Malt und ein neues Glas aus einer verspiegelten Bar, die mich an ähnliche Einrichtungsgegenstände in Kriminalfilmen der Fünfzigerjahre erinnert, und gießt mir einen kräftigen Schluck ein. Als Frankophiler, wie er im Buche steht, holt sich Glinka sogar seinen Whisky aus Frankreich, und nach einigen vorsichtigen Schlucken fange ich an, mich an den dezenten Malzgeschmack zu gewöhnen. Was die Dezenz angeht, ist der Armorik allerdings das Einzige in Glinkas Reich, was dieses Prädikat mit einigem Recht beanspruchen kann.

Dieser ohne Zweifel vortreffliche Schreiber und Bücherverkäufer sieht sich selbst als Unruhestifter, wie er in seiner dickleibigen Autobiografie unermüdlich betont. Ich habe ihm allerdings, als ich das Buch einige Jahre zuvor teils angewidert, teils amüsiert las, den Spitznamen „das erigierte Ego“ verpasst. Denn auf jeder Seite sagte Eff-Jott Glinka unentwegt ich, ich, ich – auch wenn er scheinbar über andere schreibt.

„Ich weiß, lieber Friedhoven, dass meine sprichwörtliche Offenherzigkeit ab und an ein wenig auf Abwege gerät. Wenn ich also gleich zu Beginn unseres Tête-à-Têtes auf Ihre Ähnlichkeit mit Hanns Mann zu sprechen komme, ist das wohl leider wieder einmal der Fall. Ich hoffe, Sie sind mir deswegen nicht böse. Gleichwohl wüsste ich gern, wieso Sie sich nicht für seinen echten Neffen halten.“ Glinka verzieht keine Miene, schaut mich schweigend an.

„Auch wenn ich alles andere als ein Experte in Verwandtschaftsverhältnissen bin, so weiß ich doch, dass ein entfernter Vetter meiner Mutter nicht mein richtiger Onkel sein kann.“

„Aber wer sagt Ihnen denn, dass Hanns Mann nur ein entfernter Vetter gewesen ist?“ Glinka lehnt sich in seiner schneeweißen Ledercouch zurück und streicht erwartungsvoll über sein Menjou-Bärtchen.

„Verehrtester, diese Information habe ich von meiner Mutter persönlich.“ Wieder denke ich nur „Hamburg“ und bemühe mich, nicht aus der Haut zu fahren. Doch Glinka hat mich nun offenbar da, wo er mich haben will.

„Ja. Die Mütter. Sie haben uns ausgetragen und in die Welt geworfen, und ihre Seele ist ein abgründiger Brunnen, nicht wahr.“

„Was wollen Sie damit sagen?“

„Ungern entdeck ich höheres Geheimnis. Göttinnen thronen hehr in Einsamkeit. Um sie kein Ort, noch weniger eine Zeit. Von ihnen sprechen ist Verlegenheit.“ Glinka strahlt und lacht, und ich denke viel zu arglos: „Die deutschen Klassiker kenn ich auch“, und lasse mich leichtsinnigerweise auf einen Wettbewerb im Zitateschmeißen ein.

„Wenn ich es richtig weiß, lässt Goethe seinen Faust an dieser Stelle aufgeschreckt ‚Mütter!‘ rufen.“

„Bravo. Was Drehbuchautoren doch alles so wissen. Und Mephistopheles antwortet?“

„Schauderts dich?“ Ich spreche es aus und hätte mich stehenden Fußes selbst ohrfeigen können. Denn nun bin ich Glinka endgültig auf den Leim gegangen.

„Und?“, grinst er mich schamlos an. Doch dann glätten sich seine Gesichtszüge wieder ins Hanseatisch-Noble. „Würde es Sie sehr erschüttern, lieber Herr Friedhoven, wenn ich Ihnen die für Sie offenbar nicht so erfreuliche Mitteilung machte, dass Hanns Mann ganz ohne Zweifel Ihr wirklicher Onkel war und Sie also folglich sein wirklicher Neffe?“ Glinka hüstelt leicht, greift nach der Maltflasche, beugt sich über den Tisch und schenkt mein inzwischen leeres Glas wieder voll.

Ich zwinge mich, nicht sofort danach zu greifen und ihm stattdessen fest in die Augen zu sehen: „Woher wissen Sie das?“

„Von ihm selbst selbstverständlich.“

Doch noch gebe ich nicht auf: „Sie sind ein großer Geschichtenerzähler, Herr Glinka. Das ist bekannt. Haben Sie nicht mal ein Buch über einen amerikanischen Schriftsteller geschrieben, dessen Name mir zwar gerade nicht einfällt, das aber Berufslügner oder zumindest so ähnlich heißt?"

Glinka lacht laut auf. „Sie sind ein cleveres Kerlchen, Friedhoven. Im Ernst, Sie gefallen mir. Darum können Sie ganz darauf vertrauen, dass ich Ihnen kein X für ein U vormache. Denken Sie nach. Warum sollte ich Ihnen Lügen auftischen?"

Er hat recht. Warum sollte er. „Dann bitte ich um die Wahrheit und nichts als die reine Wahrheit!"

„Gern. Aber weil ich Menschen nun einmal für mein Leben gern auf die Folter spanne, verschwinde ich mal kurz." Glinka steht auf und verliert sich irgendwo im schummrigen Hintergrund seiner weitläufigen Wohnung.

Ich stemme mich ebenfalls aus meinem Sitz und betrachte zunächst nur mit geringem Interesse ein kleines Bild, auf dem ein Lesender bei Lampenlicht an seinem Schreibtisch sitzt. Bis mir auffällt, dass dieser Lesende auf dem Bild in seiner blauen Hausjacke und den hellbraunen Hosen genauso angezogen ist wie Glinka. Jetzt schaue ich noch genauer hin. Tatsächlich, auch die schöne Leselampe mit dem schmalen grau-blauen Schirm auf drei goldenen, Kerzen nachempfundenen Haltern ist mit jener identisch, die auf Glinkas Schreibtisch am anderen Ende des großen Raumes ihr warmes Licht an eine ebenso hellgrüne Wand wirft.

„Georg Friedrich Kersting. Ein Maler aus der romantischen deutschen Schule", ohne dass ich es gehört habe, ist Glinka zurückgekommen und fläzt nun wieder bequem und selbstsicher in seinem weißen Fauteuil und sieht mich herausfordernd an. „Und wer seine Identität wechselt, kann das nicht allein. Er braucht gute und verschwiegene Helfer dafür."

„Richtig. Das stimmt im Allgemeinen und im Besonderen stimmt es wohl auch." Mehr als diesen albernen Spruch bringe ich nicht zustande.

„Bei der Metamorphose von Hanns Kerrl zu Hanns Mann mussten die Helfer sogar sehr gut und besonders verschwiegen sein. Das wird ihn einiges gekostet haben."

Touché kann man da wohl nur sagen. Dummheit und Naivität sind gewiss keine Todsünden. Aber oft genug trennt beide nur eine hauchdünne Membran, und für vernichtende Schläge sind die Dummen und Naiven ideale Kandidaten. Dummer- und auch naiverweise hatte ich bislang angenommen, als Einziger in Gottes weiter Welt vom Identitätswechsel Kerrl zu Mann etwas zu wissen. Jetzt hat mir Friedrich-Joachim Glinka mit einem einzigen Satz den Boden unter den Füßen weggezogen.

„Nun, Friedhoven, wollen Sie sich nicht wieder setzen?"

Wie ein Golem folge ich meinem Herrn und Meister und tappe brav auf meinen Platz zurück.

Glinka fährt ungerührt fort: „Sie können doch nicht im Ernst angenommen haben, dass niemand von dieser Metamorphose gewusst hat."

Ich schweige noch immer. Deshalb hakt Glinka nach: „Wenn Sie mir schon jetzt nichts über Hanns Mann erzählen wollen, dann verraten Sie mir wenigstens, was Sie über Hanns Kerrl wissen?"

„Erstens: muss das sein, und zweitens: was habe ich davon, wenn ich mich hier von Ihnen examinieren lasse?"

„Nun: erstens sind Sie ja wohl hergekommen, um von mir gewisse Dinge zu erfahren und zweitens werden Sie das auch. Allerdings nur, wenn Sie mir drittens zunächst Ihren Kenntnisstand verraten."

Ich nehme einen Schluck Whisky und versuche meine Gedanken zu ordnen. Was mir nicht nur schwerfällt, sondern sich sogar als unmöglich erweist. Deshalb tue ich einfach, was Glinka will. Dabei merke ich, dass in meinem Kopf zwar noch jede Menge Albtraummaterial vorhanden ist, aber das rein Faktische nicht über das hinausgeht, was ich im vatikanischen Geheimarchiv unter einem gewissen Foto gelesen habe: „Hanns Kerrl wurde 1887 geboren und ist 1941 in Berlin gestorben. Er war Reichsminister für kirchliche Angelegenheiten und hat offenbar als solcher Kontakte zum päpstlichen Nuntius gehabt."

Dann schweige ich und fühle mich wieder wie einst im Mathematikunterricht, als ich an der Tafel vor den teils belustigten, teils mitfühlenden Blicken meiner Schulkameraden nur einige hilflose Kreidestriche zuwege brachte – hier und da ein Minus, ein Plus oder eine Wurzel aus –, aber nie etwas sinnvoll mit einem Gleichheitszeichen verbinden konnte. Deshalb zeugt völlig zu Recht eine Mathe-Fünf in meinem Abiturzeugnis noch heute von meiner partiellen Unfähigkeit zu stringentem logischen Denken.

Glinka räuspert sich. Er scheint aber zu spüren, dass er den Bogen jetzt nicht überspannen darf. „Nun gut. Das ist soweit korrekt. Aber da ein gewisser Onkel Hanns offenbar Ihre Zunge lähmt, will ich Ihnen gerne die weiteren Fakten liefern. Hanns Kerrl wurde 1887 geboren. Richtig. Er wurde 1923 Mitglied der NSDAP und bald darauf ein treuer Erfüllungsgehilfe Hitlers. Kerrl war es, der als preußischer Justizminister das Berufsverbot für jüdische Notare und Anwälte erließ. Kerrl war es, der im März 1933 als preußischer Landtagspräsident im preußischen Landtag das Ermächtigungsgesetz durchpaukte, womit sich Preußen nach 234 Jahren Eigenständigkeit endgültig dem braunen Reich unterwarf. Damit hatte er dummerweise allerdings sein Amt auch gleich mit abgeschafft. Shit happen's, nicht wahr?"

Ich nicke ergeben.

„Nun gut, fahren wir fort. Doch zunächst fiel der abgehalfterte Minister die Treppe nach oben. Denn eine Hand wäscht die andere, und Adolf Hitler machte Hanns Kerrl zum Reichsminister für kirchliche Angelegenheiten. Als Reichskirchenminister setzte er dann die Gleichschaltung der evangelischen Kirchen im Deutschen Reich durch. Was Hitler ihm mit einer Jagd irgendwo in Niedersachsen entlohnte. Denn Kerrl ballerte gerne fliehendem Wild hinterher und war auch sonst ein ganz toller Waidmann."

„Ist er denn im tiefen deutschen Wald wieder zu den germanischen Gottheiten heimgekehrt – wie Himmler und seine Kumpane?" Ich staune über meine Frage. Offenbar sitzen gewisse Reflexe bei mir so tief, dass ich sie sogar in Trance noch abrufen kann.

„Nein. Der frisch gebackene Herr Minister war evangelisch-lutherisch und blieb es auch. Aber er krümmte sich in jene nach '33 erfundene Variante hinein, in der Luther und Hitler einander posthum die Hände reichen. Der berühmte kerndeutsche Satz aus dem Reich der Lutherlegenden ‚Hier steh ich und kann nicht anders' hätte ja auch vom Führer persönlich stammen können. Womit ich, ausnahmsweise einmal politisch korrekt, natürlich keinesfalls Luther mit Hitler gleichsetzen möchte. Kurzum: Kerrl trat den NS-freundlichen ‚Deutschen Christen' bei, die Kreuz und Hakenkreuz miteinander versöhnen wollten."

„Schöne Scheiße!", entfährt es mir.

„Oh, Sie scheinen ja wieder munter zu werden. Ja, kann man so sagen. Wissen Sie, Hanns Kerrl war einer dieser im Kern konservativ Gesinnten, die den revolutionären Charakter des Nationalsozialismus erst durchschauten, als es zu spät war. Für Hitler war er einer seiner nützlichen Idioten. Solange er dafür gebraucht wurde, durfte Kerrl, der strenge Jurist und Protestant aus gutem Hause, für den Diktator einen aus Lügen gewirkten Rauchvorhang aufhängen. Hinter dem die NS-Machthaber dann in aller Ruhe die deutsche Gesetzgebung nach ihrem Bilde formen konnten. Als Hitler dann den Vorhang aufzog und dahinter die blutige SA- und Gestapowäsche und der barbarische NS-Staat sichtbar wurden, brauchte er einen Kerrl wie den Hanns nicht mehr. Ungerührt stellte der Führer ihn kalt. Bei den Verhaftungen der aufrechten evangelischen Christen Dietrich Bonhoeffer und Martin Niemöller gehörte der Reichskirchenminister und brave Parteigenosse Hanns Kerrl nicht einmal mehr zu denen, die man, wenigstens um die Form zu wahren oder bloß aus Höflichkeit, dazu befragte. Als er deswegen bei Hitler vorsprechen wollte, um ihm ins Gewissen zu reden – was bekanntlich sowieso eine ziemlich lächerliche Idee war –, wurde er nicht einmal mehr zu seinem Chef vorgelassen."

„Soweit ich weiß, ist Kerrl aus dem Ersten Weltkrieg als Leutnant mit einem Eisernen Kreuz heimgekehrt.

Ich nehme an, den Orden wird er wegen Tapferkeit vor dem Feind bekommen haben. Wieso war so einer so mutlos und lau?“

„Tja. Das ist die berühmte Frage, die, wie wir wissen, nach dem 8. Mai 1945 beständig gestellt worden ist. Aber erst nach der bedingungslosen Kapitulation wuchs der Widerstand gegen Hitler bekanntlich von Tag zu Tag. Wenn ich ganz ausnahmsweise mal Ernst Jünger zitieren darf – auch einer von denen mit Ritterkreuz und so weiter. Aber andererseits ist dann dieser Identitätswechsel von Kerrl zu Mann doch eine dolle Sache. Folgt man den lexikalischen Einträgen, dann ist Hanns Kerrl verbittert und zermürbt am 12. Dezember 1941 in seinem Amt verstorben und wurde mit militärischen Ehren, aber wenig Anteilnahme in Berlin beigesetzt. Man stelle sich das mal vor. Eine starke Nummer, oder? Vielleicht war er sogar bei seiner eigenen Beerdigung dabei. Zutrauen würde ich ihm das.“

„Aber warum wollte Hanns Kerrl einen irreversiblen Schlussstrich unter sein bisheriges Leben setzen, und wie hat er das zustande gebracht? Wie konnte es ihm gelingen, seine eigene Beerdigung in Szene zu setzen und fortan als Hanns Mann weiterzuleben? Ist der Sarg leer gewesen? Oder wessen Leiche ist stattdessen unter die Erde gekommen?“, möchte ich gerne von Glinka wissen.

„Oh! Offenbar sind Sie wieder in den Kreis der denkenden Menschen zurückgekehrt.“ Glinka grinst mich frech an. Aber das ist mir jetzt völlig egal. „Das ist eine gute Frage, Herr Friedhoven, und die habe ich Hanns Mann auch gestellt.“

„Wann?“

„Nun, wir waren schließlich Kollegen. Er hat den Wald-Theaterverlag geleitet. Ich den Buchverlag desselben Hauses. Da lernt man sich kennen. Sieht sich nicht nur im Büro. Trinkt mal ein Glas miteinander oder auch zwei oder drei oder vier und spricht nach dem fünften über dies und das."

„Aber woher wussten Sie denn überhaupt von seiner doppelten Existenz?

„Sie gefallen mir, Friedhoven. Ich weiß, warum Sie hier sind, und Sie haben ja recht, wenn Sie die Genese von Kapps ‚Fels' nachzeichnen wollen. Irgendwann musste ja mal einer kommen, der genug Biss hat, um herausfinden zu wollen, wie es damals wirklich gewesen ist. Und bevor Sie wieder die Fassung verlieren: Natürlich hat mich Kapp angerufen und mir von Ihnen erzählt. Das hat er schon getan, als Sie den Drehbuchauftrag bekamen. Jetzt kommt endlich der Film, auf den ich so lange warten musste, hat er gejubelt und ohne Scheu – denn die hatte ein Flor Kapp noch nie – von Hollywood und einem Oscar für den besten ausländischen Film geträumt. Umso verbitterter war der Herr Großdramatiker, als er feststellen musste, dass Sie offenbar kein opportunistischer Schreibknecht sind, der aufs Papier bringt, was seine Finanziers von ihm erwarten. Da hat er wieder angerufen und mir was vorgejammert und mich natürlich davor gewarnt, mich mit einem Adrian Friedhoven überhaupt auf ein Gespräch einzulassen. Offen gesagt, hat er mir sogar mehr oder weniger unverblümt gedroht, wenn ich seinem nur gut gemeinten Rat nicht zu folgen bereit wäre, dann könnte das auch für mich missliche Konsequenzen haben. Nun ja, wie Kapp eben immer war."

Wieder einmal bin ich baff. Zwar hatte ich Kapps negative Energie bei meiner Teestunde mit ihm durchaus gespürt. Aber nie darüber nachgedacht, was er, außer über Produzent Grube, gegen mich unternehmen könnte. Viele Gedanken wirbeln jetzt durch meinen Kopf. „Aber womit könnte Kapp Ihnen denn drohen?", frage ich Glinka als Erstes.

„Ach, wissen Sie, die Verlagsbranche ist dies und das und unter anderem ist sie auch ein Haifischbecken. Da gibt es immer gewisse Entscheidungen, die man nicht nur getroffen hat, um dem Wahren, Guten und Schönen zum Durchbruch zu verhelfen."

Besonders präzis ist diese Antwort nun gerade nicht. Aber ich beschließe, sie so stehen zu lassen. Mich interessiert in diesem Moment mehr, was Glinka über Hanns Kerrl-Mann weiß.

„Haifische gibt es überall. Das ist mir nun wahrlich nicht neu. Aber zurück zu Ihrem Gespräch mit Ihrem Kollegen Hanns Mann – wenn es recht ist."

„Ist es. Ist es durchaus. Ich nehme an, dass Ihnen meine Vita nicht ganz unbekannt ist?" Glinka ist vorsichtig. Aber er ist auch eitel. Sehr eitel sogar. Und es ist nicht leicht, Vorsicht und Eitelkeit in einen harmonischen Einklang miteinander zu bringen.

„Wer die deutsche Literaturwelt nach dem Zweiten Weltkrieg nicht völlig verschlafen hat, dem ist ein F. J. Glinka alles andere als ein Buch mit sieben Siegeln", schiebe ich Zuckerstückchen zu ihm hinüber. Glinka nickt wohlgefällig und prostet mir lächelnd zu.

„Deshalb und auch aus meinen Recherchen in Sachen Castor und Kapp weiß ich, dass Sie in den Fünfzigerjahren im DDR-Verlagswesen so etwas wie ein leuchtender

Fixstern gewesen sind und, Ehre, wem Ehre gebührt, auch nach Ihrer Rückkehr in den Westen, von wo Sie ja nach dem Zweiten Weltkrieg freiwillig nach Ostberlin gegangen waren, weiter ganz hell und ganz weit oben geleuchtet haben."

„Das haben Sie schön gesagt, lieber Herr Friedhoven. Hätten Sie dies etwas früher gesagt, ich hätte diese gleichermaßen präzise wie elegante Wendung in einer Fortsetzung meiner Memoiren zitiert. Sie haben die DDR angesprochen. Ja, es stimmt. Ich war dort recht weit oben. Ich habe alle wichtigen Dichter und Denker gekannt und auch mit den Mächtigen mehr als einmal an einem Tisch gesessen. Aber wer meine Autobiografie gelesen hat, der weiß, dass ich damals in Ostberlin nicht nur ein vom sozialistischen Virus befallener Utopist gewesen bin, sondern auch ins Herz der Finsternis sehen musste."

„Wie gesagt, ich habe Ihre Lebenserinnerungen gelesen und mir ist deshalb wohlbekannt, dass Sie mit einem Mann das Bett geteilt haben, der mit dem Teufel aß, dessen Löffel dafür aber offenbar doch nicht lang genug war."

„Friedhoven, warum lernen wir uns erst heute kennen? Schade eigentlich. Ja, so kann man das sagen. Wer sich mit der Stasikrake einlässt, dem bleiben Schäden für immer. Jedenfalls war mir bei meinem Eintritt in den Wald-Verlag aus Ostberliner Quellen bekannt, dass mein Kollege Hanns Mann einst als Hanns Kerrl eine veritable NS-Karriere hingelegt hatte."

„Verstehe. Und dieses Herrschaftswissen haben Sie dann ihm gegenüber einfach so ausgeplaudert? So von Kollege zu Kollege?"

„Nein. Natürlich nicht. Aber als Hanns Mann Flor Kapps ‚Fels' auf dem Schreibtisch liegen hatte und dieses Theaterstück ums Verrecken nicht verlegen wollte, da war der Zeitpunkt für ein Gespräch unter Männern gekommen."

„Sie haben Hanns Mann also erpresst. Habe ich das jetzt richtig verstanden, Herr Glinka?"

„Meine Antwort darauf lautet: Ja. Das haben Sie ganz richtig verstanden."

„Und warum erzählen Sie mir das jetzt alles? Einfach so?"

„Nicht einfach so, Friedhoven. Ich bin ein alter Mann. Das ist doch nicht zu übersehen. Katholisch bin ich nicht. Eine Ohrenbeichte bei einem von Berufs wegen verschwiegenen Schwarzrock ist mir verwehrt. In meinen Memoiren …"

„Die ja alles andere als verschwiegen sind", unterbreche ich Glinka und hätte mich dafür sofort ohrfeigen können, denn er stutzt und schaut mich eine lange Minute schweigend an. Doch dann beschließt er offenbar, meinen Einwurf zu ignorieren und kehrt zum Glück für mich in die einmal eingeschlagene Spur zurück.

„In meinen Memoiren habe ich das Kapitel Kerrl-Mann gar nicht berührt. Ich hatte es vor. Aber dann dachte ich mir, warum? Vielleicht schade ich damit nachträglich seiner Familie. Das wollte ich nicht. Aber jetzt, wo mir einer aus dieser Familie gegenübersitzt; wo dieser eine sogar der Neffe persönlich ist und sich dieser Neffe von Hanns Mann sogar noch mit der Fels-Causa beschäftigt, da scheint mir das der rechte Moment zu sein, um auch unter dieses dunkle Kapitel endlich eine

Art Schlussstrich zu ziehen. Ich hoffe, Sie verstehen das. Denn dann werde ich fortfahren."

Ich verstehe und nicke verstehend und höre brav weiter zu, und was ich beim Zuhören erfahre, lässt sich kurz so zusammenfassen: Glinka, eigentlich ein typisches Gewächs des kapitalistischen Westens, ist Anfang der Fünfzigerjahre nach Ostberlin gegangen, hat dort an der Humboldt-Universität sein Studium abgeschlossen und bekam, erstaunlich, aber wahr, gleich anschließend beim Kosmos-Verlag einen Posten als Cheflektor. Diese Position verschaffte ihm Zutritt zur roten Nomenklatura und damit zu zahlreichen wertvollen Informationen. Eine davon war die, dass die Verwandlung von Kerrl zu Mann dem Ministerium für Staatssicherheit der DDR nicht unbekannt geblieben ist. Aus welchen Quellen das MfS sein diesbezügliches Wissen geschöpft hat, ist Glinka angeblich oder tatsächlich bis heute unklar – da kämen viele Möglichkeiten in Betracht, so seine Worte ... aber sicher ist, dass man es wusste, und ebenso sicher ist auch, dass irgendwer, warum auch immer, Glinka dies Wissen zutrug.

Als Glinka der DDR dann 1958 den Rücken kehrte, nahm er dieses Wissen mit nach Hamburg und arbeitete fortan im Wald-Verlag mit einem Hanns Mann zusammen, von dem er von Anfang wusste, dass dieser in Wirklichkeit Kerrl hieß und einst ein Reichsminister Adolf Hitlers war. Glinkas und Manns Stunde schlägt, als Anfang der Sechzigerjahre ein Bote der Deutschen Bundespost Flor Kapps Drama „Der Fels" auf Manns Schreibtisch legt.

Hanns Mann kannte aus seinem Leben als Kerrl und Fachmann für Kirchenfragen die Causa Pacelli zu gut, um auf die Schwarze Legende Kapps hereinzufallen. Er sah allerdings auch sofort, welches Potenzial in einem Theaterstück steckte, das mit Verzerrungen und Halbwahrheiten arbeitet und auf eine seit Gründung der Bundesrepublik immer weiter anschwellende antikatholische Stimmungslage zielt, für die auch ein Kurt Schumacher, immerhin also der erste Nachkriegsparteivorsitzende der SPD, verantwortlich war. Schumacher hatte sich nämlich um 1948 herum nicht gescheut, die römisch-katholische Kirche öffentlich als die fünfte Besatzungsmacht Deutschlands zu bezeichnen.

All das wusste Hanns Mann. All das wusste auch F. J. Glinka, und als Glinka von Mann erfuhr, dass dieser Kapps Stück endgültig ablehnen würde und das dem Jungdramatiker in einem Brief auch bereits andeutungsweise mitgeteilt hatte, bekam Glinka einen Anruf von einem Herrn aus Ostberlin, der ihm dringend riet, auf Hanns Mann einzuwirken und einen Meinungsumschwung pro Kapp und pro „Fels" herbeizuführen. Welche Daumenschrauben dafür geeignet waren, lag auf der Hand. Hanns Mann hatte also keine Chance. Wenn er nicht wollte, dass sein tollkühner Identitätswechsel aufflog und seine mühsam zurückeroberte Position als wertgeschätzter, konservativer, protestantischer Geisteskopf in einem protestantisch-konservativen Hamburger Bürgertum nicht nur den Bach, sondern gleich die große Elbe hinunterging, musste er die „Fels"-Kröte schlucken, und das tat er auch. Hinzu kam, dass das Ministerium für Staatssicherheit auch einen inzwischen wieder nach Deutschland zurückgekehrten Wunschregisseur präsentierte, und das war, wer hätte das gedacht, Erich Castor, der Altmeister des Agitprop. So kam, was kommen musste: Castors erstklassige Strichfassung machte den endlos langen „Fels“ bühnenreif und seine fulminante Berliner Inszenierung machte aus einem doch eher plumpen Drama einen Welterfolg ersten Ranges.

„Aber warum sind Sie auf den sogenannten Wunsch des MfS eingegangen? Machte man Ihnen ein Angebot, das Sie nicht ablehnen konnten?“, frage ich Glinka, als er diesen Teil seiner Geschichte erzählt hat.

„Sie sagen es, Friedhoven. Aber mir haben die Brüder vom Schlapphutorden keinen abgeschnittenen Pferdekopf ins Bett gelegt wie in Coppolas ‚Paten‘, auf den Sie – übrigens nicht sonderlich originell – anspielen. Aber Ihr offenbar gut geölter Instinkt trügt Sie nicht. Denn das Ministerium bot mir im Gegenzug an, meinen Ostberliner Liebhaber ausreisen zu lassen.“

„Sie meinen diesen Enrico Rastelli der Moral, über den Sie in Ihren Memoiren schreiben und der es fertiggebracht hat, gleichzeitig Familienvater, evangelischer Pastor, Offizier der Volksarmee und Agent der Staatssicherheit zu sein?“

„Richtet nicht, sonst werdet ihr gerichtet. Heißt es nicht so, Herr Friedhoven?“ Glinkas Stimme nimmt einen anderen Klang an. Aber keinen aggressiven, sondern eher einen, der zwischen Wehmut und tiefer Trauer changiert und der mich verstummen lässt.

„Für euch Nachgeborenen scheint immer alles ganz einfach zu sein. Aber das, was ich Ihnen jetzt offenbaren werde, erinnert eben nicht an all die alten Nazi-Mitläufer, die ihren Mangel an Zivilcourage nach dem Untergang des Hitlerreichs mit hochtrabenden Sprüchen vertuschen wollten. Ich hab derlei oft genug gehört, um das zu wissen. Und ich habe derlei oft genug verachtet und – ja, das gebe ich gerne zu – mehr als einmal zu viel angeprangert. Aber ich habe Enrico Rastelli, wie Sie ihn zu nennen belieben, wirklich geliebt. Ich habe ihn auch nicht zu lieben aufgehört, als ich erfuhr, dass er von der Stasi gefolterte politische Gefangene seelsorgerisch betreute und dazu schwieg. Nur weil er neben mir schreiend aus seinen Albträumen erwachte, weiß ich davon. Es mag ja sein, dass sein Löffel für ein Mahl mit dem Teufel zu kurz gewesen ist. So haben Sie es doch zu Beginn dieses denkwürdigen Abends genannt, was offenbar nicht in Ihr – möglicherweise ein wenig zu aufgeräumtes – moralisches Schatzkästlein passt. Im Übrigen war Enrico – Sie werden lachen, der Name gefällt mir, ich bleibe für heute Abend dabei – all das, was Sie da eben aufgezählt haben. Aber ein Agent des MfS war er nicht."

„Sie haben ja recht, wenn Sie mir meine moralinsaure Beckmesserei vorhalten. Aber Sie glauben doch nicht im Ernst, dass die Stasi nach ihren Folterverhören Ihren Enrico mit den Gefangenen unter vier Augen hat sprechen lassen, ohne dabei zuzuhören? Davon auszugehen – und, mit Verlaub, in Ihrer Autobiografie tun Sie's – ist doch bodenlos naiv."

„Im Leben und in der Liebe gibt es Situationen, da ist eine große Portion Naivität das Einzige, was uns über einen eigentlich unüberwindbaren Abgrund hinwegträgt. ‚Wenn ihr nicht umkehrt und werdet wie die Kinder, so werdet ihr nicht ins Himmelreich kommen.' Was glauben Sie, hat Jesus mit diesem Satz gemeint?"

Glinka schaut mich mit offenen wie waidwunden Augen an. Ich bin sprachlos. Aber ich begreife in diesem

Moment, dass er mir gerade eine Lektion in Demut verpasst hat.

„Und, durfte Ihr Enrico ausreisen, als Sie Ihren Teil des Paktes erfüllt hatten?“

„Sie können es wohl nicht lassen, Friedhoven, was? Immer müssen Sie mit Anspielungen auf den Teufel hantieren. Passen Sie bloß auf, dass nicht auch Ihr Löffel irgendwann einmal zu kurz ist und Ihnen der Boden unter den Füßen so heiß wird, dass Sie sich nicht nur Ihre freche Schnauze verbrennen, sondern auch Ihr Herz!“

Jetzt ist es passiert. Glinkas Antwort ist die Art Zurechtweisung, die so gar nicht zum vornehmen, schmallippigen Hamburg passt, wo ein tödlicher Blick und ein dicker Strich durch einen Namen im persönlichen Adressbuch mehr sagt als tausend Worte. Aber Glinkas Blick ist sogar noch weher geworden als vorher. So schauen wohl sterbende Rehe ein letztes Mal in die Welt.

„Ja. Ja. Ja. Sie haben ihn rausgelassen. Sogar auch seine Frau und seine zwei Kinder. Aber er war schon so krank, dass er hier in Hamburg nur noch ein knappes Jahr gelebt hat. Natürlich wusste die Krake über seinen gesundheitlichen Zustand bestens Bescheid. Die verdammten Zyniker dort haben ihn mir also bloß zum Sterben rübergeschickt. Aber was diese Leute für eine besonders perfide Rache an zwei Verrätern am Sozialismus gehalten haben, war in Wirklichkeit das Geschenk meines Lebens.“

„Erstens entschuldige ich mich erneut – und zweitens: Ich fürchte, ich verstehe jetzt nicht so ganz, wie Sie das meinen, Herr Glinka.“

„Falls Sie je in die Lage kommen sollten, einem geliebten Menschen in seiner Sterbestunde die Hand halten zu dürfen, dann werden Sie es sicher wissen."

„Aber warum erzählen Sie das alles ausgerechnet mir?"

„Ich sagte Ihnen doch schon, das Alter!"

„Ist es wirklich nur das?"

„Nein, mein Lieber. Natürlich nicht. Alt werden kann ich auch alleine. Es ist, weil Sie mich, als Sie hier heute Abend hereinkamen, nicht an Ihren Onkel Hanns erinnert haben – Sie sehen nämlich überhaupt nicht so aus wie er, das habe ich mir nur ausgedacht, um Sie zu provozieren –, sondern an Enrico Rastelli. Und jetzt sollten Sie vielleicht besser gehen. Ein Taxi finden Sie gleich um die Ecke. Vor dem Edelpuff oben am Leinpfad stehen um diese Zeit immer welche."

Ich weiß, dass ich mich jetzt ohne Umschweife erheben muss und gebe mir Mühe, einen einigermaßen geraden Weg die Diele entlang zur Tür zu finden. Der hochprozentige Malt offenbart jetzt seinen wahren Charakter. Glinka bleibt sitzen. Ich spüre aber, wie er mir nachschaut. Als ich mich deshalb umdrehe, sagt er: „Nun wissen Sie aber immer noch nicht, wie es Hanns Kerrl gelungen ist, sich in Hanns Mann zu verwandeln. Danach haben Sie doch im Laufe des Abends schon gefragt."

„Wissen Sie es denn?"

„Ja."

15. Mai

Als ich acht Stunden später wieder aufwache, ist mein Kopf hell, licht und klar. Ganz in der Nähe höre ich Kirchenglocken. Sie erinnern mich an das gleiche

Gebimmel am Lago di Lugano nur 48 Stunden zuvor, und ich frage mich, ob es hier in Hamburg-St. Georg wohl jemanden gibt, der das weiß.

„Salve, Herr Langschläfer! Die Mittagsglocken beten schon den Engel des Herrn. Jetzt aber hopp und heraus aus den Federn!“ Ohne dass ich es gemerkt habe, ist Margarete ins Zimmer gekommen und zieht jetzt mit einem Ruck die Vorhänge auf. Viel heller ist es aber dadurch nicht geworden. Denn draußen ist es trübe und grau. Hamburger Nieselwetter mitten im Wonnemonat Mai.

„Na, weißt du alter Evangele überhaupt, dass der Engel des Herrn Maria die Botschaft brachte und sie empfing vom Heiligen Geist?“, fragt sie mich und setzt sich zu mir auf die Bettkante.

„Nein. Du weißt doch, ich bin unter prinzipienfesten Protestanten aufgewachsen, und die haben mit dieser schwärmerischen katholischen Marienverehrung nichts am Hut.“

„Na, aber hallo! Du bist ja doch schon wieder richtig in Form.“

„Aber nur, weil du mir heute früh um vier noch drei Aspirin aufgedrängt hast. Ewige Dankbarkeit, Margarete. Würdest du das als meine Angetraute auch für mich tun?“

„Falls das wieder mal ein verkappter Heiratsantrag sein sollte: abgelehnt. Und wenn du diesen Schock verdaut hast, solltest du aufstehen, duschen und zu Farina und mir in die Küche kommen. Kleine Dreierkonferenz. Wir sind immer noch auf der Flucht, und es geht immer noch um unseren Arsch. Falls du das vergessen haben solltest.“

„Oh!“

„Oh ja!"

Als ich zehn Minuten später in der Küche auftauche, wartet ein echtes Hamburger Frühstück auf mich: Rundstücke, wie man im Norden die Brötchen nennt, Schinken, Käse und vor allem viel Bienenhonig. Margarete hat uns in der Wohnung ihres jüngeren Bruders Ulrich einquartiert. Der lebt als Single allein in einer weitläufigen Vier-Zimmer-Wohnung und kann sich die als Rechtsanwalt und Notar offenbar leisten. Auch wenn die Mieten in St. Georg immer noch übersichtlicher sein dürften als in Eppendorf. Das Viertel liegt zwischen dem Hamburger Hauptbahnhof und der Außenalster und war im Mittelalter mit Pestfriedhof und Galgen ein Quartier, um den unbescholtene Bürger lieber einen weiten Bogen machten. Zur Geschichte von Städten gehört es offenbar, dass sich einmal gerufene Geister nie mehr so ganz vertreiben lassen. Wie bei einem Myzel wachsen sie aus dem Unterirdischen nach und treiben, für unser Auge unsichtbar, ihr Wesen und Unwesen oder beides zugleich. Auch noch vier Jahrzehnte nach dem Zweiten Weltkrieg war St. Georg ein Viertel mit vielen Problemen, Drogen- und Menschenhandel inklusive gewesen.

Doch beinahe über Nacht wurde es wieder schick, dort zu wohnen. Wer in Hamburg die Mischung aus Migration, Bio, Szenecafés und coolen Bars hip und angesagt findet, siedelt jetzt gerne hier, und eine zahlungskräftige Klientel hat die einst sogar für Hamburger Verhältnisse moderaten Mietpreise kräftig ansteigen lassen. Zu den Letztgenannten gehört auch Margaretes Bruder, der es genießt, nach Kanzleischluss aus seinem dezenten Dreiteiler zu steigen und sich in Jeans und T-Shirt unter die Künstler und Freaks zu mischen, die in der Langen

Reihe ein reichhaltiges Angebot ganz nach ihrem Gusto vorfinden.

„Factum est: Erstens, wir leben noch, und zweitens, wir können nicht ewig auf der Flucht bleiben. Davon habe ich nämlich die Schnauze voll."

Margarete hatte ganz offensichtlich alle ihre Geistesgaben wieder zurückerlangt und gegen ihre scharfsichtige Analyse der Sachlage ließ sich gar nichts einwenden.

Bis auf eine winzige Kleinigkeit allerdings und die spricht Farina mit stoischer Ruhe gelassen aus: „Sie haben recht, Margarete. Doch fürchte ich, dass gewisse Leute in Rom in einem gewissen Palazzo uns nicht in Ruhe lassen werden."

„Aber die können uns doch nicht ewig verfolgen."

„Ewig nicht. Aber bis wir tot sind schon."

Margarete schlägt die Hände vors Gesicht und atmet einmal tief durch.

„Und wenn wir hier zur Polizei gehen?", mische ich mich ein.

„Das könnten wir natürlich tun. Die würde uns aber hier noch weniger glauben als in Rom!"

Farinas knappe Nüchternheit hat etwas Erbarmungsloses.

„Aber was sollen wir denn tun?", frage ich sehr leise und traue mich nicht, Farina anzusehen.

„Wir müssen raus aus diesem Spiel und in ein neues hinein. Aber das muss dann bis zum bitteren Ende unser Spiel bleiben."

Margarete und ich fragen fast gleichzeitig: „Wie bitte?"

„Das ist doch nicht schwer zu verstehen." Farina fixiert jeden von uns. „Bisher sind wir auf der Flucht.

Wir sind die Opfer. Wir haben reagiert. Aber wir haben nicht agiert. Ab sofort müssen wir aufhören, Opfer zu sein. Ab sofort müssen wir diejenigen sein, die die Spielregeln bestimmen."

„Aber wie soll das gehen?", will Margarete wissen. „Sie sagen, wir müssen jetzt anfangen zu agieren. Haben Sie denn dafür schon einen Plan?"

„Ob ich das einen Plan nennen soll, weiß ich nicht. Aber mein Vorschlag ist dieser: Wir müssen das Hauptquartier in Rom destabilisieren. Lahmlegen und ausräuchern können wir es nicht. Dafür ist es mehrere Nummern zu groß für uns. Aber ich denke, die Zeit ist gekommen, dass ich Ihnen etwas mehr von meinem Wissen offenbare. Bitte haben Sie beide Verständnis dafür, wenn ich noch nicht alles erzähle. Das tue ich nicht aus Mangel an Vertrauen. Das geschieht, um Sie beide zu schützen. Können Sie damit leben?"

Margarete nickt. Ich nicke auch.

„Also, es ist so: Ich kenne den Drahtzieher und Paten. Er heißt zwar nicht Don Corleone, ist aber nicht minder gefährlich. Sein Name ist Vincenzo Scarabeo. Glück, wie dieser krabbelnde Pillendreher, hat er allerdings nur seinem eigenen vermaledeiten Clan gebracht. Doch Scarabeo ist ein Mistkäfer, weiter nichts. Was wir gegen ihn brauchen, sind veritable, gerichtsnotorische Beweise. In Rom haben ihn bisher seine Härte, seine unnachgiebige Brutalität und seine exzellenten Beziehungen nach weit oben geschützt. Doch in jüngster Zeit scheint er etwas weicher geworden zu sein. Oder flexibler. Ganz wie man will. Woran das liegt, weiß ich nicht. Ich habe da aber so eine Vermutung. Doch wie dem auch sei: Immer noch halten seine mächtigen Freunde schützend die Hand über ihn. Diese Freunde sitzen in der Politik und, zu meiner großen Trauer sei es gesagt, auch bei der Anti-Mafia-Polizei. Sie stehen auf seiner Gehaltsliste und kleben deshalb an ihm wie geleimte Fliegen. Aber hier ist nicht Italien. Hier ist Hamburg, und hier gibt es eine Kollegin bei Interpol, mit der ich schon mehrfach von Rom aus zusammengearbeitet habe. Sie heißt Johanna Schober. Ich habe heute früh lange mit ihr telefoniert. Sie glaubt mir meine Geschichte und will uns hier in Hamburg helfen. Denn zurzeit ist sie noch bei einem Auslandseinsatz. Doch ihr Fall ist abgeschlossen, und sie kann übermorgen hier sein. Ich werde sie aber zunächst allein treffen."

„Wollen wir nicht zusammen gehen? Wäre das nicht besser?", fragt Margarete und sieht dabei wieder verzagt und ängstlich aus.

„Keine Angst, Margarete. Ich lasse euch nicht im Stich. Aber meine Interpol-Kollegin arbeitet schon geraume Zeit als verdeckte Ermittlerin. Glaubt mir, es ist besser, wenn ich allein gehe. Ich denke auch nicht, dass in den nächsten zwei, drei Tagen irgendetwas passiert. Zaubern kann Don Vincenzo auch nicht. Selbst er braucht Zeit, um einen neuen Mann auf uns anzusetzen."

„Don Vincenzo?", frage ich irritiert, „so viel Respekt vor einem Mistkäfer?"

„Ich liebe diesen Feind nicht, Friedhoven, Gott möge mir das verzeihen. Aber wenn er auch ein verdammter Mistkäfer ist und ich ihn mit allen mir zur Verfügung stehenden Mitteln wie einen Mistkäfer zertreten möchte, so ist er doch ein großer und mächtiger Feind. Ihn als solchen zu respektieren, ist allemal die bessere Lebensversicherung, als ihn zu unterschätzen. Wie ich eben schon sagte: Ich will von jetzt an Herr des Spiels werden. Von heute an soll Vincenzo Scarabeo eine Figur auf meinem Schachbrett sein. Aber er ist deshalb kein kleiner unwichtiger Bauer. Er ist auch kein Läufer, Turm oder Springer. Er ist der König. Ihn müssen wir schachmatt setzen. Capisce, mio amico?"

„Si, Commissario, ho capito!"

Farina steht auf. Auch ich erhebe mich, und zum ersten Mal, seit wir uns kennen, umarmen wir uns. Wobei ich merkwürdigerweise darauf achte, mit meinen honigverschmierten Fingern nicht an seinem Hemd kleben zu bleiben.

„Hallo! Jungs! Vergesst jetzt aber bei eurem Männer-, Königs- und Macho-Spiel die Dame nicht! Und die ist bekanntlich auch schlagkräftig und vor allem sehr beweglich." Unsere ratlosen Blicke belustigen Margarete.

„Also, was ich damit sagen will: Wir drei packen es! Und wir beide gehen heute ins Kino: Ja, Adrian Friedhoven, du brauchst gar nicht so komisch zu gucken. Denn während du deinen Rausch ausgeschlafen hast, habe ich entdeckt, dass im Abaton eine sehr interessante Filmreihe mit alten russischen Propagandafilmen aus der Stalinzeit läuft. Ich denke, da sollten wir jetzt ganz einfach mal hingehen."

***

Das Abaton liegt am Allendeplatz und damit mitten im Hamburger Universitätsviertel. Von unserem neuen Hauptquartier in St. Georg kann man das alteingesessene Hamburger Programmkino gut zu Fuß erreichen. Man muss nur einmal um die Außenalster herum. Als

Margarete und ich losmarschieren, hört der Regen gerade auf. Stattdessen kommt jetzt sogar die Sonne heraus, ein stetiger Westwind vertreibt die Wolken Richtung Ostsee, und wie weggewischt weicht das bleierne Grau, das sich bis Mittag als trübe Glocke über die Stadt gelegt hat, einem heiteren Strahlen. Hamburg leuchtet. Als wir an der Anlegebrücke beim noblen Hotel Atlantic vorbeikommen, macht dort gerade einer der weißen Alsterdampfer fest. Wir schauen uns an und rennen los. Eine Minute später entern wir lachend das Deck, fläzen uns auf eine der eleganten braunen Holzbänke und sind in einer anderen Welt. Hamburg bei Sonnenschein ist schön, vom Wasser aus ist es noch schöner.

Ich habe dieses Hamburger Sonnenlicht immer besonders gerne gehabt. Alles darin wird so überscharf, als würde man es durch eine besondere Linse betrachten. Aber heute schiebt sich etwas zwischen mich und die Dinge um mich herum. Etwas, das unsichtbar ist. Etwas, das mich wie ein Kokon von der Welt um mich herum trennt.

Wir fahren Richtung Winterhuder Fährhaus, und als hätten wir das verabredet, schweigt jeder von uns in sich hinein. Es ist ein belastetes Schweigen. Zu gerne hätte ich es gerade jetzt ganz anders gehabt. Zu gerne würde ich jetzt, wie das junge Paar ein paar Bänke weiter, zu den frisch Verliebten gehören. Zu jenen Menschen, die sich selbst genügen und für die die Welt ein Abglanz ihrer eigenen Seligkeit ist. Nichts wäre mir jetzt lieber gewesen, als wenigstens eine Stunde lang Ferien von der Wirklichkeit zu nehmen und noch einmal wie ein Kind zu sein, das Böses nur aus seinen Märchen kennt.

Ihre Intuition hat Margarete wohl gesagt, dass mich

noch etwas anderes bedrückt als unsere Flucht. Sie fragt nicht nach, sie dringt nicht in mich, aber sie hat recht. Es kostet mich einige Überwindung, aber schließlich erzähle ich ihr, welches Familiengeheimnis mir Eff-Jott Glinka am Ende der Nacht schließlich doch noch anvertraut hat.

Hanns Kerrl war als Halbbruder meiner Mutter tatsächlich nicht nur ein Nennonkel. Meine Mutter Helene ist eine geborene Mann. Ihr Vater Alfred Adrian Mann hatte als Fünfundzwanzigjähriger eine leidenschaftliche außereheliche Affäre. Die Angebetete lebte in Braunschweig, hieß Alwine, und Alfred Adrian Mann zeugte mit ihr einen Sohn, der am 11. Dezember 1887 auf die Welt kam. An seiner Ehe wurde nicht gerüttelt. An Scheidung war nicht zu denken. Aber als honoriger Mensch stand er zu diesem Fehltritt und gab ihm sogar seinen eigenen Namen: nämlich Hanns Mann.

Etwa ein Jahr später fand mein Großvater dann einen respektablen Frühwitwer, der Kerrl hieß, Schulleiter in Fallersleben war und, aus welchen Gründen auch immer, auf eine Virgo intacta keinen besonderen Wert legte. Der Schulleiter Kerrl heiratete Alwine und adoptierte ihren Sohn Hanns. Von nun an hieß der Junge nicht mehr Hanns Mann, sondern Hanns Kerrl. Der Knabe war aufgeweckt, kregel und ein fleißiger Schüler und avancierte im 1. Weltkrieg zum tapferen Leutnant ohne Fehl und Tadel. Danach studierte er Jura, wurde Justizbeamter und trat 1923 in die NSDAP ein, mit deren Hilfe er zehn Jahre später auf der Erfolgsleiter sehr weit nach oben klettern konnte. Er wurde, wie ich aus den vatikanischen Akten schon wusste, sogar Reichsminister.

Nachdem Hitler die bürgerlichen Mitläufer nicht mehr brauchte und es sich ohnehin abzeichnete, dass der Krieg verloren geht und danach die hohen Herren des Tausendjährigen Reiches tief fallen würden, beschloss der braune Hanns Kerrl, wieder ein Mann zu werden. Sein Adoptivvater lebte zu diesem Zeitpunkt nicht mehr. Also organisierte er mit Hilfe seiner Schwester, meiner Mutter Helene, die Rückkehr auf die väterliche Seite der Familie. Was heute unglaublich klingt, war im Krieg nicht einmal besonders schwer. Bei einem Bombenangriff auf Berlin am 12. Dezember 1941 inszenierte Kerrl sein Ableben. Der Scheintod wurde vor allem von meiner Mutter bewerkstelligt. Als Leiche nahmen sie einen tatsächlich von Bomben getöteten Fremdarbeiter. Den statteten sie mit allen behördenrelevanten Insignien aus. Der wiederauferstandene Hanns Mann meldete sich auf dem Einwohnermeldeamt seiner Geburtsstadt Braunschweig und gab dort an, dass seine Papiere im Luftkrieg verbrannt wären. Doch zum Glück für ihn und den Braunschweiger Amtsleiter gab es dort noch die alte Geburtsurkunde auf den Namen Hanns Mann. So kam Kerrl zu einem neuen Ausweis und damit zu seiner neuen Identität als unbescholtener Mensch.

Der Rest war ein Kinderspiel. Die Familie in Schleswig-Holstein gab dem „heimgekehrten" Hanns Mann Arbeit im väterlichen Verlag. Seine Mutter Alwine wurde in den Coup eingeweiht und für ihr Schweigen mit der feierlichen Aufnahme in die Familie ihrer Jugendliebe belohnt. Ich sollte sie dann später als Tante Alwine kennenlernen, die ein ungewöhnlich inniges Verhältnis zu meinem Onkel Hanns hatte. Was mir als Kind auffiel, worüber ich aber natürlich nicht weiter nachgedacht habe. Was sich aber jetzt im Lichte der Wahrheit unschwer erklären lässt: Alwine und Hanns waren ja Mutter und Sohn.

Nach dem Krieg wechselte Hanns Mann zum Hamburger Wald-Theaterverlag, wo er sich als Lektor bald einen untadeligen Ruf erwarb und seine Verlagskarriere mit dem Welterfolg „Der Fels" von Flor Kapp den krönenden Abschluss fand. 1971 – und schicksalhaft wieder an einem 12. Dezember – ist Hanns Mann dann in Hamburg ein zweites Mal gestorben. Diesmal lag er wirklich in seinem Sarg und wurde unter großer Anteilnahme des Hamburger Bürgertums auf dem Ohlsdorfer Friedhof in die schwere norddeutsche Erde gelegt.

Inzwischen sind wir mit unserem Alsterdampfer an der Endhaltestelle in Winterhude angekommen und nehmen nun die Tour wieder zurück. Auf dieser Fahrt erzähle ich Margarete, was ich bei Glinka alles erfahren habe. Über ihn selbst, wie die Ostberliner Staatssicherheit Hanns Mann mit seiner Vergangenheit erpresst hat, um so Kapps „Fels" in das Programm eines westdeutschen Verlags zu bekommen und so weiter. Als ich am Ende bin, greift Margarete in ihre Jackentasche und übergibt mir einen Brief, der am Morgen, als ich noch schlief, von einem Boten Glinkas bei uns in der Langen Reihe abgegeben worden ist. Abgelenkt durch unsere lebenswichtige Lagebesprechung mit Farina hatte sie ihn erst einmal vergessen.

Als ich den Umschlag aufmache, liegt darin eine Karte, auf der mich Glinka darüber informiert, dass er den beiliegenden Brief meiner Mutter Helene an ihren Halbbruder Hanns nach dessen Ausscheiden aus dem Verlag in dessen Schreibtisch in einem Geheimfach gefunden hatte. Warum ihn Hanns Mann ausgerechnet dort zurückgelassen hatte, wisse er nicht, habe dazu aber eine Art Theorie, zu der er, als passionierter Mythologe, hier nur das Stichwort „Nemesis" nennen möchte. Das inzwischen vergilbte Schreiben selbst ist auf dem mir wohlbekannten persönlichen Briefpapier meiner Mutter verfasst und enthält nur wenige, aber für mich sehr aufschlussreiche Zeilen.

„Lieber Hanns, mit unserer, auch mit meiner Hilfe, hast Du im Dezember 1941 ein zweites Leben geschenkt bekommen. Was diesen Nazidreck angeht, hast Du es gut genutzt. In dieser Beziehung hast Du Dein Wort gehalten, zukünftig ein anständiger Mensch zu werden. Doch offenbar ist bei Dir nur der Geist willig, aber das Fleisch bleibt elendiglich schwach. Ich meine Dein altes Laster, das auch der eigentliche Grund für das Ende Deiner braunen Karriere gewesen ist. Denn wir alle wissen, daß Du den Röhmputsch im Juni 34 nur durch einen glücklichen Zufall überlebt hast. Wie oft Du Dich hast hinreißen lassen: ich weiß es nicht – und will es auch gar nicht wissen. Doch jetzt hast Du es sogar in der Familie versucht. Was Du am letzten Wochenende im Bootsschuppen Adrian angetan hast, ist unverzeihlich. Doch weil Du immer noch mein Bruder bist, werde ich keine gerichtlichen Schritte unternehmen. Deine Sünden mußt Du mit Deinem Gott abmachen. Wenn Du denn überhaupt noch einen hast. Doch von heute an bist Du für uns wirklich gestorben. Wie Du Dir denken kannst, gilt das nicht nur für mich und mein Haus. Es gilt für die ganze holsteinische Familie. Wir werden uns erst an Deinem Grab wiedersehen. Deine Schwester Helene."

Als könnte ich nicht glauben, was dort steht, lese ich

den handgeschriebenen Brief ein zweites und dann sogar ein drittes Mal. Dann gebe ich ihn Margarete, die wie ich für die wenigen Zeilen sehr lange braucht.

„Was willst du jetzt damit machen, Adrian?"

„Meinst du mit der Sache an sich oder mit diesem Brief meiner Mutter?"

„Wenn du mich so fragst: beides."

„Ich glaube, meine Mutter werde ich dazu nicht befragen – und meinen Vater auch nicht. Warum soll ich bei meinen alten Herrschaften nach so vielen Jahren alte Wunden aufreißen. Mir dagegen tut dieser Brief gut. Denn er zeigt mir zwar reichlich spät, aber immerhin schließlich doch noch, dass meine Eltern sehr wohl gewusst haben, was damals passiert ist. Du kennst die Geschichte ja schon lange. Mir gegenüber haben sie ja seinerzeit so getan, als hätte ich alles nur geträumt."

„Was nicht besonders geschickt war, oder?"

„Ja. Mag sein. Doch was hätten wir an ihrer Stelle getan, Margarete? Wir haben keine Kinder, und in jenen Zeiten hat noch niemand sofort Verdacht geschöpft, wenn ein Onkel den kleinen Neffen oder die kleine Nichte mal auf den Schoß nahm. Das war damals normal und ist sicherlich auch fast immer ganz unschuldig gewesen."

„Bist du da so sicher, Adrian?"

„Ja. Das bin ich. Diese heute diesbezüglich grassierende Häresie des Verdachts ist mir viel zu hysterisch. Es ist doch auch zu absurd: Erst predigen die Achtundsechziger die antiautoritäre Erziehung und lassen ihre Gören bei jeder unpassenden Gelegenheit nackt herumlaufen und wollen, dass sie angstfrei ihre eigene Sexualität so früh wie möglich entdecken, und einige Jahre später wittern dieselben Leute hinter jedem harmlosen Körperkontakt ein Sittlichkeitsverbrechen. Das ödet mich an."

Margarete sieht mich nur an und schweigt.

„Und was diesen Brief angeht. Glinka hat recht: Bei dieser ganzen Kerrl-Mann-Geschichte hat Nemesis, du weißt, das ist die griechische Göttin des gerechten Zorns, ihre Hand im Spiel. Doch genug ist genug. Irgendwann muss auch mal Schluss sein."

Nach diesen Worten nehme ich den Brief meiner Mutter, zerreiße ihn in viele kleine Fetzen und streue alles in die beschaulichen Fluten der Alster. Auch Glinkas Botschaft vernichte ich so. Ich bin ihm dankbar, dass er mir den Brief meiner Mutter gegeben hat. Er ist schon ein merkwürdiger Mensch.

„Das hat jetzt ausgesehen wie bei einer Seebestattung." Margarete lächelt zaghaft.

„Das sollte es wohl auch sein. Und weißt du, was: Ich fühle mich jetzt ziemlich erleichtert. Als ob hier auf der Alster auch mein alter Albdruck endlich und endgültig auf den Grund des Vergessens hinabsinkt."

„Wenn du das so pathetisch sagst, muss wohl was dran sein. Es klingt jedenfalls wie ein misslungener Satz aus einem deiner schrecklichen Drehbücher!"

Jetzt grinst Margarete mich richtig frech an und nimmt mich dann aber ganz schnell lachend in den Arm. Ich erwidere gern ihre Umarmung. In diesem Moment hätte uns wirklich jeder für das glücklichste Paar der Welt gehalten.

Doch leider haben wir noch ein anderes Problem – und das können wir nicht auf einem Alsterdampfer mit wenigen Handgriffen entsorgen. Denn immer noch will

Vincenzo Scarabeo unseren Tod. Immer noch treibt er uns vor sich her wie der Mistkäfer seine Kugel. Auch wenn Antonio Farina, unser wunderbarer Lebensretter, jetzt hofft, den Spieß umdrehen zu können.

An der Anlegestelle Alte Rabenstraße steigen wir aus. Vom Alsterufer bis zum Abaton-Kino ist es nicht mehr weit und Margarete hat in einer Hamburger Programmzeitschrift entdeckt, dass dort derzeit eine Retrospektive des Regisseurs Micheil Tschiaureli läuft. Tschiaureli war wie Stalin Georgier und wurde 1894 in Tiflis geboren. Für seinen blutgierigen Landsmann hatte er mehrere pompöse Monumentalfilme geschaffen, in denen der sowjetische Diktator, sein rotes Riesenreich und der Kommunismus verherrlicht wurden. Übrigens hat Tschiaureli tatsächlich den Terror überlebt. Soweit bekannt, sogar ohne einen einzigen Tag in einem Gulag. 1928 drehte er „Die letzte Stunde", der vom russischen Bürgerkrieg handelt und in dem natürlich die Weißen die Bösen und die Roten die Guten sind. Agitation und Propaganda nennt man das wohl. Zehn Jahre später bekam er vom Diktator den Auftrag, den sowjetischen Personenkult um Väterchen Stalin auf die große Kinoleinwand zu übertragen.

Das erste Ergebnis war „Der große Funke". Dort machte Micheil Tschiaureli die Oktoberrevolution, die bekanntlich alles andere als ein Volksaufstand, sondern ein Putsch der Bolschewisten gewesen ist, zum alleinigen Werk von Lenin und Stalin. Dieser Film hat den roten Zaren offenbar überzeugt. Tschiaureli durfte weitermachen. Im „Schwur" setzte der sterbende Lenin Stalin zu seinem Erben ein und übergab ihm die Fackel der Revolution. Geschichtsklitterung vom Feinsten also.

Während des Zweiten Weltkriegs musste sich Stalin auf andere Dinge konzentrieren. Aber gleich danach gab er „Der Fall von Berlin“ in Auftrag. Genau dieser Film sollte an jenem Hamburger Abend im Abaton laufen. Wir kaufen zwei Karten und eine große Tüte Popcorn, und ich bin gespannt.

Weil ich bis zu diesem denkwürdigen Kinoabend noch nie einen Monumentalfilm aus den Mosfilmstudios gesehen habe, fühle ich mich zunächst an „Ben Hur“ oder auch an „Quo vadis?“ erinnert. Nur dass die Rotarmisten, die den deutschen „Hitlerfaschismus” besiegen, keine Sandalen tragen und Josef Wissarionowitsch Dschugaschwili, genannt Stalin, keine römische Toga.

Im „Fall von Berlin“ wird alles aufgeboten, was den sowjetischen Sieg über Nazideutschland verherrlichen kann. Im Zentrum steht, wie sollte es anders sein, die unerschütterliche Ruhe des großen und weisen Parteiführers. Die Ähnlichkeit des ihn verkörpernden Schauspielers mit dem echten Stalin ist so verblüffend, dass ich Margarete noch während der Vorstellung gleich zweimal frage, ob sie wirklich sicher sei, dass hier nicht der Bolschewistenchef selbst vor die Kamera getreten war.

Margarete lacht. Aber in ihrem Lachen ist doch auch eine Spur Unsicherheit. Denn der ganze Duktus des Films ist der eines großen Dokumentarfilms. Er tut so, als würde dort die reine Wahrheit behandelt. Toll ist, wie Stalin am Schluss gottgleich in einer schneeweißen Uniform mit goldenen Schulterklappen und einer riesigen Masse Orden auf der stolz geschwellten Brust in der zertrümmerten deutschen Hauptstadt dem Flugzeug entsteigt und von jubelnden Rotarmisten begeistert empfangen wird. Mit den Fakten hat das herzlich wenig zu tun. Denn Stalin war offiziell nie in Berlin. Obwohl der Weg von der Potsdamer Siegerkonferenz ins ruinierte Berlin nun wirklich nicht weit ist.

Parallel zu den Ereignissen im stalinschen Hauptquartier wird der Kampf eines einfachen Stahlarbeiters gezeigt, der wegen des Krieges seine Fabrik verlassen muss, um an der Front zum Helden zu werden. Der Stahlarbeiter ist natürlich kein Zufall. Das ist der Clou des Films. Denn dieser einfache Arbeiter und Rotarmist ist niemand Geringerer als Stalins Alter Ego. Durch diesen dramaturgischen Kniff ist Stalin omnipräsent und besitzt, wie mancher Heilige, gewissermaßen die Kraft der Bilokation, also die Fähigkeit, an zwei Orten gleichzeitig zu sein.

Aber nicht nur Stalin, Marschall Schukow und einige Größen aus seinem Politbüro agieren im „Fall von Berlin“, sondern auch Hitler, Göring und Goebbels werden von Schauspielern verkörpert. Wie Chaplin im „Großen Diktator“ übersehen die sowjetischen Filmemacher nicht die grotesken Züge des deutschen Reichskanzlers. Aber sie machen aus Hitler keine Witzfigur. Angesichts der Millionen sowjetischer Kriegstoten konnte man den Menschen auch kaum zumuten, jahrelang und unter riesigen Verlusten gegen einen Popanz gekämpft zu haben.

Unabhängig vom stalinistischen Personenkult und den Verballhornungen der geschichtlichen Wahrheit fasziniert mich besonders eine Sequenz, die übrigens auf den ersten Blick gar nicht in diesen Film passt. Es ist jene Szene, in der, meilenweit jenseits der historischen Fakten, Hitler davon ausgeht, dass Moskau gefallen ist und die Deutsche Wehrmacht nach Polen und Frankreich auch die Sowjetunion in einem Blitzkrieg besiegt hat. Um dem Sieger zu huldigen, hat sich das Diplomatische Corps vollzählig in einem prächtigen Saal in Berlin eingefunden. Der Führer stolziert siegestrunken in die Versammlung. Die Diplomaten begrüßen ihn mit jubelndem „Sieg Heil“ und hochgereckten Armen. Mit stolzgeschwellter Brust schreitet Hitler das Spalier ab, wendet sich mit nur knappen Gesten und sehr von oben herab den äußerst devoten spanischen und japanischen Botschaftern zu, um schließlich vor Cesare Orsenigo, dem Nuntius des Papstes, Halt zu machen.

Traditionell ist ein päpstlicher Nuntius immer und überall der Doyen jedes Diplomatischen Corps. Als „Stubenältester“ gratuliert er Adolf Hitler zum großen und lang ersehnten Sieg über den Bolschewismus. Hitler freut sich wie Bolle. Man kann es kaum anders sagen. Er dankt Orsenigo jovial und lädt ihn ein, möglichst bald seine Diplomatenkleidung ab- und die Uniform eines Nazis anzulegen. Denn, so Hitler im Original auf Russisch: „Sie sind doch in Wirklichkeit ein richtiger Nazi und gehören zu uns!“

Ganz offensichtlich fasst der Nuntius diesen Satz als Kompliment auf. Er strahlt über das ganze Gesicht. Nun wendet sich Hitler fröhlich ab, hält eine knappe, schneidige Rede und verlässt, mit Göring und Goebbels im Schlepptau, unter den Siegheil-Rufen der versammelten Diplomatie den großen Saal. Gleich im nächsten Raum schleicht sich ängstlich ein deutscher Viersternegeneral an Hitler heran. Er muss ihm die niederschmetternde Botschaft überbringen, dass die Deutsche Wehrmacht die Schlacht um Moskau verloren hat. Hitler erbleicht und tobt. Dann folgt ein Szenenwechsel.

Diese Sequenz passt haargenau in die sowjetische Propagandalinie „Antikommunismus führt zum Faschismus“. Sie ist der bildgewordene Ausdruck von dem, was Genosse Scheinmann, von der Akademie der Wissenschaften in Moskau, in seinem Buch „Der Vatikan im Zweiten Weltkrieg“ propagiert. Hitler und der Nuntius des Papstes als Brüder im Geiste. Der Botschafter des Vatikans als Nazi. Das genau wollte Stalin der Welt in dieser Szene erzählen, und Flor Kapp hat diese perfide Lüge in seinem „Fels“ getreulich aufgegriffen und mit dem Völkermord an den Juden verquickt, also mit dem Schlimmsten überhaupt.

Alle Wege des Marxismus führen nach Moskau. Hatte das nicht Konrad Adenauer immer gesagt? Wird er vor allem dafür nicht bis heute von den deutschen Linken gehasst? Das aus Ruinen auferstandene demokratische Wirtschaftswunder-Deutschland ist für Linksdenkende bis zum heutigen Tag eine Spießerhölle, in dem alte Nazis und reaktionäre Bischöfe regieren. „Adenauer und der katholische Mief“ heißt das passende Schlagwort dazu. Günter Grass beispielsweise setzt es seit Jahrzehnten immer wieder gerne zu Demonstrationszwecken ein.

***

Ich habe fürs Kino mein Mobiltelefon ausgestellt und nach dem Ende der Vorstellung vergessen, es wieder anzustellen. Mir fällt das erst auf, als wir am späteren Abend zusammen mit Antonio bei einem Schlummertrunk in unserer Fluchtburg in der Langen Reihe sitzen. Als das Handy wieder aktiv ist, weist mich eine SMS meiner freundlichen Telefongesellschaft darauf hin, dass in meiner Mailbox noch eine unabgehörte Nachricht auf mich wartet. Es ist Flor Kapp, der mich äußerst erregt auffordert, zurückzurufen.

Kapp nimmt schon nach dem ersten Klingelzeichen den Anruf entgegen. Er scheint auf der Lauer gelegen zu haben.

„Schön, dass ein so berühmter und weitgereister Autor wie Sie einen alten Dramatiker nur wenige Stunden warten lässt. Aber in Rom ist ja immer viel los. Man hört dort viel und vermutlich viel Schlechtes über mich. Ich nehme an, werter Herr Friedhoven, dass Ihnen der Vatikan nur allzu bereitwillig sein Desinformationsmaterial zur Verfügung gestellt hat. Auf derlei versteht man sich dort bekanntlich nur allzu gut. Diese Leute machen das immerhin schon fast zweitausend Jahre lang."

Kapp nimmt also an, dass ich immer noch in Rom bin. Von der Reise hat er sicher von Produzent Grube erfahren.

Ich will mich am Telefon auf keine lange Diskussion mit ihm einlassen. Deshalb erwidere ich schroff: „Herr Kapp, sagen Sie frank und frei, warum Sie mich sprechen wollen. Mobile Auslandsgespräche sind mir ehrlich gesagt zu teuer."

„Sie sind in der letzten Zeit auch nicht charmanter geworden. Aber kommen wir zur Sache: Ich kann Ihnen hieb- und stichfeste Beweise vorlegen, dass alles, was ich im ‚Fels' geschrieben habe, auf sicherem historischen Grund steht. Auch wenn ich manches davon, was Sie wohl inzwischen wissen, aus Moskau bekommen habe. Doch deswegen ist mein Haus noch lange nicht auf Sand gebaut – wenn Sie die Anspielung verstehen."

„Ihre Anspielungen sind mir egal, Herr Kapp. Doch es freut mich, dass Sie Moskau nicht mehr verleugnen. Doch was die Realitätsnähe Ihrer roten Quellen angeht, so sage ich dazu: Die sind nicht einmal dreißig Silberlinge wert. Sicher werden auch Sie diese Anspielung verstehen. Ich bin inzwischen am Ende meiner Recherchen zu dem Fazit gekommen, dass Ihr ‚Fels' eine einzige große Lügengeschichte ist. Was sollen denn das für großartige Beweise sein?"

„Sie werden es nicht für möglich halten: Aber die liegen in einem Banktresor in Jerusalem. Das hätten Sie jetzt nicht gedacht, oder?"

„Was soll das jetzt werden, Herr Kapp. Ein Spiel für Naive?"

„Keineswegs, Verehrtester, keineswegs. Naiv ist, denke ich, keiner von uns beiden. Ich gebe ja zu, dass ich Sie anfangs ein wenig unterschätzt habe. Aber ein ausgebuffter Profi wie Sie ist mir tausendmal lieber als ein Schreibknecht, der bloß auf Zuruf arbeitet. Also, was ist, wenn Sie wollen, können wir uns in Israel treffen."

„Ist das wirklich Ihr Ernst? Sie müssen sich Ihrer Sache ja sehr sicher sein."

„So sicher wie das Amen in der offenbar von Ihnen mittlerweile heiß geliebten katholischen Kirche. Also, was ist? Kommen Sie oder kommen Sie nicht?"

„Ich werde darüber nachdenken und mich morgen wieder bei Ihnen melden. Wo sind Sie denn jetzt?"

Der Dramatiker lacht am anderen Ende der digitalen Leitung kurz auf: „Ich bin schon da. Schalom, Friedhoven!" Dann kappt er die Verbindung.

17. Mai

Bevor wir mit dem Lufthansaflug 001 fast pünktlich um 6.05 Uhr Richtung Frankfurt am Main starten, arbeiteten wir in Hamburg, geführt und angeleitet von Antonio Farina, noch einen ganzen Tag lang an unserer Israellogistik. Zwar summt Margarete irgendwann demonstrativ die Melodie des alten Gassenhauers vor sich hin: „Ja, mach nur einen Plan. Sei nur ein großes Licht! Und mach noch 'nen zweiten Plan. Geh'n tun sie beide nicht. Denn für dieses Leben ist der Mensch nicht schlau genug. Niemals merkt er eben allen Lug und Trug." Aber Farina, der das Lied an der Melodie erkennt, weil er Bertolt Brechts „Dreigroschenoper" einmal in Giorgio Strehlers Mailänder Inszenierung gesehen hat, ignoriert gelassen diese ironische Anspielung.

Im Übrigen ist unser Plan gar nicht so schlecht. Farinas Position ist klar: Er will nicht mehr Opfer sein. Er will vom Reagieren zum Agieren kommen, will nicht mehr Flüchtling sein, sondern endlich wieder Jäger. Das heißt: Wir wollen nicht mehr vor der Mafia weglaufen, sondern Scarabeos Häscher in eine von uns gestellte Falle locken. Deshalb kommt ihm auch Flor Kapps erstaunliche Aufforderung nicht ungelegen, sich mit mir in Tel Aviv zu treffen. Nachdem er alles gut durchdacht hat, meldet sich Antonio erstmals seit unserer Flucht bei seinem Sohn Claudio in Rom, bei dem seine Frau Rita jetzt wohnt, und erklärt ihr, dass er zunächst noch nicht nach Italien zurückkommen kann, weil er erst eine wichtige Angelegenheit in Israel klären müsse. Farina nimmt an, dass die Mafia dieses Telefonat mithört und wir in Israel auf unseren Mörder treffen werden. Zur Sicherheit gibt er alle unsere Israel-Informationen an Johanna Schober weiter. Seine Hamburger Kollegin bei Interpol wird von ihrem Auslandseinsatz statt nach Hamburg gleich nach Israel fliegen. Wir sind mit ihr am Abend des 18. Mai in einem Hotel in Jerusalem verabredet.

Nach einem Zwischenstopp in Frankfurt hebt unsere Boeing kurz nach 10 Uhr vom Rhein-Main-Flughafen ab. Obwohl wir nicht annehmen, dass Scarabeos Auftragsmörder bereits gemeinsam mit uns nach Israel fliegt, gibt es sicherheitshalber schon beim Umsteigen zwischen Farina und uns keinen Kontakt mehr. Margarete und ich sind „das Paar", und Farina ist der einsame Reisende, der an Bord keinen kennt. Margaretes Bruder hat seiner Schwester, dem Commissario und mir netterweise noch je einen seiner schicken Rimowa-Aluminiumkoffer geborgt. Das sind zwar noch die alten, etwas unpraktischen Dinger mit den kleinen Rollen. Aber wir sind dennoch dankbar dafür.

Als wir in Tel Aviv landen, ist es drei Uhr am Nachmittag. Der Anflug ist wunderbar. Nach der Wasserwüste des Mittelmeers taucht plötzlich, unwirklich flimmernd wie eine Fata Morgana, der israelische Küstenstreifen vor uns auf. Bald darauf sind die Hoteltürme von Tel Aviv gut zu erkennen, deren Scheiben das Sonnenlicht bis hinauf in unsere Kabine reflektieren. Schließlich erwartet uns der Flughafen Ben Gurion. Von einem kreisrunden Gebäude, das aus der Luft wie eine riesige Waschschüssel aussieht, strecken sich die Terminals wie ausgebreitete Arme den Landebahnen entgegen.

Als wir kurz nach vier die ortsüblichen Formalitäten hinter uns haben und unsere verbeulten und leicht schwankenden silbernen Rimowas in einem Pulk von schnieken blauen oder roten Samsonites durch die

Ankunftshalle bugsieren, steht wie aus dem Nichts plötzlich Flor Kapp vor uns. In seinem weißen Leinenanzug erkenne ich ihn zunächst gar nicht und wäre an ihm vorbeigelaufen. Und sogar hier, im Nahen Osten, bleibt Kapp seinem Markenzeichen treu: Diesmal steckt die Feder an dem tief in die Stirn gedrückten edlen Panamahut.

Mich begrüßt Kapp nur mit einem kühlen Kopfnicken. Margarete allerdings küsst er formvollendet die Hand. Dann geht er gleich in medias res: „Wenn es Ihnen nichts ausmacht, dann halten wir uns hier gar nicht erst lange auf, sondern machen uns ratzfatz auf den Weg nach Jerusalem. Mein Wagen steht direkt vor der Tür."

Kapp übertreibt nicht. Als wir in das milchige Nachmittagslicht treten, ist die riesige kantige schwarze Limousine nicht zu übersehen. Neben der Fahrertür lehnt ein massiger junger Hüne. Wortlos und ohne die Miene zu verziehen, öffnet der den Kofferraum und hebt unser Gepäck hinein, als wären es Konfektschachteln.

„Das ist Wassili, unser Chauffeur. Er ist vor einem Jahr aus Russland nach Israel eingewandert."

Kapp lächelt auf eine verkniffene Art, die ich bisher noch nicht an ihm gesehen habe. Er wirkt angespannt, wenn nicht sogar verkrampft. Ich registriere das. Buche es aber in der Rubrik Lampenfieber ab. Denn schließlich geht es für ihn hier um die Wurst.

Aus den Augenwinkeln sehe ich, wie sich Farina nicht weit von uns entfernt am Taxistand angestellt hat. Leider sind noch etwa zehn Leute vor ihm dran. Deshalb bemühe ich mich, unsere Abfahrt hinauszuzögern, und obwohl Wassili uns die Tür zum riesigen Fond weit aufhält und Kapp ungeduldig von einem Fuß auf den anderen tritt, steige ich nicht ein. Margarete begreift sofort, worum es mir geht, und bittet unseren Fahrer auf Englisch, ihr noch einmal den Kofferraum zu öffnen, weil sie ihre Umhängetasche doch lieber bei sich im Wagen haben möchte. Wassili schaut erst Margarete verständnislos an und wirft dann Kapp einen fragenden Blick zu. Der erklärt ihm auf Russisch, was zu tun ist. Dann wendet er sich an Margarete.

„Wassili spricht außer seiner Muttersprache leider nur einige Brocken Hebräisch."

„Dafür scheint Ihr Russisch immer noch nicht verrostet zu sein. Und das nach mehr als vier Jahrzehnten. Mein Kompliment", fordere ich Kapp heraus. Doch der hat seine Nerven gut im Griff und ignoriert meine Provokation.

Farina steckt immer noch in der Taxiwarteschlange. Deshalb probiere ich jetzt etwas anderes: „Wo haben Sie nur diesen alten Amischlitten her, großer Meister? Vielleicht aus einem Wagenpark für Mafiafilme?"

Kapp kann missbilligend blicken wie kein Zweiter: „Wie ich inzwischen weiß, haben Sie von gewissen Dingen keine Ahnung, Friedhoven. Außerdem ist Ihr Hirn viel zu westlich programmiert. Das ist ein Fehler, wie Sie auch nachher in Jerusalem noch sehen werden. Dieses wunderbare Gefährt hier ist kein Amischlitten, sondern ein ZIL 114, also eine sowjetische Staatslimousine. In den durften einst nur die führenden Kader des roten Reiches einsteigen."

Farina hat jetzt endlich ein Taxi und verhandelt schon mit dem Fahrer. Trotzdem spiele ich sicherheitshalber noch ein bisschen weiter auf Zeit. „Ich bin beeindruckt.

Bestimmt wissen Sie auch, ob hier noch das Blut von einem der Opfer Stalins auf dem Polster klebt."

„Ihr Humor ist wirklich unwiderstehlich, Friedhoven. Aber ich will Ihren Wissensdrang nicht abwürgen. Also: die letzten Exemplare des ZIL 114 sind 1985 gebaut worden. Unter der Motorhaube stecken ein V8-6-Liter-Motor und 300 Pferdestärken. Dies gute Stück hier ist allerdings schon 1967 vom Band gelaufen. Im allerersten Baujahr überhaupt. Wassili hat ihn aus Russland nach Israel eingeführt, und er versichert mir, dass dies der Wagen von Leonid Breschnew gewesen ist."

„Sie meinen den Burschen, der im Herbst 1964 Nikita Chruschtschow in die Wüste geschickt hat und sich als Erster nach Stalin wieder Generalsekretär der KPdSU genannt hat?"

„Und der dann im August 1968 seine Panzer in die Tschechoslowakei schickte, um dort den Prager Frühling niederzuwalzen!", mischt sich jetzt Margarete ein und lächelt dabei wie ein Krokodil.

„Und dann einige Jahre später gutgelaunt auf der Krim mit dem sonnengebräunten Willy Brandt den deutsch-sowjetischen Moskauvertrag aushandelt", bin ich wieder dran.

Kapp ist von unseren drei knallharten Aufschlägen sichtlich irritiert, gibt sich aber versöhnlich: „Wenn es Ihnen nichts ausmacht, dann sollten wir jetzt endlich aufbrechen. Wir stehen hier nämlich im totalen Halteverbot, und ich bin nicht sicher, ob Wassilis Bakschisch für einen längeren Aufenthalt in dieser eigentlich nur für Taxis und Polizeiwagen erlaubten Zone für ein stundenlanges Palaver hoch genug war. Notfalls können wir unser nettes Geplauder ja auch unterwegs fortsetzen."

Aber gleich nach dem Einsteigen ist Kapp die Plauderlust schlagartig vergangen. Er versinkt in ein geistesabwesendes brütendes Schweigen und sieht dabei aus wie eines dieser hölzernen Nussknackermännchen, die unter Weihnachtsbäumen herumstehen und allzeit bereit nur darauf warten, mit ihren kantigen Kiefern harte Schalen aufzusplittern, um an den nahrhaften Kern heranzukommen.

Ich schaue stumm zu Margarete hinüber und an ihrem besorgten Augenausdruck glaube ich ablesen zu können, dass auch ihr ein wenig mulmig zumute geworden ist. Zu diesem Gefühl der latenten Bedrohung trägt auch der ZIL bei, dessen düstere Innenausstattung mich an das Foyer des Moskauer Hotels Lux erinnert, in dem Stalin nach 1933 führende politische Emigranten einzuquartieren pflegte, die dann, um ihre eigene Haut zu retten, solange sich gegenseitig beim sowjetischen Geheimdienst NKWD denunzierten, bis kaum einer von ihnen am Leben blieb.

Der Ben-Gurion-Flughafen liegt rund 20 Kilometer östlich von Tel Aviv. Über einen Zubringer sind wir gleich auf die Autobahn Nr. 1 Richtung Jerusalem gefahren. Von meinem Platz aus kann ich sehen, dass Farinas Taxi uns folgt. Was nicht weiter auffällig ist, denn augenscheinlich haben sich noch andere Reisende entschlossen, mit dem gleichen Verkehrsmittel ins nur knapp 50 Kilometer entfernte Jerusalem zu fahren. Wie es scheint, sind wir für die anderen Fahrer eine Art Führungswagen. Sie folgen uns wie ein Wolfsrudel ihrem Leittier. Immer wenn unser Chauffeur zum Überholen ansetzt, dann überholen auch sie. Immer wenn Wassili brav auf der rechten Spur bleibt, nehmen auch die anderen den Fuß etwas vom Gas.

Ansatzlos unterbricht Kapp sein Schweigen: „Und nun glauben Sie wohl, von den römischen Priestern mit der Wahrheit gefüttert worden zu sein?"

Seine Frage trifft mich nicht unvorbereitet. Denn wie ich Kapp kennengelernt habe, liebt er den Überraschungsangriff. Deshalb erwidere ich: „Wenn Sie damit die Wahrheit über Papst Pius XII. meinen, dann liegen Sie richtig. Auch wenn ich das Bild vom Füttern für etwas unglücklich halte. Aber was Ihre Metaphern angeht: Da waren Sie ja noch nie besonders phantasievoll."

„Ihre Frechheiten bin ich ja nun schon gewohnt, Friedhoven. Und Sie haben es nur der Anwesenheit einer Dame zu verdanken, dass ich bereit bin, meinen Ton dem Ihren nicht anzupassen. Aber was die Sache angeht: Ist Ihnen im Vatikan denn nie der Gedanke gekommen, in eine bestens geölte Propagandatrickkiste hineingeraten zu sein?"

„Ich weiß nicht, warum man Kisten ölen sollte, Herr Kapp. Das ist wieder eines Ihrer schiefen Bilder. Aber keine Sorge, ich verstehe schon, was Sie meinen, und meine Antwort ist unmetaphorisch, eindeutig und klar. Sie lautet Nein!"

„Ihre Unverschämtheiten werden Ihnen vielleicht noch schneller leid tun, als Sie ahnen!"

„Wollen Sie mir drohen? Ich dachte, Sie haben uns nach Israel kommen lassen, weil Sie in einem Banksafe in Jerusalem unwiderlegbare Beweise für die wasserdichte Korrektheit Ihrer im ‚Fels' aufgestellten schweren Anschuldigungen liegen haben. Nur deswegen bin ich nach Israel gekommen und nicht, um mit Ihnen über Dinge zu diskutieren, über die Sie und ich vor nicht allzu langer Zeit in Ihrem Berliner Haus schon ausführlich gesprochen haben. Ich kenne Ihren ‚Fels'. Ich weiß, was Sie dort behaupten. Und solange Sie mich in Jerusalem nicht vom Gegenteil überzeugen können – was ich mir, ehrlich gesagt, überhaupt nicht vorstellen kann –, werde ich Ihr Theaterstück für das halten, was es in meinen Augen in Wirklichkeit ist: ein übles Propagandamachwerk aus der Hexenküche Stalins."

„Glauben Sie etwa, mit Ihren Informationen aus dem Vatikan meinen ‚Fels' widerlegen zu können?"

„Ihr ‚Fels' ist seit 1963 widerlegt, Herr Kapp."

Kapps Stimme schwillt mächtig an: „Ist es etwa falsch, was der deutsche Botschafter Baron Friedrich von Weizsäcker über Pius XII. gesagt hat?"

„Wissen Sie, Kapp, ein Mann wie Sie, der mir gegenüber Papst Pius XII. einen satanischen Feigling genannt hat, ist für mich kein Diskussionspartner mehr. Ihre Zeit ist um. Sie sind ein Mann von gestern!"

Typisch Widder: Jetzt sind leider die Pferde mit mir durchgegangen. Margarete sieht mich fassungslos an und Kapp explodiert: „Was bilden Sie sich eigentlich ein? Was haben Sie denn in Ihrem Leben bisher Großes geleistet? Nichts. Nichts Weltbewegendes jedenfalls. Ich dagegen bin Flor Kapp! Und Flor Kapp ist …"

Ja, ich bin zu weit gegangen. Doch das ist mir jetzt egal. Deshalb unterbreche ich Kapp rüde: „Ja, ja, ja: Flor Kapp ist ein Weltautor. Das wollten Sie doch sagen. Oder? Aber warum sind Sie einer? Wissen Sie das auch? Oder haben Sie das in Ihrem hybriden Wahn vergessen? Richtig: Sie haben mit dem ‚Fels' einen Welterfolg eingeheimst. Davon leben Sie sogar bis heute noch gut. In jeder Beziehung. Aber den Stoff für den ‚Fels' haben Sie aus Moskau bekommen. Vermutlich nicht über irgendwelche Geheimdienstkanäle, wie man unlängst lesen konnte. Daran glaube ich auch nicht. Aber das war auch gar nicht nötig. Denn was Sie inspiriert hat, das waren keine Quellen aus dem Vatikan und schon gar nicht Ihre angeblich so große Wahrheitsliebe. Was Sie in die Finger bekommen haben, war die überall in Ostberlin erhältliche Propaganda aus Stalins Moskauer Akademie der Wissenschaften. Zum Beispiel das Buch eines gewissen Scheinmann. Dessen Klappentext schon den Plot für Ihren ‚Fels' enthält."

„Sie reden sich um Kopf und Kragen, Friedhoven. Aber nur weiter so. Ich nehme an, Sie haben mir noch mehr zu sagen."

„Sie drohen schon wieder, Kapp. Was soll das?"

Flor Kapp schweigt. Sein Mund ist jetzt nur noch ein schmaler Strich, und ich bemerke, wie er über den Rückspiegel mit seinem Chauffeur einen Blick austauscht, dessen Bedeutung ich in jenem Moment nicht einmal ahne.

„Nun gut, Sie schweigen. Aber warum sind Sie nicht einmal ehrlich zu sich selbst. Denn dann würden Sie zugeben, dass Sie nach dem mehr als fragwürdigen ‚Fels' nichts Großes mehr auf die Beine gestellt haben. Oder glauben Sie wirklich, Ihre holzschnittartigen Theaterstücke mit ihren papiernen Dialogen und den herumwandelnden Gesinnungspuppen hat man aufgeführt, weil sie gut sind? Glauben Sie wirklich, dass so etwas wie ‚Krieger' oder ‚Ärzte' oder ‚Richter' Theaterkunstwerke sind? Das ist alles auch nur Propagandaschrott. Was anderes als Schrott können Sie nämlich gar nicht!"

„Und warum meinen Sie, hat man mich trotzdem

überall gespielt? Das würde ich doch zu gerne aus Ihrem Munde erfahren."

„Ganz einfach: weil Sie den ‚Fels' geschrieben haben. Weil der Kasse gemacht hat und weil man mit Ihrem Namen auch weiterhin Kasse machen konnte. Die Leute haben doch nicht über Ihre angeblichen Kunstwerke diskutiert, sondern über die darin verbratene Ideologie. Ist Ihnen das nie aufgefallen?"

„Bis heute habe ich Sie für einen politischen Naivling gehalten, Friedhoven. Aber jetzt merke ich: Sie sind ja ein richtiger Antikommunist!"

„Natürlich bin ich das, Kapp. Wie jeder gute Demokrat."

„Friedhoven, Sie sind ja so dumm, dass Sie die Schweine beißen. Sie fahren nach Rom. Sie setzen sich mit einem der massenweise herumscharwenzelnden Kirchengeschichtsverdreher zusammen, der Ihnen, wie dieser Professor Klock in Potsdam, die Ohren vollbläst, und dann blättern Sie noch ein paar Tage lang in Archivmaterial herum, das man Ihnen freundlich vorlegt. Und schließlich glauben Sie das, was Sie dort schwarz auf weiß vor sich sehen."

„Warum sollte ich nicht?"

„Weil die katholische Kirche immer noch Opium fürs Volk ist. Weil das Papsttum immer noch mit den jeweiligen Ausbeutersystemen eng verbunden ist. Weil die charakteristischen Besonderheiten der römischen Kirche, nämlich ihre Hierarchie und der Papst, der wie ein lebendiger Gott verehrt wird, die widerliche Anbetung der Geistlichkeit, der äußerst geringfügige Einfluss der Laien auf die Angelegenheiten der Kirche, die verschiedenen Mittel zur Beeinflussung der Massen, ihr heute noch absurdes Eintreten für einen mittelalterlichen Obskurantismus, doch Fakten sind, die kein vernünftiger Mensch übersehen kann."

„Wissen Sie, Kapp, was Sie da sagen, hört sich an wie aus einem kommunistischen Lehrbuch. Haben Sie das alles irgendwann einmal auswendig gelernt?"

Kapp sieht mich jetzt wirklich hasserfüllt an. Dann schaut er auf seine Uhr und blickt rasch aus dem Fenster, wo das weiche Spätnachmittagslicht mit seinen langen Schatten der kargen Landschaft links und rechts von der Autobahn etwas von ihrer Härte genommen hat.

„Mir reicht es, Friedhoven. Ich brauche jetzt erst mal frische Luft!"

Kapp wirft Wassili einige russische Brocken zu und der schafft es im letzten Moment, den ZIL mit quietschenden Pneus auf einen von riesigen Kakteenstauden umsäumten Parkplatz zu bugsieren. Farinas Taxifahrer, der in diesem Moment unmittelbar hinter uns ist, gelingt dieses Kunststück nicht und fährt auf der Autobahn weiter geradeaus. Kapp wartet nicht einmal ab, bis sich die Staubwolke aus rotem Wüstensand gelegt hat, die unseren Russenschlitten nach einem scharfen Bremsmanöver umhüllt. Er springt hinaus und schlägt die Tür mit wuchtigem Schwung wieder zu. Was die mit einem satten „Schmock" quittiert. Wassili folgt ihm, und schnell sind beide aus unserem unmittelbaren Gesichtskreis verschwunden.

„Bist du denn von allen guten Geistern verlassen?", Margaretes Augen funkeln, und erbost schlägt sie mir mit der flachen Hand auf den Oberschenkel.

„Ich weiß, das war nicht so toll." Meine Erwiderung ist mehr als mau.

„Was heißt, das war nicht so toll? Das war das Dümmste, was du dir seit Langem geleistet hast. Wieso musstest du Kapp ausgerechnet jetzt so dermaßen provozieren?“

„Er regt mich nun mal auf.“

„Er regt dich auf. Aha. Na, super! Ja, meinst du, mich regt er nicht auf? Aber dass er dich aufregt, das hast du doch schon vorher gewusst. Warum bist du dann seinem Lockruf gefolgt? Ich meine, Adrian, wir fliegen von Hamburg nach Israel, weil Kapp uns seine Karten offenlegen will, und du steigst in sein Auto und fängst sofort einen unglaublich aggressiven Streit mit ihm an. Entschuldige bitte, aber das ist doch völliger Schwachsinn!“

„Glaubst du etwa an seinen Banksafe?“

„Natürlich glaube ich daran. Und du tust das auch. Sonst wären wir doch nicht hier. Aber nachdem du dich in Rom vollständig auf die Seite des Vatikans geschlagen hast, kannst du es jetzt offenbar nicht ertragen, eventuell wieder zurückrudern zu müssen.“

„Ja, denkst du denn auch, dass dein Ansbach gelogen hat? Du bist doch katholisch. Ich bin es nicht.“

„Was heißt hier gelogen? Onkel Marcus ist nun einmal von seiner Sicht der Dinge überzeugt. Beziehungsweise er war es. Gott hab ihn selig. Und dass ich katholisch bin, spielt hier überhaupt keine Rolle. Ob Pius XII. zur Judenvernichtung der Nazis geschwiegen hat oder nicht, das ist doch kein Punkt in unserem Katechismus.“

„Was meinst du damit?“

„Ich meine damit“, und jetzt fängt Margarete an zu weinen, „dass ich meinen Patenonkel sehr gern gehabt habe. Aber er war ein Historiker seiner Kirche.“

„Ich denke, Pius-Pacelli soll demnächst seliggesprochen werden?“

Vorsichtig nehme ich ihre Hand. Sie zuckt kurz zurück. Aber als ich nachfasse, überlässt sie sie mir dann doch.

„Ach, was hat denn das damit zu tun?“

Bevor mir darauf eine Antwort einfällt, sehe ich, wie Kapp und Wassili wieder zum Wagen zurückkehren. Mit einer Kopfbewegung weise ich Margarete darauf hin. Worauf sie ein Taschentuch hervorzieht, um damit ihre Tränen zu trocknen.

„Wenn er jetzt gleich einsteigt, dann entschuldige dich bitte bei Kapp.“

„Da gibt es nichts zu entschuldigen. Er hat angefangen.“

„Er hat angefangen! Soll das ein Witz sein? Manchmal bist du immer noch ein Junge, Adrian. Versuch einfach, dich zivilisiert zu benehmen.“

Kapp und sein Fahrer steigen jedoch noch nicht ein. Stattdessen wird jetzt der Kofferraum geöffnet und einer von beiden kramt darin herum.

„Okay, einverstanden. Ich werde mich ab sofort zivilisiert benehmen. Bis Jerusalem kann es ja nicht mehr weit sein, und nachdem er uns seine angeblich hieb- und stichfesten Dokumente vorgelegt hat, sehen wir weiter.“

„Großes Ehrenwort?“

Der Kofferraumdeckel klappt wieder zu.

„Großes Ehrenwort!“

Margarete beugt sich zu mir herüber und gibt mir einen Kuss. Aber nur auf die Wange. In diesem Augenblick werden beide Wagentüren gleichzeitig aufgerissen, rechts, an Margaretes Seite, steigt Kapp ein und links bei mir sein Chauffeur. Mit ihnen kommt ein scharfer Geruch, den mein überfordertes Bewusstsein für Waschbenzin oder etwas Ähnliches hält. Eine Sekunde später wird uns ein mit Äther getränkter Lappen auf Nase und Mund gepresst. Wahrscheinlich habe ich kurz mit den Armen um mich geschlagen und merke auch noch, wie Margarete mit ihrem Knie ausschlägt und Kapp damit offenbar an einer empfindlichen Stelle trifft. Aber dann merke ich nichts mehr.

***

Als ich mit bohrenden Kopfschmerzen wieder aufwache, sind meine Arme gefesselt und mein Mund ist mit einem nach Knoblauch stinkenden Heftpflaster zugeklebt. Um mich herum ist finsterste Nacht. Ich muss laut aufgestöhnt haben. Denn jetzt höre ich Kapps Stimme: „Haben Sie jetzt auch endlich ausgeschlafen, Friedhoven? Ihre Freundin ist zäher als Sie. Die hat ihren Ätherrausch schon hinter sich."

Allmählich adaptieren sich meine Augen, und ich kann erkennen, dass wir immer noch auf einem Parkplatz sind. Aber die Kakteen, neben denen wir an der Autobahn geparkt hatten, haben sich in Luft aufgelöst. Oder wir sind an einem anderen Ort. Während ich schwerfällig die eine Möglichkeit gegen die andere abwäge, taucht über dem Horizont die Mondsichel auf. Wie eine Schiffsbarke steht sie über der Wüste und macht alles um mich herum gleich um ein paar Lux heller.

Unsere Entführer haben uns wie unzustellbare Postpakete neben einen kleinen Felsen in die Wüste gelegt.

Der ZIL ist noch da, aber Autoverkehr ist keiner zu hören. Wir müssen also relativ weit abseits der üblichen Straßen sein. Jetzt stöhnt auch Margarete und scharrt mit den Füßen. Sie liegt in einer ähnlichen Haltung da wie ich und etwa zwei Meter von mir entfernt. Margarete wendet mir ihren Kopf zu. Doch bevor wir Blickkontakt aufnehmen können, blitzt eine Taschenlampe auf und blendet mich mit ihrem starken, gebündelten Licht. Unwillkürlich schließe ich meine Augen.

„Ich hatte schon lange genug von Ihnen, Friedhoven. Dass Sie Frau Rabenschlag mit in die Sache hineingezogen haben, tut mir leid. Ich kann es aber leider nicht ändern. Sie hätten eben besser hübsch zu Hause oder meinetwegen auch in Rom bleiben sollen, Verehrteste. Doch wie auch immer. Jetzt muss ich Sie bitten, Ihr gemütliches Schlummerstündchen endgültig zu beenden und aufzustehen, und machen Sie schnell, sonst muss ich Wassili bitten, böse zu werden.“ Kapp lacht leise vor sich hin, und ich frage mich, ob er noch bei Verstand ist.

Wir erheben uns, aber nur mühsam. Als wir endlich mit wackligen Beinen dastehen, befestigt Kapps Helfershelfer eine Kette an unseren Beinen. Die zwei haben wirklich an alles gedacht. Ohne ein Wort zu sagen, schiebt der Russe uns vorwärts, und nun trotten wir wie zwei Sträflinge los. Gleich hinter dem Parkplatz erhebt sich über uns ein gewaltiges Felsmassiv und vor uns schlängelt sich ein Pfad, der schon nach wenigen Schritten immer steiler wird.

„Zu Ihrer Information, Friedhoven, nur unweit von hier sind die Höhlen von Qumran. Ich nehme an, das sagt Ihnen was.“

Ich grunze nur matt. Aber das ficht Kapp nicht an und im Stile eines Fremdenführers fährt er fort: „Qumran ist vor allem als Fundort der berühmt gewordenen Schriftrollen bekannt. Von 150 vor bis 68 nach unserer Zeitrechnung war dieser Ort die Heimat der Essener. Das waren ziemlich radikale Leute – und ein bisschen meschugge würde ich sagen. Denn sie glaubten, die Ankunft des jüdischen Messias stünde unmittelbar bevor. Soweit ich unterrichtet bin, haben die Römer die Essener verfolgt und vernichtet. Das ist immer noch ein probates Mittel, um mit religiösen Radikalen fertig zu werden."

Der Weg wird jetzt noch um ein paar Grade steiler. Kapp verstummt und beginnt nach Luft zu schnappen. Offenbar hat er seine Kondition überschätzt. Aber die Steigung endet zum Glück für ihn schon zehn Schritte später an einem kleinen Felsplateau. Wir bleiben stehen, und ich kann mich umdrehen. Unter uns liegt nur die menschenleere Wüste. Die Mondsichel ist etwas höher gestiegen. Urplötzlich beginnt mein Herz zu rasen. Aber nicht, weil mich der kurze, scharfe Anstieg überanstrengt hätte, sondern weil mich jetzt eine Art von Todesangst anfliegt. Margarete hat sich ganz eng neben mich gestellt, und ich spüre, dass es ihr ebenso geht. Es ist eine Atmosphäre wie in einem Psychothriller, kurz bevor das Schicksal kalt und unbarmherzig seinen Lauf nimmt.

Kapp hat sich ausgeschnauft. Er scheint die Situation zu genießen. Ungerührt setzt er sogar seinen abgebrochenen Vortrag fort: „Man hatte die Essener völlig vergessen. Bis dann 1947 ein Beduinenhirte, der hier irgendwo angeblich eine verirrte Ziege suchte – wer weiß, vielleicht war es seine Geliebte – und dabei auf eine Höhle stieß, in der lauter große Gefäße herumstanden. In den Gefäßen befanden sich kostbare in Leinen gewickelte Schriftrollen. Dank des überaus trockenen Klimas waren sie noch sehr gut erhalten. Mit anderen Worten, Friedhoven, wenn wir Sie beide nun in eine ähnliche Höhle führen und dort mutterseelenallein zurücklassen, wird in vielleicht weiteren zweitausend Jahren wieder so ein verliebter Ziegenhirte auftauchen und Ihre Knochen entdecken. Das muss doch für einen Menschen wie Sie keine ganz schlechte Nachricht sein."

Wieder lacht Kapp leise vor sich hin, und dann schlüpfen wir gebückt durch eine niedrige und enge Öffnung. Dahinter tut sich eine kleine Höhle auf, an deren Ende uns Wassili jetzt führt und dann zu Boden drückt. Anschließend schlägt Kapps Vasall mit einem Hammer zwei Ösen in die Felswand und kettet uns dort an. Dann dreht er sich um und verlässt wortlos die Höhle.

Auch Kapp wendet sich schon zum Gehen. Doch dann überkommt ihn offenbar die Lust, uns noch ein letztes Mal zu verhöhnen. Dafür richtet er wieder den Strahl seiner Taschenlampe direkt auf mich. Ich kneife beide Augen zu und konzentriere mich ganz auf seine Stimme.

„Friedhoven, Ihre Schnüffelei widert mich an. Sie hätten wunderbar einfach an meinem Weltruhm teilhaben können. Warum haben Sie nicht schlicht und ergreifend getan, was Ihr Produzent und ich von Ihnen erwartet haben und, ehrlich gesagt, für das gute Geld, das Grube Ihnen zahlen wollte, auch von Ihnen verlangen konnten. Aber nein. Der Herr Friedhoven musste auf eigene Faust handeln. Er musste sich von diesem unverschämten Historiker Klock Flausen in den Kopf setzen lassen. Er musste in irgendwelchen obskuren Archiven herumwühlen. Ja, er musste sogar zu diesen ekelhaften römischen Schwarzröcken fahren, um dort nach einer angeblichen Wahrheit zu graben. Haben Sie allen Ernstes geglaubt, Friedhoven, ich würde gelassen zuschauen, wie Sie mein Lebenswerk zerstören? Für wie dumm halten Sie mich eigentlich? Als ich Sie heute Nachmittag in Tel Aviv abgeholt habe, hatte ich die – zugegeben nur sehr leise – Hoffnung, Sie wären doch noch nicht völlig verbohrt. Aber Ihre aggressiven Auslassungen haben mir gezeigt, was für ein Vollidiot Sie sind. Und für diesen leider nur sehr wahrscheinlichen Fall hatte ich glücklicherweise schon meine Vorkehrungen getroffen. Nun sitzen Sie hier in einer Höhle mitten in der israelischen Wüste und lebend werden Sie und die gute Frau Rabenschlag, der ich dieses schreckliche Schicksal wirklich gerne erspart hätte, hier nicht mehr herauskommen. Ich weiß, Friedhoven, Sie werden jetzt denken, Flor Kapp ist wahnsinnig geworden. Aber da irren Sie sich. Flor Kapp war noch niemals so hellsichtig wie heute. Ich weiß selbst, dass ich mich anhöre wie einer dieser fiesen Bösewichte in einem James-Bond-Film, der den todgeweihten Agenten 007 kurz vor dem großen finalen Showdown in seine Weltuntergangspläne einweiht. Aber anders als er will ich nicht, dass die Welt untergeht, Friedhoven. Ich will, dass sich die Welt genauso weiterdreht wie bisher. Ich will, dass mich die Welt in allerbester Erinnerung behält. Ich will, dass mein Weltruhm niemals verblasst. Es haben in letzter Zeit ja einige daran zu kratzen versucht. Dieser Professor Klock in der Frankfurter Allgemeinen zum Beispiel oder so ein paar grüne Jungs vom Spiegel. Aber die waren alle nicht so rattenscharf wie Sie, Friedhoven. Die habe ich mit meinen flinken Anwälten schnell wieder zum Schweigen gebracht. Aber Sie mussten ja immer weiter bohren. Sie mussten ja unbedingt bis zur Moskauer Quelle vordringen. Im übertragenen Sinne gemeint. Falls Sie an meiner Metapher diesmal nichts zu mäkeln haben. Denn natürlich: Sie hatten recht, Friedhoven, ich habe mein Material aus Moskau bekommen. Genauer gesagt aus Ostberlin. Aber das ändert nichts an der Wahrheit, dass dieser Pacelli-Papst am Holocaust schuld war. Er allein hatte die Macht, Auschwitz und die Gaskammern zu verhindern. Wäre er wenigstens auf den Bahnsteig gesprungen, als die römischen Juden ins Gas gefahren wurden. Hätte er wenigstens dort Halt gerufen. Aber er tat es nicht. Denn er und seine Kirche sind Judenhasser. Deswegen haben sie keinen Finger gekrümmt. Es mag ja sein, dass in meinem ‚Fels' inzwischen der eine oder andere kleine Punkt überholt ist. Aber das sind Petitessen, Friedhoven, weiter nichts. Und wie hat der gute alte Willi Münzenberg es so schön gesagt? Sie wissen doch, Friedhoven, Münzenberg war ein genialer Propagandist der kommunistischen Sache und seine Lektion Nummer eins war diese: Auf dem Gebiet der Propaganda sind die Halbwahrheiten eine wirksamere Waffe, als es die Wahrheit ist. Und Lektion Nummer zwei: Man ist in dem Moment besiegt, da man sich in die Defensive begibt. Ich habe das im ‚Fels' beherzigt, Friedhoven. Sehr genau sogar. Und die katholische Kirche ist in diesem Kampf von Anfang an in der Defensive gewesen. Und aus der ist sie nie wieder herausgekommen. Bis heute nicht. Dumm gelaufen, würde ich sagen.

Zu diesem Thema hätten Sie viel von mir lernen können, Herr Drehbuchautor. Doch Sie wollten ja nicht. Sie haben sich lieber auf die andere Seite der Barrikade gestellt. Ihr Pech, Friedhoven. Was denken Sie jetzt? Was geht in Ihrem Kopf jetzt vor? Vielleicht der bei den Papisten so überaus beliebte Satz vom Windhauch? Ich kenne ihn auch, Verehrtester. Ich kann ihn sogar auswendig: Windhauch, Windhauch. Das ist alles Windhauch. Welchen Vorteil hat der Mensch von all seinem Besitz, für den er sich anstrengt unter der Sonne? Die Bibel, nicht wahr. In der für manche Leute die Wahrheit steht. Aber welche Wahrheit? Was ist überhaupt Wahrheit? Kennen Sie die Wahrheit, Friedhoven? Und wenn? Was nützt sie Ihnen? Sie hocken hier isoliert von aller Welt. Kein Mensch wird Ihnen irgendwas glauben. Na ja, fast keiner. Aber niemand kauft Ihnen Ihre Geschichte ab. Als Drehbuchautor sind Sie erledigt. Aber Sie haben es ja nicht anders gewollt. Doch jetzt muss ich leider Schluss machen. Wassili wartet unten im Auto bestimmt schon ungeduldig auf mich, denn wir wollen dieses schöne Land so schnell wie möglich wieder verlassen. Sie beide aber werden in dieser Höhle bleiben. Sie werden hier elend zugrunde gehen. Vielleicht halten Sie ja 40 Tage ohne Wasser und Brot durch, wie Ihr neuer Freund Jesus. Vielleicht kommt sogar Satan persönlich vorbei, um Sie in Versuchung zu führen. Falls er das tun sollte, Friedhoven, falls er Ihnen die Reiche der Welt zu Füßen legt, wenn Sie dafür schwören, seinen schwefligen Arsch zu küssen, dann grüßen Sie ihn von mir und vor allem, Friedhoven, spielen Sie nicht wieder den Tugendapostel! Wenn Luzifer Ihnen die Hand reicht, dann schlagen Sie ein. Auch wenn er, wie bei dem dunklen Herrn üblich,

Ihre blutige Unterschrift will – und Ihre Seele natürlich. Aber auch die ist nur Windhauch, Friedhoven. Alles ist Windhauch. So, damit möchte ich mich endgültig von Ihnen verabschieden. Frau Rabenschlag, Herr Friedhoven, ich hoffe, Sie haben Ihr Leben bis hierher genossen."

Das Licht der Taschenlampe erlischt und wieder höre ich Kapps leises verrücktes Lachen. In diesem Moment knallt es ohrenbetäubend, ein glühender Blitz zischt an mir vorbei und taucht die Höhle in gleißendes Licht. Reflexartig schließe ich meine Augen, und als ich vorsichtig unter den Lidern hervorblinzle, sehe ich, wie Antonio Farina seinen Kopf in Flor Kapps Magen rammt und beide zu Boden stürzen. Dabei jault Kapp wie ein Tier laut auf und schreit Wassilis Namen. Aber da hockt unser italienischer Freund schon auf ihm, dreht ihm die Arme auf den Rücken und bindet seine Hände fest zusammen.

***

„Im Todesjahr des Königs Usija sah ich den Herrn. Er saß auf einem hohen und erhabenen Thron. Der Saum seines Gewandes füllte den Tempel aus. Seraphim standen über ihm. Jeder hatte sechs Flügel: Mit zwei Flügeln bedeckten sie ihr Gesicht, mit zwei bedeckten sie ihre Füße, und mit zwei flogen sie. Sie riefen einander zu: Heilig, heilig, heilig ist der Herr der Heere. Von seiner Herrlichkeit ist die ganze Erde erfüllt!"

Margarete und ich starren Antonio Farina verständnislos an. Doch er hebt lächelnd sein Glas und prostet uns zu: „Da guckt ihr, was. Ich habe nur zitiert, was das Relief an der Fassade unseres Hotels in aller Größe abbildet: nämlich einen Spruch des Propheten Jesaja. Aber vermutlich habt ihr das gute Stück noch gar nicht bemerkt."

Farina hat recht. Das haben wir nicht. Als wir kurz vor Mitternacht im YMCA ankamen, war der schlanke hohe Turm – mit Glocken, wie ich später erfuhr – zwar nicht zu übersehen, doch nachdem unser Taxifahrer seinen alten Mercedes ohne Rücksicht auf Verluste über die Kreuzung King George und Jaffa Road gejagt, dann weiter nach Süden gefahren und vor dem riesigen Kasten des King David Hotels scharf gebremst hatte, dachte ich sofort: Wer soll das bezahlen? Denn das King David konnten sich früher nur Leute wie Winston Churchill oder Haile Selassie leisten, heute steigen dort Mick Jagger oder Paul McCartney ab – aber das wusste unser Lebensretter Farina auch und führte uns deshalb dann doch nicht in die erlesene Nobelherberge, sondern gleich gegenüber ins YMCA, und in diesem Moment habe ich das fünf Meter hohe Relief, auf das Farina in der Hotelbar jetzt so kenntnisreich anspielt, in der Tat nicht besonders beachtet. Wer nicht einmal drei Stunden zuvor aus den Klauen eines wahnsinnigen deutschen Dramatikers befreit worden ist, der ist noch nicht unbedingt reif für Israels Propheten. Aber, Hand aufs Herz, wann ist man eigentlich reif dafür?

„Hallo! Adrian Friedhoven! Wir haben L'chajim gesagt!"

Diesmal ist es Margarete, die mich aus meinen Gedanken reißt. Nur wie durch einen Schleier habe ich wahrgenommen, dass meine Freundin unsere Gläser noch einmal mit viel Arak und wenig Wasser gefüllt hat. Ich habe schon immer vermutet, dass Frauen Stresssituationen besser wegstecken als Männer. Margarete Rabenschlag ist der sehr lebendige Beweis dafür.

Und L'chajim, dieser hebräische Trinkspruch, passt in dieser Nacht in Jerusalem besonders gut. Denn er heißt übersetzt: ‚zum Leben'. Margarete und ich sind wieder einmal zum Leben zurückgekehrt. Wie oft eigentlich schon in den vergangenen acht Tagen? Und wieder ist es Antonio Farina gewesen, der uns beschützt und gerettet hat.

Nachdem er in seinem Taxi auf dem Weg nach Jerusalem an uns vorbeigefahren war, hatte Farina seinen Fahrer etwa 10 Kilometer entfernt auf einem Rastplatz so lange warten lassen, bis unser ZIL nach etwa einer Viertelstunde wieder aufgetaucht war.

Farina folgte uns und merkte sofort, dass irgendetwas nicht stimmte. Denn diesmal saßen Kapp und der Russe gemeinsam vorn, während Margarete und ich weit zurückgelehnt im Fond zu schlafen schienen. Da Farina unser scheinbar unabwendbares Bedürfnis, in Kapps Wagen ein sorgloses Nickerchen zu machen, ziemlich spanisch vorkam, klingelten bei dem Ex-Polizisten sofort alle Alarmglocken. Als dann der ZIL nicht nach Jerusalem hineinfuhr, sondern darüber hinaus und dann auf der Fernstraße Nummer 1 immer weiter nach Osten, schwante ihm Übles. Zum Glück war sein Taxifahrer ein ehemaliger Soldat der israelischen Armee und alles andere als ängstlich. Im Gegenteil, denn ohne Moni, wie er sich nennt, hätte sich unsere Befreiungsaktion gar nicht bewerkstelligen lassen.

Als der ZIL dann doch nicht über den Jordan wollte, wie Farina und Moni befürchtet hatten, sondern nach

Süden zum Toten Meer abbog, hatten beide einmal kurz den Eindruck, als hätte Kapp bemerkt, dass er verfolgt würde. Sie überholten deshalb, als der ZIL seine Fahrt verlangsamte, und offenbar beruhigte das unsere Entführer wieder. Inzwischen waren sie auf der Fernstraße 90 kurz hinter Kalya Beach und sahen im Rückspiegel, wie das Russenauto in eine Nebenstraße abbog, die entweder zum Qumran Nationalpark oder ins Dorf Kalya führte. Sie wendeten und nahmen die Verfolgung vorsichtig wieder auf.

Da um diese frühe Abendstunde niemand mehr nach Qumran fuhr, zeigte eine weithin sichtbare Staubwolke an, dass der ZIL auf eine alte Wüstenpiste gefahren war und – vom Hauptweg aus nicht mehr sichtbar – irgendwo dort auch gestoppt hatte. Farina bat Moni ebenfalls anzuhalten. Doch was sollten sie jetzt tun? Farina hatte sein Stilett, mit dem er in Zürich den Auftragsmörder der Mafia ins Jenseits befördert hatte, in Hamburg gelassen. Damit wäre er nicht ins Flugzeug gekommen. Zum Glück hatte der Israeli, dessen alter Mercedes vor nicht allzu langer Zeit mitten in der Wüste liegen geblieben war, für einen solchen Fall jetzt immer eine Signalpistole und Leuchtmunition dabei. Damit ausgerüstet, schlichen die beiden neuen Partner sich an.

Als sie beim ZIL ankamen, war es bereits dunkel geworden und niemand zu sehen. Sie horchten in die Wüstenstille hinein. Schon wollten sie weitersuchen, als sie bemerkten, wie Wassili zum Wagen zurückkehrte. Obwohl der Russe ein durchtrainierter und nicht kampfunerfahrener Mann war, lag das Überraschungsmoment auf ihrer Seite. Mit zwei harten Schlägen an die richtigen Stellen war Kapps Chauffeur außer Gefecht gesetzt. Aus alter Gewohnheit hatte Farina einige von diesen speziellen Kunststoffarmbändern dabei, wie sie auch für VIP-Empfänge benutzt werden. Damit wurde der ohnmächtige Wassili gefesselt und der Obhut von Moni übergeben.

Farina hatte gesehen, woher der Russe gekommen war, und als er sich zur Höhle schlich, konnte er noch hören, wie Kapp uns zum Teufel wünschte. Auch wenn es nur schwach war, das Licht von Kapps Taschenlampe genügte Farina, um die Situation in der Höhle überblicken zu können. Er nahm zwar an, dass Kapp nicht bewaffnet war, wollte aber, für den Fall der Fälle, auf Nummer sicher gehen. Deshalb schoss er, als Kapp sich zum Ausgang wendete, seine Leuchtpistole ab und kurz darauf war auch der weltberühmte „Fels"-Autor in seiner Gewalt.

Farina befreite Margarete und mich von unseren Fesseln und zusammen mit Kapp, dem seine Redelust offenbar vergangen war und der nur dumpf vor sich hinstierte, machten wir uns auf den Weg hinunter zum ZIL. Doch noch bevor wir dort ankamen, hatte es Kapp, dessen Hände von Farina auf dem Rücken zusammengebunden worden waren, irgendwie doch geschafft, diese Plastikdinger aufzubekommen. Jedenfalls rannte er plötzlich davon. Schon nach wenigen Schritten war er hinter einem Felsen außer Sicht.

Mit Hilfe seiner Taschenlampe haben wir Kapp dann noch eine Weile gesucht. Aber ihm war es gelungen, einen Berg zu erreichen, der mit Höhlen geradezu gespickt war. Zwar musste er sich in irgendeiner davon versteckt haben, aber wir hatten nicht den Nerv, nach ihm jetzt systematisch zu suchen. Das konnte für uns die israelische Polizei tun, die wir auf dem Rückweg im Gästehaus von Kalya Beach anriefen und der wir Wassili mitsamt seinem ZIL übergaben. Zu unserem Glück war Moni ein für die beiden jungen Polizisten glaubwürdiger Zeuge. Ohne ihn hätten sie uns vermutlich nicht so schnell laufen lassen. So durften wir bald nach Jerusalem zurück, wo wir uns am nächsten Tag im Polizeipräsidium melden sollten. Sicherheitshalber steckte man unsere Reisepässe als Pfand ein. Ohne Pass würden wir das Land nicht mehr verlassen können.

Unser guter Engel Moni fuhr uns dann noch in die King David Street. Er war zwar enttäuscht, uns nicht im ersten Haus am Platz absetzen zu können. Aber ein reichliches Trinkgeld hat er auch so von uns bekommen. Die Einladung zur nächtlichen Rettungsfeier schlug er allerdings aus. Er wollte so schnell wie möglich zu Frau und Kind nach Tel Aviv zurück.

18. Mai

Am nächsten Morgen sehen wir uns alle drei schon um acht Uhr wieder. Trotz Arak hat keiner von uns besonders gut geschlafen. Denn uns steht immer noch die finale Abrechnung mit dem Mafiapaten bevor, und bei allem Respekt vor Kapps virtuosem Elan, uns loswerden zu wollen, die „ehrenwerte Gesellschaft" agiert dann doch in einer anderen Spielklasse. Der Dramatiker ist offensichtlich durchgedreht, als er durch meine Recherchen seinen Weltruhm dahinschwinden sah. Künstler sind an diesem Punkt bekanntlich sehr empfindlich und leicht reizbar. Aber wir sind noch einmal davongekommen, und nun erwarten wir Farinas Kollegin

Johanna Schober, mit der wir die Falle für den römischen Todesboten aufbauen wollen. Antonio hatte noch in der Nacht einen Anruf von ihr erhalten. Sie würde im Laufe des Tages in Jerusalem sein. Bis dahin ist noch etwas Zeit und wir beschließen, einen Stadtbummel zu machen. Außerdem müssen wir uns bei der Polizei melden, um dort die Kapp-Geschichte zu Ende zu bringen und hoffentlich unsere Pässe zurückzubekommen. Nur mit Mühe haben wir gestern Nacht den Portier des YMCA davon überzeugen können, erst einmal mit unseren deutschen Personalausweisen und Farinas Kreditkarte vorlieb zu nehmen.

Wir nehmen den 99er-Bus und fahren damit Richtung Altstadt. Doch schon am Jaffator, nur eine Station weiter, steigen wir wieder aus. Ich bin schon zweimal in Jerusalem gewesen und jedes Mal lange durch die verwirrende Altstadt gebummelt. Aber noch niemals bin ich auf der alten Stadtmauer entlangspaziert. Doch das ist möglich. Man muss nur am Jaffator einen geringen Obolus entrichten, dann darf man durch eine schmale Gittertür schlüpfen und über sehr steile Stufen geht es hinauf. Die Sache lohnt sich. Wenn man sich auf der erhöhten Plattform des alten Binderturms an das Durcheinander von Kuppeln, Türmen und Gassen gewöhnt hat, kann man sich einen Überblick verschaffen, der zu ebener Erde nicht möglich ist.

Nachdem wir zahlreiche steile Stiegen passiert haben, kommen wir nach einer guten Stunde durchgeschwitzt am Stephanstor an. Von dort kann man wieder auf die Straße zurückkehren und direkt vor einem liegt die Via Dolorosa. Diese weltberühmte Straße führt zum Jaffator zurück, und weil Freitag ist, sehen wir zahlreiche christliche Pilger, die, ausgerüstet mit Holzkreuzen, eine fromme Imitatio Christi praktizieren.

Inzwischen ist es höchste Zeit für unsere Vorladung geworden. Im Polizeipräsidium hat man uns offenbar schon erwartet. Ein Uniformierter führt uns in das Büro eines hohen Beamten, dessen genauer Rang mir allerdings bis zum Schluss unklar bleibt – und wohl auch bleiben soll. Der Mann stellt sich uns als Daniel Sznaider vor, spricht nach kurzem Zögern fließend Deutsch mit uns und gibt offen zu, unsere Geschichte zunächst für eine durchgeknallte Räuberklamotte gehalten zu haben, hinter der irgendetwas anderes stecken musste.

Aber nachdem Saidmann, so heißt Kapps Chauffeur Wassili nämlich mit Nachnamen, unsere Entführung gestanden hat, ist die Sachlage für Sznaider eine komplett andere geworden. Zunächst hatte Saidmann alles abgestritten und behauptet, dass wir ihn überfallen hätten. Aber weil er natürlich nicht erklären konnte, warum wir ihn dann zur Polizei gebracht haben, rückte er schließlich mit der Wahrheit heraus.

Saidmann stammt aus Zchinwali. Keiner von uns hat je von dieser Stadt gehört. Aber Sznaider klärt uns auf: Zchinwali ist die Hauptstadt von Südossetien, also jenes Gebiet, um das sich Russland und Georgien seit Ende der 1990er-Jahre streiten. Saidmann wurde dort 1980 als Sohn angeblich jüdischer Eltern geboren. In Israel lebt er erst seit acht Wochen. Sznaider kündigt uns an, dass er jetzt überprüfen wolle, ob Wassili Saidmann tatsächlich Jude ist. Möglicherweise gehört das zur Legende des Mannes, dessen Job für Flor Kapp nur ein kleines Nebengeschäft sein sollte. Mehr will der israelische Beamte uns nicht verraten.

Wie mir schon bald nach unserem Eintritt auffällt, findet Margarete sofort Gefallen an Daniel Sznaider. Sein markantes Gesicht mit dem kräftigen Kinn, dazu seine breiten Schultern und der durchtrainierte Körper machen offenbar Eindruck auf sie. Ich spüre, wie Eifersucht in mir hochkriecht und nachdem Sznaider uns unsere Pässe zurückgegeben hat, stehe ich auf, um aus diesem Büro so schnell wie möglich wieder herauszukommen.

Doch da macht mir Margarete einen Strich durch die Rechnung: „Sie haben uns aber noch gar nicht erzählt, ob Ihre Leute inzwischen Flor Kapp gefunden haben."

„Leider nein", antwortet Sznaider mit einem entschuldigenden Lächeln. „Sie wissen selbst, die Wüste hier bei uns ist recht weitläufig, und in der Gegend um Qumran sind sehr viele Höhlen. Wir können sie unmöglich alle absuchen. Außerdem hatte Kapp die ganze Nacht Zeit. Wenn er gut zu Fuß ist, dann kann er am Morgen schon ganz woanders sein. Natürlich werden wir an unseren Grenzen ein wachsames Auge haben. Kapps Foto war im Internet leicht zu finden und müsste inzwischen allen Grenzposten bekannt sein. Aber wenn er zu den Palästinensern hinüber ist, dann ist er für uns so gut wie verloren."

„Aber was werden die mit ihm machen?", Margarete lässt nicht locker. Sie wirft mir sogar einen schnellen Blick zu, der mir zeigt, dass sie genau weiß, dass ich vor Eifersucht fast vergehe.

„Nun, ganz sicher liefern sie ihn nicht an uns aus. Das steht schon mal fest. Aber wenn Kapp wirklich so gute Beziehungen nach Moskau hat, wie wir vermuten, dann versucht er vielleicht mit deren Hilfe weiterzukommen. Aber das ist alles Spekulation."

***

„Darf ich euch meine Kollegin Johanna Schober vorstellen?“ Farina strahlt auf eine Art, die ich bisher noch nicht an ihm gesehen habe, und schiebt mit einer eleganten Geste eine schmalhüftige Blondine an unseren Tisch, deren Beine bis hinauf zu den Ohren zu reichen scheinen. In ihrem wirklich überall eng anliegenden schwarzen Kleid hat sie schon beim Hereinkommen die Blicke aller männlichen Gäste unruhig flackern und den Hormonspiegel im Dolphin Jam anschwellen lassen. Als sie berückend lasziv ihre Jeansjacke auszieht und ein Paar schwanenweißer Arme bis zu den Schultern entblößt, steigt die Testosteronkurve im Restaurant steil nach oben.

„Das soll eine Polizistin sein“, denke ich. Denn die Frau erinnert sicher nicht nur mich an Rita Hayworth in „Gilda“, und natürlich besonders an jene unvergessliche Filmszene, in der sie als Tänzerin in einem Nachtclub langsam einen langen schwarzen Handschuh auszieht – und ich wäre bei diesem fulminanten Auftritt mitten in einem netten, aber nicht sonderlich exklusiven Jerusalemer Fischlokal nicht verwundert gewesen, wenn Johanna Schober wie einst die Hayworth „Put the blame on mame, boys“ gesungen hätte. Ihr dänischer Akzent hätte die Wirkung vermutlich sogar noch erhöht. Denn Johanna Schober wurde in Kopenhagen geboren, und schon bei der gegenseitigen Vorstellung fordert sie uns auf, sie zu duzen. Weil das bei Dänen so üblich sei.

Antonio Farina jedenfalls ist von seiner Kollegin bereits fest an die Angel genommen. Das kann man schon allein daran erkennen, dass Farina die auch nach Minuten immer noch gierig zu uns hinüberstarrenden anderen Männer mit einem eisigen Rundumblick zum vorläufigen Rückzug zwingt und die Jungs sich resigniert wieder ihren, je nach Temperament, beleidigten oder belustigten Begleiterinnen zuwenden.

***

Den Tipp, gerade hier zu Abend zu essen, hat uns Daniel Sznaider gegeben. Margarete ist von seinem Vorschlag sofort hell entzückt gewesen. Ich rechne also fest damit, dass auch noch der Mossadmann heute Abend hier auftauchen wird. Mossadmann deshalb, weil mein Instinkt mir sagt, dass Sznaider kein gewöhnlicher Polizist ist, sondern für den israelischen Geheimdienst arbeitet und mir leider sonnenklar ist, dass er Margarete weiter den Hof machen möchte. In beiden Punkten sollte ich mich nicht getäuscht haben. Gerade als wir etwas ratlos die reichhaltige Speisekarte studieren, tritt Sznaider an unseren Tisch.

„Wenn hier keiner etwas dagegen hat, dann werde ich für uns alle ein Menü zusammenstellen, an das alle noch lange denken werden – und selbstverständlich sind Sie alle vier meine Gäste."

„Oh, wunderbar! Ich bin dafür. Dany soll für uns aussuchen. Ich meine für mich auf jeden Fall", Margarete errötet jetzt sogar. Was ich bei ihr noch nie erlebt habe. Offensichtlich ist sie nicht mehr zu bremsen.

„Wieso eigentlich Dany?", denke ich und habe das sehr bittere Gefühl, als würde die helle Flamme, die in mir nun schon lange Jahre für Margarete brennt, noch am selben Abend für immer verlöschen. Wie zu Mittag auf dem Polizeirevier möchte ich wieder rebellisch dagegen ankämpfen. Doch dann gebe ich auf und stemme mich nicht mehr gegen mein offensichtliches Schicksal, meine alte Liebe hier und heute an einen Israeli zu verlieren. Ich ziehe mich in ein inneres Mauseloch zurück und nehme am Rest des Abends nur noch rein körperlich teil.

Das von Sznaider bestellte Menü ist selbstverständlich umwerfend. Als mir eine Fischgräte im Halse stecken bleibt und mich eine gefühlte Stunde quält, bis sie endlich, in viel Brot eingewickelt, ihren Weg fortsetzt, findet Margarete das ein Moment lang nur saukomisch und dann interessiert es sie nicht mehr. Sie lässt sich von Dany entweder mit einem der aufgefahrenen Leckerbissen füttern – besonders die Shrimps in Sahnesauce mit gegrillten Calamari haben es ihr angetan – oder mit Anekdoten aus Jerusalem, von denen Sznaider einen unerschöpflichen Vorrat in seinem markanten Schädel abgelagert zu haben scheint. Antonio Farina und Johanna Schober turteln ebenfalls emsig. Ich bin zum fünften Rad am Wagen geworden.

Aber nicht nur Daniel Sznaider ist zum Plaudern aufgelegt. Auch Johanna Schober kommt immer mehr in Fahrt. Wir surfen eine Weile auf diversen Zeitgeistoberflächen herum. Bis eher zufällig das Thema der Tod der Eltern an die Reihe kommt. Ich glaube sogar, Sznaider hat es aufgebracht. Dabei stellt sich heraus, dass Johannas Eltern bereits tot sind.

„Oh, das tut mir leid. Aber du bist doch noch in den Zwanzigern. Warst du eine Nachzüglerin?“, verpackt Farina sein Kompliment in eine Frage, die vermutlich seine sensible Natur betonen soll.

„Nein“, lacht Johanna, „eine Nachzüglerin bin

ich nicht – und auch schon zu lange jenseits der dreißig."

„Aber das sind wir hier doch alle – und ich finde das nicht besonders besorgniserregend!", verkündet Margarete Rabenschlag für meinen Geschmack eine Spur zu laut. „Bitte, Ihr Lieben, lasst uns heute Abend nicht von den Toten sprechen. L'chajim!" Sie hebt demonstrativ ihr Glas. Doch diesmal bliebt ihr Toast in der Luft hängen.

„Ja, aber, wie dann, Johanna?", Farina lässt merkwürdigerweise nicht locker.

Jetzt schauen wir drei Männer die Schober interessiert an. Nur Margarete zieht eine Schnute und trinkt trotzig ihr Glas leer.

„Es war ein Verkehrsunfall", sagt Johanna sehr leise.

„Oh, das tut mir leid", sagt wieder Farina, und ich habe den Eindruck, als würde sein schönes römisches Profil für eine Sekunde von einem dunklen Schatten gestreift. Auch Johanna Schober scheint das bemerkt zu haben. Wie auf ein geheimes Zeichen verstummen wir alle.

Aus dieser merkwürdigen Stille heraus schaut unser israelischer Gastgeber Johanna Schober ernst an und meint dann mit einem spürbaren Zögern, als wäre er nicht sicher, ob das jetzt wirklich hierhergehört: „Nein, Johanna, eigentlich war es kein Unfall. Es war Mord. Doppelmord."

Ich muss gestehen, dass ich den Mann jetzt am liebsten innig umarmt hätte. Denn natürlich ist mir die ausgelassene Partylaune, die bis eben an unserem Tisch vor allem von Margarete forciert worden war, enorm auf den Keks gegangen. Zwar war Mord – besonders in unserer Situation, immerhin warteten wir auf unseren Auftragsmörder – kein sonderlich anheimelndes Thema. Aber dieses Trallala und Geturtel auch nicht; wenigstens nicht für mich.

„Ich will hier die Stimmung nicht verderben“, sagt Daniel Sznaider, „aber immerhin sind hier drei Polizisten am Tisch.“ Bei dem letzten Satz wirft Sznaider Antonio Farina einen raschen, aber freundlichen Blick zu. Doch der zuckt mit keiner Wimper und tut so, als hätte er Sznaiders Bemerkung gar nicht gehört.

„Sieh mal an“, denke ich, „das also hat der Mossad auch schon rausgekriegt. Vielleicht sitzt Sznaider ja nicht nur rein privat hier mit uns zusammen.“ Und in mir keimt die leise Hoffnung, dass auch sein heftiger Flirt mit Margarete möglicherweise einen dienstlichen Hintergrund haben könnte – um aber gleich danach in einen knallharten Realismus umzuschlagen. Warum sollte er das Nützliche nicht mit dem Angenehmen verbinden? Wozu ist er ein Mann?

Johanna Schober steckt die unerwartete Enthüllung scheinbar weg wie nichts. Allerdings wirkt ihr bis dahin herrlicher blasser Teint zwei, drei Sekunden lang fahl, und die schöne Dänin sieht aus wie eine billige Gipsfigur. Doch bewundernswert schnell ist sie wieder tipptopp.

„Du hast recht, Dany“, Johanna kann nicht nur Farina kokette Blicke zuwerfen, „aber ich möchte daraus heute Abend keine große Geschichte machen. Es erstaunt mich auch nicht, dass ein Mann wie du, selbst hier in Israel, von meinem Fall gehört hat. Schließlich ist er vor drei Jahren in der Yellow Press von ganz Europa breitgetreten worden.“

Daniel Sznaider überhört die Spitze und sagt nur kühl: „Ja, die Lentini-Geschichte hat ziemlich viel Staub aufgewirbelt. Sogar hier im Nahen Osten."

Jetzt macht Farina große Augen: „Ich weiß, wovon ihr sprecht. Verstehe aber nicht, was Johanna damit zu tun hat. Lentini war doch Italiener."

Jetzt lenkt Johanna die Gewalt ihres Augenspiels wieder auf Farina: „Giacomo Lentini war Sizilianer – und er war mein Vater."

„Aber hast du uns nicht erzählt, du bist in Kopenhagen geboren – und außerdem: dein Akzent."

Mir ist die Vertiefung des Themas hochwillkommen.

„Ja. Ich bin in Dänemark geboren. Allerdings nicht in der Hauptstadt, sondern auf der Halbinsel Schelde ganz unten im Süden. Das ist eigentlich fast schon in Deutschland. Meine Mutter ist Dänin. Ihr Mädchenname war Schober. Mein Vater wurde in einem sizilianischen Dorf geboren und ist nach Dänemark ausgewandert. Aus Liebe zu meiner Mutter Friederike, wie mir beide immer erzählt haben. Nach dem Doppelmord erfuhr ich, dass er als junger Mann wegen einer Mafiageschichte aus Sizilien fliehen musste. Er hat mich auch immer Gianna genannt: Gianna Lentini, das war damals mein Name. Als alles vorbei war, habe ich, auch wegen der Yellow Press, den Mädchennamen meiner Mutter angenommen. Aber jetzt genug davon. Wir haben lange nicht L'chajim gesagt." Alle heben stumm ihr Glas und prosten Johanna zu. Auch Daniel Sznaider.

„Auf das Leben!", sagt Farina. „Auf unser aller Leben!" Jetzt ist der dunkle Schatten wieder da. Doch dann sieht ihm Johanna tief in die Augen und lächelt so verheißungsvoll, dass Farinas Schatten wegschmilzt wie ein Eiswürfel auf den Golanhöhen.

„Ein letztes Wort dazu, wenn ich darf", Sznaider hakt tatsächlich noch einmal nach: „Wenn ich mich recht erinnere, dann war der Doppelmord an den beiden Lentinis tatsächlich ein Racheakt. Sizilianer haben bekanntlich ein fast so langes Gedächtnis wie wir Juden. Bei dieser Vendetta ist der gesamte Lentini-Clan ausgelöscht worden. Warum bist du am Leben geblieben?"

„Vielleicht weil ich ein Mädchen bin?"

Sznaider schweigt, tut aber so, als erwarte er eine weitere Antwort. Da springt Farina für Johanna in die Bresche: „Genug ist genug, lieber Kollege", natürlich hat er Sznaiders Bemerkung mit den drei Polizisten mitbekommen, „ich bin durchaus bereit, Ihnen morgen oder wann auch immer das Prinzip der sizilianischen Blutrache zu erläutern. Aber für heute wollen wir wirklich damit aufhören. Außerdem sollten wir jetzt endlich unser Dessert bestellen."

Sznaider ist rückzugsbereit und prostet Farina lächelnd zu, und mit der gütigen Hilfe eines sehr fruchtigen Chardonnay aus der „Golan Heights Winery" landen die vier sehr bald wieder im fröhlichsten Fahrwasser. Denn ich bin beim Spiel der Geschlechter endgültig zu einer überflüssigen Spezies geworden und gefühlsmäßig zum Aussterben bereit. Ob Darwin das mit der natürlichen Selektion gemeint hat?

Nach Mitternacht sind wir die Letzten im Dolphin Jam, die Kellner gähnen schon unverhohlen, und es überrascht mich nicht, als Margarete vorschlägt, den „furchtbar netten Abend" in der Bar des YMCA mit einem Schlummertrunk zu beschließen. Ich bin seit einer

Stunde so gut wie verstummt und habe enge Freundschaft mit dem hiesigen Arak geschlossen. Daran, dass wir eigentlich nur nach Jerusalem gekommen sind, um Scarabeos Auftragsmörder eine Falle zu stellen, denke an diesem Abend offenbar nur ich allein.

Ins Hotel gehen die beiden neuen Paare mir fröhlich voraus. Daniel Sznaider hat sich bei Margarete eingehakt. Farina und seine Dänin halten sich bereits eng umschlungen. Aus dem einen Schlummertrunk im Hotel werden zwei und als der dritte bestellt werden soll, schwanke ich grußlos zum Fahrstuhl, fahre in den zweiten Stock, schließe meine Zimmertür und starre auf mein leeres Bett. Dieser Tag ist ganz und gar nicht mein Tag gewesen, und ich frage mich, wie das alles hier überhaupt weitergehen soll. Ich weiß nicht, wie lange ich so dumpf sinnierend stehen geblieben bin. Vielleicht sind es nur fünf Minuten gewesen. Vielleicht aber fünf Jahre. Jedenfalls klopft es, und als ich öffne, steht Margarete draußen und lächelt mich an.

„Darf ich?"

„Herein, wenn's kein Schneider ist."

„Ha, ha, ha. Aber du hast ja recht."

„Womit?"

„Ich weiß, dass du heute schwer gelitten hast. Ich weiß auch, dass ich heute wohl etwas zu weit gegangen bin. Ich weiß allerdings nicht, welcher Teufel mich da geritten hat. Vermutlich wollte ich bloß mal sehen, ob du auch eifersüchtig sein kannst."

„Und?"

„Und was?"

„Hast du's gesehen?"

„Ja, Adrian."

„Und bist du jetzt zufrieden? Ist es das, was du mir mitteilen möchtest, bevor du auf dein Zimmer gehst, wo dein Dany bestimmt schon sehnsüchtig auf dich wartet?“

„Daniel Sznaider ist schon längst nicht mehr im Hotel.“

„Ach! Wie das? Hat er dir einen Korb gegeben. Kommst du deshalb zu mir?“

„Sei jetzt bitte nicht kindisch. Darum geht es doch gar nicht.“

„Und worum geht es?“

„Liebst du mich, Adrian?“

Ich schlucke und bin versucht, der Liebe meines Lebens eine schallende Ohrfeige zu geben. Doch ein gütiger Engel bewahrt mich davor.

„Ja.“

„Und gilt dein Heiratsantrag von neulich noch?”

„Warum fragst du das?“

„Bitte beantworte jetzt genau meine Frage: Gilt dein Antrag noch?“

„Ja, er gilt noch.“

„Dann möchte ich ihn hiermit in aller Form annehmen.“

19. Mai

Als ich am nächsten Morgen aufwache, sehe ich gerade noch, wie Margarete aus dem Zimmer schlüpft. Auf ihrem Kopfkissen liegt eine Ansichtskarte mit einem Foto vom schlanken Turm des YMCA. Auf die Rückseite hat meine zukünftige Ehefrau, die unsere allererste Nacht in einem gemeinsamen Bett offenbar sehr gut überstanden hat, nur drei Worte gekritzelt: „Bin beim

Sport!“ Gleich daneben ist auf der Karte jene offenbar berühmte Widmung gedruckt, die Field Marshal Edmund Lord Allenby am 18. April 1933 für die Nachwelt im Gästebuch des Hotels hinterlassen hatte: „Here is a place whose atmosphere is peace.“ Ein schönes Zitat. Doch für uns sollte es an diesem Tag nichts weiter sein als ein Satz auf einem kleinen Stückchen Papier.

Ich quäle mich langsam aus dem Bett und beschließe trotz Brummschädel, mir gegenüber Margarete keine Blöße zu geben und wenigstens kurz aufs Laufband zu gehen. Als ich schon auf dem Flur bin, klingelt mein Zimmertelefon. Am anderen Ende ist Rita Farina. Sie fragt mich aufgeregt, ob ich wüsste, wo ihr Mann sei. Bei seinem Mobiltelefon melde sich nur die Mailbox und auf dem Zimmer gehe er nicht an den Apparat. Nach allem, was gestern Abend im Fischrestaurant und dann noch hier in der Bar abgelaufen war, habe ich keine Zweifel, dass Farina die vergangene Nacht mit Johanna Schober verbracht und auch jetzt am Morgen etwas Besseres zu tun hat, als ans Telefon zu gehen. Aber das möchte ich seiner Ehefrau gegenüber natürlich nicht erwähnen.

„Vielleicht ist er nur unter der Dusche und hört dort nichts.“

„Ich habe die Durchwahl und versuche es jetzt schon seit einer Viertelstunde.“

„Gut, Rita. Machen Sie sich keine Sorgen. Ich werde ihn im Hotel suchen gehen. Er kann ja nicht weit sein.“

„Ich mache mir keine Sorgen. Jedenfalls nicht mehr. Ich denke, ihr braucht euch alle keine Sorgen mehr zu machen.“

„Ich verstehe nicht. Was ist passiert?"

„Scarabeos Sohn ist heute Nacht in einem Kasino in Mailand erschossen worden. In den Zeitungen steht, er hat dort 250.000 Euro gewonnen. Vermutlich hat das irgendwem nicht gefallen. Jedenfalls ist er jetzt mausetot."

„Das ist ja verrückt. Aber wieso soll das für uns hier Entwarnung bedeuten?"

„Weil auch sein Vater schon in der Hölle schmort."

„Können Sie das noch einmal sagen?"

„Ja. Es stimmt, beide Mafiabosse sind tot. Den Don hat die Polizei heute um sechs in seinem Arbeitszimmer gefunden. Angeblich ein Herzinfarkt. Vielleicht wird man bei ihm das kleine Pflaster am Handgelenk auch übersehen – wie bei Prälat Ansbach."

„Danke, Rita, das sind ja großartige Nachrichten. Ich werde jetzt gleich Ihren Mann suchen. Er wird sich bestimmt bald bei Ihnen melden."

Als ich im ziemlich eleganten Gym ankomme, sitzt Margarete auf einem der Trainingsräder und hat schon ein paar Kilometer auf ihrem Tacho. Sonst ist niemand zu sehen. Als sie mich kommen sieht, steigt sie ab und gibt mir einen langen Kuss auf den Mund. „Wollen wir vor dem Frühstück noch mal zu dir aufs Zimmer? Oder gehen wir lieber zu mir?"

„Schön wär's. Aber wir müssen erst Farina suchen."

„Warum? Meinst du, dem reicht seine Kollegin noch nicht?"

Als ich ihr von der Nachricht aus Rom erzähle, fällt Margarete mir um den Hals und klammert sich fest an mich. „Heißt das, wir haben jetzt alles überstanden?", flüstert sie mir ins Ohr.

„Ich denke schon."
„Das müssen wir jetzt sofort Antonio sagen."
„Ja, sicher. Das meine ich doch. Aber er ist wohl nicht auf seinem Zimmer. Rita hat ihn da jedenfalls nicht erreicht."
„Dann sind er und Johanna vielleicht im Schwimmbad. Du weißt doch: In jeder schönen Dänin steckt eine Wassernixe."
„Du meinst also auch, Johanna und Farina haben heute Nacht …?"
„Sicher. Sie konnten es doch schon bei den Vorspeisen gar nicht mehr erwarten."
Wir fahren mit dem Fahrstuhl zum Swimmingpool hinunter. Zwischen dem Eingang und dem Schwimmbecken ist in einem Halbkreis ein etwa hüfthohes Gitter angebracht. Dort bleiben Margarete und ich stehen und sehen uns um.
„Wieso ist hier niemand?", frage ich Margarete.
„Vielleicht darf man am Schabbat nicht schwimmen. Heute ist Samstag." Sie weiß wie immer bestens Bescheid.
Doch dann sehen wir ganz am anderen Ende des Bades einen Mann und eine Frau. Der Mann liegt auf einer Ruhebank, und die Frau, die sich eben noch über ihn gebeugt hat, dreht sich jetzt zu uns herum. Es ist Johanna Schober. Margarete winkt ihr zu. Wir treten zwei Stufen hinab und gehen ihr auf der uns am nächsten gelegenen linken Beckenseite entgegen. Auch Johanna Schober macht sich jetzt auf der gegenüberliegenden Beckenseite auf den Weg. Sie trägt einen einteiligen schwarzen Badeanzug und ihre Beine sind noch länger als gestern. Antonio Farina auf seiner Bank rührt sich nicht. Mit

einem Mal habe ich ein Gefühl wie in Zürich und das eben noch angenehm temperierte Schwimmbad kommt mir plötzlich eiskalt vor.

Margarete scheint es ähnlich zu gehen. Sie rückt ganz nah an mich heran. Wir verlangsamen instinktiv unsere Schritte. Doch Johanna scheint keine Gefahr zu spüren. Im Gegenteil, sie lächelt uns freundlich zu. Nun stehen wir uns genau gegenüber. Nur vier Bahnen Wasser trennen uns noch.

„Johanna, wir haben gerade eine wunderbare Nachricht bekommen", ruft Margarete ihr mit einer belegten Stimme zu.

Aber Johanna Schober antwortet nicht. Ihr Lächeln ist zu einer Maske erstarrt, und wie aus dem Nichts hat sie jetzt eine kleine Pistole in ihrer Hand und richtet die Waffe auf mich. In diesem Moment höre ich vom Eingang her ein Geräusch, das wie das satte Plopp einer entkorkten Sektflasche klingt. Dann sehe ich Daniel Sznaider und seinen ausgestreckten rechten Arm, dessen tödliches Ende auf Johanna zeigt, dann ein rotes Loch in einer schneeweißen hohen Stirn, dann Johannas aufgerissene grüne Augen und dann fällt die Frau, die mich sogar noch in dieser Sekunde zwischen Leben und Tod so sehr an Rita Hayworth in „Gilda" erinnert, vornüber ins Wasser. Sie ist eine schöne Leiche. Die schönste, die ich in meinem Leben gesehen habe.

***

Eine Stunde später haben Sznaiders Leute die Schwimmhalle des YMCA wieder in eine Idylle verwandelt. Von der toten Johanna Schober ist nichts mehr zu sehen, und in den abgepumpten Pool sprudelt frisches Wasser.

Ihr und Farinas Leichnam sind über einen Hinterausgang des Hotels abtransportiert worden. Die Polizeihauptkommissarin Schober, oder Gianna Lentini, wie sie ja eigentlich hieß, hatte Antonio eine Kugel ins Herz geschossen. In dasselbe Herz, das am Abend zuvor für sie entbrannt war und eine ganze Nacht lang heftig für sie geschlagen hatte.

Nachdem Margarete und ich uns duschen und umziehen konnten, führt uns Daniel Sznaider auf die andere Straßenseite ins King David Hotel. „Diesen Luxus haben wir uns jetzt verdient", meint er. Schon die Halle der altehrwürdigen Nobelherberge, mit ihrer wunderschönen grün-blauen Decke, den herrlichen riesigen Vasen, aus denen, üppig und elegant wie in einem Film von Luchino Visconti, taufrische Blumensträuße quellen, trägt zu meiner Entspannung nicht unwesentlich bei. Und selbst die wichtig und reich aussehenden älteren Herren, die in bequemen lilafarbenen Sesseln im alten englischen Kolonialstil lümmeln und dort mit wesentlich jüngeren Damen plaudern, die aussehen, als wüssten sie vor allem das Reiche und Wichtige besonders zu schätzen, können meinem Nervenkostüm nichts mehr anhaben.

Sznaider bekommt problemlos einen Tisch auf einer Terrasse mit Ausblick. Offenbar weiß man hier genau, wer er ist. Und während wir das üppige Frühstück unberührt lassen, das zwei diskrete Kellner für uns auf den Tisch stellen, erklärt uns Dany, wie auch ich ihn jetzt nennen darf, was in den letzten knapp 48 Stunden passiert ist.

„Als ihr am Donnerstag um 15.00 Uhr in Tel Aviv

gelandet seid, wusste ich schon, dass mit Antonio Farina ein römischer Mafiaspezialist außer Diensten an Bord der Lufthansamaschine aus Frankfurt war. Dass ihr drei zusammen reist, das wusste ich auch. Aber euer Motiv, das kannte ich nicht."

„Sollen wir jetzt fragen, woher Sie das alles wussten, oder sollen wir das besser unterlassen?", ich bin mit dem Dany einverstanden, aber zum Du konnte ich mich trotz Sznaiders Heldentat noch nicht durchringen.

„Frag besser nicht. Ich würde dir doch keine Antwort geben", für Sznaider ist die zweite Person Singular kein Problem.

„Okay", Margarete dehnt das kleine Wort sehr betont in die Länge. In ihrer Stimme liegt eine gewisse Skepsis. Eigentlich liebt sie Geheimnisse. Aber es müssen schon ihre eigenen sein.

„Als Kapp euch am Ben Gurion abholte, war die Sache für uns erst mal erledigt. Ein Drehbuchautor trifft einen Dramatiker. Kein Fall für uns, dachten wir. Aber als ich dann am Abend von eurem sehr merkwürdigen Wüstenabenteuer erfuhr, klingelten bei mir diverse Alarmglocken. Die Kollegen unten in Kalya wollten euch natürlich nicht laufen lassen. Doch das ließ sich regeln, und gestern Mittag seid ihr dann ja auch brav zu mir ins Büro gekommen. Das war schlau von euch. Von Farina hätte ich allerdings auch nichts anderes erwartet. Ihm musste klar sein, dass im Hintergrund einige Drähte heißlaufen. Habt ihr euch über unsere Freizügigkeit nicht gewundert?"

„Eigentlich nicht", meint Margarete. Ich schlucke und schweige. Offenbar bin ich ein naiver Träumer. Denn nach unserer Befreiung aus der Höhle war mir alles ganz folgerichtig und logisch vorgekommen. Von den Fäden im Hintergrund, an denen wir wie Marionetten an der Hand ihres Meisters gehangen hatten, habe ich nie etwas gespürt. Kann man wirklich so dumm sein? Offenbar schon.

„Nun, wie dem auch sei. Kurz nach sieben p.m. traf Gianna Lentini, wie sie für mich von Anfang an hieß, im YMCA ein und wurde dort von Farina im Empfang genommen. Der ließ sie gerade mal ihre Koffer abstellen und bugsierte sie dann zu euch ins Dolphin Jam. Wo ich dann kurz darauf auch eintraf."

„Hattest du denn schon mittags vor, mit uns den Abend zu verbringen?" Noch einmal kurz das uralte Augenspiel wie gestern. Doch dann schaltet Margarete ihre Lichter wieder auf Abblende.

„Ehrlich gesagt, ja, Margarete. Nachdem wir beide uns so unerwartet gut verstanden hatten, schien mir das geradezu eine elegante Lösung zu sein. Ich konnte euch im Auge behalten, hätte mit Glück Neues erfahren – und wegen der Lentini bin ich dann erst recht gekommen."

„Was wusstest du denn von Johanna?", frage ich Sznaider jetzt und schließe mich der allgemeinen Duzerei nun auch an. „Ich meine, du hast uns zwar vorhin auf dem Weg vom Pool aufs Zimmer einige Brocken hingeworfen, aber schlau bin ich daraus nicht geworden."

„Geht mir genauso." Margarete ist bei der Erinnerung an unseren blutigen Morgen am Pool doch wieder etwas unruhig geworden und verschluckt sich an ihrem Mineralwasser. Doch nach ein paar leichten Rückenklopfern, die ich großmütig Dany überlasse, geht es wieder.

„Die Lentini habe ich schon seit einigen Monaten im

Auge. Doch erst seit heute bin ich sicher, dass sie als Auftragsmörderin auf Scarabeos Lohnliste stand."

Margarete und ich starren Sznaider fassungslos an.

„Das ist nicht dein Ernst!", kommt es fast synchron von uns beiden.

„Doch. Leider. Ich verrate euch auch, warum. Ende letzten Jahres sind in Madrid und in Brüssel zwei Männer erschossen worden, mit denen Scarabeo geschäftliche Probleme hatte. Es ging um Waffenhandel. Wir und Interpol wussten davon und beide Hits sind so abgelaufen, dass eigentlich nur jemand mit Interpol-Insiderinformationen der Täter sein konnte."

Sznaider gießt sich Tee nach, den er heute in großen Mengen trinkt, und fährt dann fort: „Meine Kollegen suchten also einen Maulwurf. Aber als ich mehr zufällig herausfand, dass Johanna Schober die einzige Polizistin war, die an beiden Mordtagen dienstlich sowohl in Madrid als auch in Brüssel gewesen war, ließ ich mir eine Kopie ihrer Akte kommen. Dort las ich, dass sie die Tochter von Giacomo Lentini ist. Nun begann ich die Dinge mit klareren Augen zu sehen und versuchte eins und eins zusammenzuzählen. Der Doppelmordfall Lentini war mir bekannt, und ich wusste auch, dass der römische Pate Scarabeo heißt, dass er aus Sizilien stammt und der Auftraggeber der Vendetta in Kopenhagen gewesen war, bei der Giannas Eltern ermordet wurden. Was ihm die italienische Polizei allerdings leider nie nachweisen konnte. Und jetzt fragte ich mich, was ich Gianna oder Johanna gestern Abend auch gefragt habe."

„Warum sie die Vendetta überlebt hat?" Margarete scheint plötzlich zu frösteln, denn sie schiebt unter dem Tisch ihre Hand in meine und diese Hand ist eiskalt.

„Genau. Eigentlich hätte sie keine Überlebenschance gehabt. Es sei denn …“

„Es sei denn, sie machte Scarabeo ein Angebot, das er nicht abschlagen konnte“, platzt es aus mir heraus.

Sznaider lächelt mich an: „Jetzt kommt der Drehbuchautor wieder zum Vorschein. Aber so wird es wohl gewesen sein. Irgendwie scheint sie es geschafft zu haben, Scarabeo klarzumachen, dass sie für ihn lebend wertvoller ist als tot.“

„Hat sie ihm ihr Angebot vor oder nach dem Doppelmord an ihren Eltern unterbreitet?“

„Eine sehr gute Frage, Adrian“, Sznaider lächelt jetzt nicht mehr und schaut mich ganz anders an als bisher, „das entscheidet nicht alles, aber vieles, nicht wahr?“

„Darfst du sie uns beantworten?“

„Ja. Warum nicht? Also ich bin ziemlich sicher, dass die Lentini ihr Angebot vor dem Doppelmord abgegeben hat.“

„Dann hat sie ihre eigenen Eltern verraten?“, Margaretes Stimme klingt schroff und empört.

„Ich würde nicht sagen verraten. Geopfert ist vielleicht das bessere Wort.“

„Aber wie konnte sie? Das ist doch schrecklich.“

„Sicher, schrecklich ist es. Aber man kann es auch so sehen: Sie wusste sehr viel über diese Vendetta, die da schon lange lief und deretwegen ihr Vater aus Sizilien weit weg nach Dänemark geflohen war. Auch Lentini selbst musste immer gewusst haben, dass sie ihn irgendwann erwischen würden. Diese Leute geben ja nie auf. Durch ihre exzellente Polizeiarbeit, die Johanna Schober sehr schnell für besondere Aufgaben bei Interpol empfahl, hat sie wohl irgendwann mitbekommen, dass

Scarabeo ihrem Vater auf der Spur war. Dann hat sie mit dem potenziellen Mörder ihrer Eltern Kontakt aufgenommen und mit ihm verhandelt. Dabei wird sie sicher versucht haben, das Leben aller zu retten, und hat als Gegenleistung dafür dem Paten gewisse wertvolle Dienste angeboten. Scarabeo hat dann ihr Angebot angenommen, aber zu seinen Gunsten modifiziert. Denn nach ihrem Teufelspakt war sie völlig in seiner Hand. Sie ist dann nicht nur seine Informantin geworden, sondern sein bestes Pferd im Stall. Er selbst hat ihr den Decknamen Salino gegeben."

„So heißt die Auftragsmörderin in dem Film ‚Der Clou'. Selbst nach niederschmetternden Auskünften wie diesen funktioniert mein altes Filmgedächtnis noch recht gut." Margarete gibt dazu nur ein missbilligendes Schnaufen von sich.

„Du meinst diese Gangsterkomödie mit Paul Newman und Robert Redford, in der die beiden auf aberwitzige Weise einen eitlen Mafiaboss aufs Kreuz legen?", fragt mich Sznaider.

„Genau den. Da wimmelt es nur so von Auftragsmördern und der Interessanteste ist gar kein Mann, sondern eine dunkelhaarige Schönheit, die Robert Redford umlegen soll und mit der er ironischerweise noch in der Nacht davor ins Bett steigt. Sie nennt sich auch Salino und macht es, wie man lange vorher erfährt, immer auf ihre Weise."

„Ja, jetzt erinnere ich mich. Sie geht am Morgen danach auf einem einsamen Hinterhof von Chicago mit einem hintergründigen Lächeln auf Redford zu, um nach dem Vergnügen ihre Arbeit zu tun und bekommt dann von einem rundlichen Typen, den alle Zuschauer für den Bösen halten, eine Kugel in die Stirn und der ahnungslose Redford schaut danach ziemlich fassungslos aus der Wäsche. Und die Rolle des rundlichen Typen habe diesmal wohl ich übernommen."

„Ihr seid völlig irre!", Margarete schlägt mit der flachen Hand so heftig auf den Tisch, dass die Hotelkellner neugierig aus ihrer Deckung hervorlugen.

Doch Sznaider reagiert gar nicht darauf, sondern trinkt in aller Gemütsruhe eine weitere Tasse Tee. Auch ich finde, dass für moralische Subtilitäten nach Art der Gutmenschen jetzt nicht der richtige Zeitpunkt ist. „Ich stelle fest, du kennst den Streifen ebenso gut wie ich. Aber weißt du auch, dass dieser bullige Cop, der auch hinter Redford her ist und ihn sich immer im ungünstigsten Augenblick schnappt, im Film William Snyder heißt?"

„Ja, sicher. Das ist mein Großvater!" Sznaider strahlt mich an und winkt dann eine Kellnerin an unseren Tisch, deren Gesicht mich an eine Madonna von Caravaggio erinnert.

„Ich denke, wir sollten jetzt noch alle einen doppelten Cognac trinken." Das junge Mädchen nickt eifrig. Offenbar weiß sie, was auf dem Etikett der Flasche stehen muss, die nach Sznaiders Geschmack ist. „Das beruhigt unsere angespannten Nerven und dann ziehe ich mich zurück."

Der Mann wird mir unheimlicher und sympathischer zugleich, und wenn Margarete, die sich jetzt wieder beruhigt hat oder wenigstens so tut, ihm gestern Nacht einen Korb erteilt und stattdessen endlich mich erhört hat, dann kann es um mein Renommee bei ihr nicht so schlecht bestellt sein. Es ist schon erstaunlich, was einem selbst in einer Ausnahmesituation wie dieser so durch den Kopf saust.

„Jetzt hätten wir also alle Fäden beisammen. Aber ein nicht ganz unwichtiger fehlt noch." Jetzt schaue ich auch einmal Daniel Sznaider tief in die Augen.

„Welchen Faden meinst du?"

„Kann ein Mann wie du wirklich so arglos sein, Dany? Ich meine natürlich Flor Kapp und frage mich, was er und die Mafia miteinander zu tun haben."

„Gar nichts."

„Wirklich gar nichts?"

„Ich weiß, der israelische Geheimdienst hat einen gewissen Ruf in der Welt. Aber mir zumindest sind keine Beziehungen zwischen Flor Kapp und diesem Don Scarabeo bekannt. Wie kommst du überhaupt darauf?"

„Ehrlich gesagt, ist das wohl meine Berufskrankheit. Ein Drehbuchautor möchte zum Schluss keinen losen Faden mehr sehen. Wäre das alles ein Film von mir, dann würde ich Kapps italienischer Ehefrau Franca irgendein familiäres Verhältnis zu den Scarabeos andichten. Sie könnte doch eine seiner Cousinen sein."

„Keine schlechte Idee, Adrian. Vielleicht ist sie das ja. Bei denen von der Mafia weiß man bekanntlich nie."

„Du meine Güte, was seid ihr zwei bloß für verdammt harte Hunde!", meldet sich jetzt Margarete wieder zu Wort. Diesmal sind wir es, die irritiert sind.

„Ja, jetzt guckt ihr, was? Aber das ist doch offenbar genau der Jargon, der euch anmacht. Ihr seid schon alle beide saublöd. Aber irgendwie auch unwiderstehlich dabei."

Ich atme tief durch. Der Cognac kommt in riesigen

Gläsern, und nachdem wir sie stumm und andächtig und alle drei ganz gewiss auf den toten Antonio Farina, unseren großartigen Schutzengel, geleert haben, will Margarete es doch noch ganz genau wissen: „Eines ist mir jetzt aber noch nicht klar, Dany. Was hast du gemacht, nachdem ich dich an der Bar vom YMCA mit einem Gute-Nacht-Kuss verabschiedet hatte? Oder anders gefragt: Wieso warst du heute früh am Pool rechtzeitig zur Stelle?"

„Betriebsgeheimnis!"

„Ach, jetzt auf einmal!"

„Also gut. Aber nur, weil du es bist! Salino alias Gianna Lentini alias Johanna Schober hat heute Nacht einen entscheidenden Fehler gemacht. Kurz vor eins hat sie von ihrem Mobiltelefon eine SMS nach Rom geschickt. Die haben meine Leute abgefangen."

„Aber war sie nicht um diese Zeit schon mit Farina im Bett?"

„Vermutlich. Aber wie auch immer. Sie hat es getan. Als ich heute früh kurz nach acht ins Büro kam, da lag die Meldung auf meinem Schreibtisch und da wir den Empfänger der SMS kannten, ihre Botschaft ging nämlich an Scarabeo, waren alle Teile des Puzzles beisammen, und ich brauchte sie nur noch zusammenzusetzen. Deshalb bin ich dann sofort in euer Hotel gerast."

„Und was hat Salino denn gesimst?", Margarete flüstert ihre Frage, und das kann ich sehr gut verstehen.

„Nur drei Worte: Bei der Arbeit."

Margarete schüttelt sich, und auch mir läuft ein kalter Schauer über den Rücken. Dabei war es auf unserer Terrasse inzwischen beinahe zu heiß geworden.

Doch Daniel Sznaider hat sich besser im Griff: „Ja. Sie

war ein echter Professional. Für beide Seiten. Doch was mich umtreibt, ist etwas anderes: Die Meldung wegen der SMS lag schon kurz nach eins in meinem Fach. Wenn ich statt nach Hause noch mal ins Amt gefahren wäre, dann hätte ich möglicherweise auch Farinas Leben retten können. Denn in der Nacht hat sie ihn ja nicht angerührt – zumindest nicht so."

Sznaider verstummt und schenkt sich noch einen Cognac ein. Denn die Caravaggio-Madonna hat in weiser Voraussicht die Flasche „Gabriel & Andreu" auf dem Tisch stehen lassen. Wir halten ihm wortlos auch unsere Gläser hin. Was er oder Margarete jetzt denken, weiß ich nicht. Wir haben nie mehr darüber gesprochen. Vielleicht wäre Antonio Farina noch bei uns, wenn er in jener Nacht in Jerusalem den Verlockungen des Fleisches nicht gefolgt wäre. Aber wer kann das schon mit Sicherheit sagen?

Wir sitzen eine ganze Weile stumm da, und nach dem dritten und letzten Cognac langt Sznaider in seine Hosentasche, holt einen Zimmerschlüssel vom King-David-Hotel daraus hervor und schiebt ihn zu uns über den Tisch.

„Was ist das?"

„Euer neues Zimmer. Ich habe mir gedacht: Das YMCA ist für euch jetzt nicht mehr der richtige Aufenthaltsort. Besonders nicht das Schwimmbad. Die Präsidentensuite war leider schon reserviert. Aber eine kleine Besenkammer haben die hier für euch noch freimachen können. Das kann sich meine Dienststelle gerade noch leisten. Euer Gepäck ist übrigens schon oben."

Damit steht Sznaider auf und geht wortlos davon. Die Besenkammer ist eine nette kleine Suite. Alles ist in beruhigende braune Töne getaucht, und der Ausblick über die goldene Kuppel des Felsendomes hinweg bis zum Ölberg hinüber ist, wie es in den Hotelprospekten immer so schön heißt, einzigartig. Wir dürfen das geschichtsträchtige Luxushotel noch sieben Tage und sieben lange Nächte genießen. Genug Zeit überdies, um unsere Aussagen auf der Polizeiwache des ersten Tages von A bis Z noch zu Protokoll zu geben. Unsere Geschichte hat dann übrigens nicht mehr Sznaider selbst, sondern mit geradezu stoischem Gleichmut ein Kollege von ihm aufgenommen. Dany selbst haben wir in dieser Woche nicht mehr zu Gesicht bekommen. Auch bei unserem Abflug vom Flughafen Ben Gurion war er nicht da. Aus welchen Gründen auch immer.

Epilog

Als wir an einem milden Mainachmittag mit den mit alten und mit frischen Beulen versehenen Rimowakoffern auf dem Berliner Flughafen Tegel landeten, wollte Margarete unbedingt zunächst allein in ihre Schöneberger Wohnung. Nachdem unser Taxi sie dort abgesetzt hatte, ließ ich mich zu mir an den Ludwigkirchplatz chauffieren. Doch wegen der schönen Mai-Sonne stieg ich wenige Schritte vorher am Café Odenthal aus, nahm die „Frankfurter Allgemeine“ aus dem Zeitungsständer, setzte mich an einen freien Tisch und bestellte mir einen Milchkaffee, der wie immer hier wohltemperiert und deshalb für mich genau richtig war. Im Feuilleton fand ich dann ein Interview mit Justus Grube, in der er davon schwärmte, wie sehr er sich auf die demnächst beginnenden Dreharbeiten für einen Film nach dem Welterfolg von Flor Kapps „Der Fels“ freuen würde.

Denn obwohl der weltberühmte Dramatiker seit einigen Wochen spurlos verschwunden und allem Anschein nach bei einem Badeurlaub im Schwarzen Meer ums Leben gekommen sei, wäre dank eines russischen Koproduzenten die Finanzierung inzwischen zu 100 Prozent gesichert und das Team und die Besetzung so gut wie vollständig beisammen. Nicht einmal für eine Sekunde habe ich damals daran gedacht, deswegen bei Grube anzurufen. Umgekehrt hat auch er sich nie wieder bei mir gemeldet.

Rechtzeitig zum 50. Todestag Pius' XII. am 9. Oktober 2008 ist der Film dann in die Kinos gekommen. Übrigens hat man einige Szenen in Bukarest gedreht und für die Innenaufnahmen vom Petersdom ersatzweise Ceausescus pompösen Palast genommen. Die Schwarze Legende vom Papst, der zum Völkermord an den europäischen Juden geschwiegen hat, lebt nun auch auf der Leinwand weiter und hat schließlich sogar den Oscar für den besten ausländischen Film bekommen. Nun ja. Man muss auch mal verlieren können.

Margarete und ich haben noch im selben Jahr in Rom geheiratet. Am 30. Juni. Rom war ihr wichtig. Dort sind die wahren Felsen, meinte sie irgendwann beiläufig. Zu unserer Hochzeit in der Kirche Santa Maria dell'Anima ist dann übrigens auch Daniel Sznaider gekommen – zusammen mit seiner Frau und ihrer achtzehnjährigen Tochter Rebecca. Dem jungen Blut wollten beide endlich mal Rom zeigen. „Das andere Hauptquartier", meinte Dany und lachte dabei. Rita Farina und ihren Sohn Claudio hatten wir natürlich auch eingeladen und der römische Halbwaise und das jüdische Mädchen verliebten sich auf der Stelle ineinander. Claudio ist dann bald darauf nach Israel gezogen, und die beiden haben geheiratet. Ihr erstes Kind war ein Junge. Sie haben es Antonio genannt und mit Jordanwasser getauft.

Ende